La institutriz

✤

La institutriz

Karen Ranney

Traducción de
Laura Ibáñez y Lara Padilla

Talismán

Título original inglés: *An Unlikely Governess*
© Karen Ranney, 2006

Primera edición: junio de 2006
© de la traducción: Laura Ibáñez y Lara Padilla, 2006
© de esta edición: Grup Editorial 62, s.l.u., Talismán
Peu de la Creu, 4 , 08001 Barcelona
correu@grup62.com
grup62.com

Fotocompuesto en Víctor Igual, S.L.
Impreso en Artes Gráficas Mármol, S.L.
Depósito legal: B-11.201-2006
ISBN: 84-935101-1-4
ISBN 13: 978-84-935101-1-4

Capítulo 1

Kilbridden Village, Escocia
Noviembre de 1832

—Trabajaré muy duro, lo prometo.

—Déjame ver tus manos.

Beatrice Sinclair extendió las manos. Como estaba temblando, las puso sobre la barra con las palmas hacia arriba.

—Tienes callos. Pero no parece que puedas resistir unas cuantas horas de trabajo duro. Necesito una chica sana, que pueda aguantar de pie doce horas.

—Seré su mejor empleada. Incluso trabajaré gratis la primera semana para demostrarlo.

—¿Eres capaz de limpiar una mesa en un abrir y cerrar de ojos? ¿O de contonearte delante de los clientes con un poco de descaro?

Asintió con la cabeza.

—¿Y de reírte de sus chistes, aunque sean malos?

—Sí.

—No eres el tipo de chica que les gusta a mis clientes. Estás demasiado pálida y parece que te pasa algo. —Frunció el ceño—. ¿Estás enferma?

—Estoy muy sana.

—Entonces, ¿por qué estás temblando?

—Simplemente porque tengo frío.

Él no parecía creerla.

7

—¿Quién te dijo que buscaba otra moza de taberna?

—El propietario de La Espada y el Dragón.

—Fuiste allí, ¿verdad? Seguro que quería a alguien más joven.

—Dijo que no necesitaba otra ayudante.

—Eso no es cierto. El negocio le ha ido casi tan bien como a mí, por lo menos estos últimos seis meses. Antes, nadie entraba allí ni para beber ni para charlar. —Empezó a limpiar la barra con un trapo sucio, mientras parecía seguir dándole vueltas al asunto—. ¿Has tenido la enfermedad?

Negó con la cabeza, con miedo a decirle la verdad. Pero no importaba lo mucho que intentara convencerlo. En cuanto la moza de taberna apareció por la puerta, Beatrice supo que había perdido aquel trabajo. No podía ponerse una blusa que mostrara todos sus encantos ni una falda que dejara sus tobillos al descubierto. Ni tampoco era dada a sonrisas tontas o miradas coquetas. Aunque no le importaba servir bebidas, ella no estaba dispuesta a venderse.

El tabernero le sonrió ampliamente. Le faltaban varios dientes y su sonrisa parecía más bien socarrona.

—Sube a Castle Crannoch. Tendrán algún trabajo para ti.

Había oído hablar de Castle Crannoch desde que llegó a Kilbridden Village, pero nunca pensó que podría encontrar trabajo allí.

—¿Castle Crannoch?

Señaló con la barbilla hacia arriba.

—Sí, donde vive el duque. Ve y pídele trabajo. Él te lo puede ofrecer, pero yo no.

Beatrice apretó su bolsito con las manos y le dio las gracias lo más amablemente que pudo. Había recorrido todo aquel camino para nada.

Salió de la taberna y se detuvo. La lluvia fría le calaba su fino vestido, recordándole que había vendido su capa por un saco de harina y unos cuantos huevos hacía una semana. Se tapó el pelo con el chal, lo sujetó en el cuello con la mano y levantó la vista hacia la montaña que se erigía frente a ella.

Castle Crannoch se encontraba en la cima, y desde allí se divisaba el pueblo. La fortaleza dominaba el campo y era visible por cualquiera que se acercara, un centinela del pasado que parecía capaz de proteger a sus habitantes también en el futuro.

De vez en cuando, desde la cima de la montaña llegaba algún rumor sobre los habitantes de Castle Crannoch. Beatrice recordaba que recientemente había ocurrido alguna desgracia, pero ya tenía suficiente con sus problemas como para prestar atención a aquellas habladurías.

El castillo tenía una forma extraña y estaba construido como si fuera una gran caja con otra caja más pequeña que parecía sacada de la primera. Los dos edificios cuadrados se encontraban uno al lado del otro en la cima de la montaña; la estructura más pequeña en mal estado, la caja más grande coronada por cuatro torrecillas. El único modo de llegar a aquel lugar era recorrer un largo y tortuoso camino. Además de que le dolían las piernas, el trayecto de subida parecía aterrador.

Una voz demasiado parecida a la de su padre habló al viento: *No vayas, Beatrice. Ninguna mujer honrada buscaría trabajo allí.* Corrían rumores sobre Castle Crannoch.

Pero ya no tenía elección.

Lentamente, empezó a subir el serpenteante camino, rezando para que no le flaquearan las fuerzas. No se iba a permitir a sí misma mirar de nuevo hacia el castillo, ya que eso sólo haría que el trayecto pareciera interminable. En cambio, se concentró en poner un pie delante del otro, inclinándose hacia delante para protegerse de la lluvia.

Su chal estaba empapado, pero se lo ciñó a la cabeza y lo sujetó en el cuello. ¿Cuánto tiempo había estado caminando? ¿Horas? Seguramente no tanto.

Oyó el ruido de un carruaje y se acercó más al parapeto. En la oscuridad, no podía ver el despeñadero, pero su imaginación llenaba aquel vacío añadiendo cumbres recortadas y enormes rocas al final del barranco.

El carruaje que se aproximaba era una figura confusa en movimiento, una sombra oscura que se proyectaba en el muro. Cuatro caballos tiraban de aquella silueta de ébano, los dos primeros adornados con relucientes adornos de plata. Había dos faroles, también de plata, uno a cada lado de la puerta. Pero estaban apagados, y por eso se preguntó si el pasajero de tan magnífico carruaje buscaba privacidad o quería pasar totalmente desapercibido.

El carruaje ocupó el centro del camino, obligándola a apartarse al borde. Beatrice se agarró al muro con sus guantes raídos y notó cómo se le rasgaban aún más. ¿La estaría castigando Dios por su atrevimiento, por su viaje, por pensar que podría trabajar en un lugar como la guarida del duque?

Sólo aquel medio muro curvado la separaba del abismo. Contuvo la respiración mientras pasaba el carruaje. Aquellos sementales que parecían salidos del infierno se confundían en la oscuridad y sus adornos plateados brillaban cada vez con menos intensidad.

¿Era Black Donald,[1] el mismísimo diablo? En ese caso, parecía que no estaba dispuesto a abandonarla. El carruaje se detuvo en la siguiente curva. Agarró su bolsito con las dos manos y se lo puso delante, como si pudiera protegerla de algún modo. No sabía si esperar a que el carruaje prosiguiera su trayecto, pero lo cierto era que cada vez llovía más fuerte. Tenía que llegar a Castle Crannoch aquella misma noche.

Justo cuando acababa de reanudar la marcha, la puerta se abrió de repente. Se detuvo, no sólo por curiosidad, sino también por miedo. Tenía frío, estaba mojada y exhausta, pero seguía siendo precavida.

—El camino es peligroso —dijo una voz humana, grave y profunda—. Mis caballos la podían haber atropellado.

El cochero, cubierto con un sobretodo, no se giró.

Beatrice dio un paso adelante.

—Los caballos estaban invadiendo el centro del camino, señor.

1. El demonio en el folclore escocés. (*N. de la t.*)

10

—Las alturas les asustan y, como son tan valiosos, tienen permitido ir por en medio del camino si quieren.

—¿Mientras que las personas tienen que hacerse a un lado, señor?

—Está lloviendo. Lo mínimo que puedo hacer por usted es ofrecerle un viaje seguro hacia Castle Crannoch.

Estuvo a punto de preguntarle si trabajaba allí, pero en seguida se dio cuenta de que era ridículo. Iba en un lujoso carruaje arrastrado por magníficos caballos. Seguramente era el duque.

Aceptar subir a un carruaje desconocido era insensato, casi tan insensato como rechazar aquella oferta. Arriba, el cielo bramaba como si la estuviera tratando de convencer. La puerta se abrió más y entró en el carruaje, pasando por encima de las largas piernas de aquel extraño para sentarse enfrente de él.

Dos pequeños faroles de plata iluminaban el interior. Las llamas ardían y se veían puntos de luz bailando en los cojines y en la seda del techo.

—¿Por qué se dirige al castillo?

Estaba claro que no le importaba lo más mínimo meterse en sus asuntos.

Beatrice no sabía si responderle, pero se dio cuenta de que su curiosidad podía ser el precio que debía pagar a cambio de que la llevara hasta la cima de la montaña. Bajó la mirada hacia sus manos entrelazadas.

—Pensé que allí podría encontrar trabajo.

—¿De veras? En Castle Crannoch tienen fama de mezquinos, ¿lo sabía?

Negó con la cabeza.

Su salvador era un hombre que le hubiera llamado la atención en cualquier lugar. Su rostro era completamente perfecto; la nariz, el mentón y la frente estaban esculpidos magníficamente, igual que la escultura de un arcángel que había visto una vez. Tenía el pelo castaño con toques dorados y los ojos de color marrón oscuro casi negro. Se sintió tan fascinada que le pareció que con su mirada la podía dejar clavada en el asiento.

11

Esbozó una leve sonrisa irónica en respuesta a aquel examen visual al que le estaba sometiendo Beatrice, que parecía divertirle. De repente, se dibujó un hoyuelo en su mejilla. Beatrice estudió aquel detalle con mucha atención.

¿Seguro que un hombre con un hoyuelo no podía ser malvado?

—¿Ya ha visto suficiente? —preguntó finalmente.

—Me he fijado en su aspecto, señor. Pero el aspecto no importa en este mundo.

—Sin duda, se trata de algún sermón que le echó alguna mujer fea. Las mujeres feas son las que piensan que el aspecto no importa.

—¿Conoce la historia de la hormiga y la crisálida?

La miró atentamente por un momento, como si intentara averiguar si estaba loca.

Sin esperar respuesta, empezó a contarle la historia:

—Érase una vez una hormiga y una crisálida. A esta última le faltaba muy poco para empezar su metamorfosis, y lo único que se podía ver en su caparazón era una larga cola que atrajo la atención de una hormiga. Al comprobar que este extraño ser estaba vivo, se acercó a él y le dijo: «Compadezco tu suerte. Como ves soy una hormiga, y puedo caminar, correr o jugar si así lo deseo. Pobre de ti, por estar atrapada en ese horrible caparazón».

»La crisálida no se molestó en responder. Empleaba toda su energía en su metamorfosis.

»Sin embargo, unos días después, la hormiga estaba subiendo una colina y se dejaba caer y volvía a subir otra vez, riéndose de sus propias tonterías.

»Notó una ligera brisa detrás de su cabeza, y al girarse vio una gran mariposa azul y violeta en el aire. «Querida hormiga —dijo la mariposa—, no te apiades de mí. Yo puedo volar, mientras que tú sólo puedes caminar».

»La moraleja de este cuento es que las apariencias engañan».

—¿Y usted me ha considerado una mariposa?

—No. Pensaba que era Black Donald.

—¿Perdone?

—Satanás puede ser un amo tentador, pero nos demanda servidumbre eterna.

Devlen soltó una carcajada que resonó en el carruaje.

Cuando vio que Beatrice no reaccionaba, esbozó una leve sonrisa.

—¿Entonces su virtud la protege? ¿Por eso parece no temerme? Si yo fuera Black Donald, creo que usted estaría temblando de miedo.

—¿Suele hacer esto a menudo? ¿Insistir en hacer un favor para después ridiculizar a la persona que ha sido lo suficientemente estúpida como para aceptarlo?

—¿Y usted reprende a sus anfitriones a menudo?

—Detenga el carruaje y deje que me vaya. No le molestaré más.

—No sea insensata. Es de noche y es peligroso para una mujer sola. Además, ya hemos llegado.

Inmediatamente después, el carruaje empezó a aminorar la marcha y se detuvo.

Beatrice apartó con el dedo el estor de piel para poder atisbar en la oscuridad. Vio que alguien la miraba de una manera tan siniestra que bajó el estor.

—¿La ha asustado algo?

—No —dijo, sin estar muy segura de que el rostro que había visto fuera real. Quizá sólo fuera producto de su imaginación.

El hombre que estaba al otro lado extendió las manos y abrió la puerta del carruaje.

Ella dudó, ya que no quería enfrentarse a aquel monstruo que se encontraba fuera. Su salvador pensó que Beatrice vacilaba porque tenía miedo, pero era obvio que no entendía del todo qué le sucedía.

—No he probado ninguna virgen desde hace años. A mi lado está a salvo.

No creía que ninguna virgen estuviera a salvo con él, pero no se quedó dentro para discutirlo.

Sacó tímidamente un pie por la puerta. La fría noche acarició su tobillo, recordándole que el tiempo estaba pasando demasiado deprisa. Ya era noche cerrada, y aún tenía que ver al duque. Después debía bajar la montaña de nuevo, pero dudaba que tuviera fuerzas para volver a caminar cinco millas de regreso a su casita. Probablemente tendría que refugiarse a un lado de la carretera mientras llovía. Los truenos interrumpieron aquel pensamiento con un rugido que no parecía presagiar nada bueno.

Al salir del carruaje, el viento le levantó el vestido, dejando a la vista las enaguas. En seguida sujetó el chal con una mano, mientras con la otra se cogió la falda.

Aquella criatura se materializó cuando Beatrice bajaba el último peldaño. Era alto y fornido, con los hombros muy fuertes. El uniforme que llevaba le sentaba mal, y las mangas, demasiado cortas, dejaban ver sus muñecas. Su rostro era deforme, como si los huesos de la cara se le hubieran roto alguna vez y nunca se hubieran recompuesto. No obstante, la miraba a la cara con ojos amables y atentos.

—*Bienvenue à Château Crannoch* —dijo en un refinado y perfecto francés.

Sorprendida, sólo le devolvió el saludo asintiendo con la cabeza.

Tradujo aquellas palabras, inclinándose ante ella desde aquella imponente altura.

—Bienvenida a Castle Crannoch.

—*Merci* —dijo ella—, *c'est mon plaisir*. Un dudoso placer, especialmente si tenía en cuenta que el gigante no había hecho ningún esfuerzo para abrir las grandes puertas arqueadas de roble que había en la entrada. Beatrice dudaba que pudiera abrir por sí misma alguna de aquellas dos puertas tachonadas de hierro.

—¿En qué puedo ayudarla, *mademoiselle*?

¿Tenía que tratar con aquel gigante para poder ver al duque? Su estómago rugió, compitiendo con el sonido de la tormenta.

—He venido a hablar con el duque sobre un trabajo.

El gigante la miró con curiosidad pero no dijo nada. Parecía que tenía puesta su atención en algo que había detrás de ella. Sin girarse, Beatrice supo que aquel extraño había salido del carruaje.

Su estómago se encogió cuando él se le acercó demasiado por detrás. Se puso recta, evitando la tentación de girarse y pedirle que se apartara a un lado. Seguro que él esperaba que hiciera una tontería por el estilo. O quizá la estaba provocando precisamente para eso.

—El duque no está disponible, *mademoiselle*.

—Está bien, Gaston. Me ocuparé de la dama.

—Como quiera, señor Devlen.

Beatrice se giró para mirarle de frente. Él sonrió. Era casi tan alto como el gigante, Gaston.

—¿Devlen? —Su nombre se parecía demasiado al del diablo. El propio Black Donald la había traído hasta allí.

—Devlen Gordon. ¿Y usted se llama? —Inclinó la cabeza, esperando una respuesta.

—Beatrice Sinclair.

—Acompañaré a la señorita Sinclair para que hable con mi padre, Gaston.

—¿Su padre es el duque?

—No, pero no dude en dirigirse a él como tal, le complacerá enormemente.

Le ofreció su brazo, pero ella no sabía si debía aceptar o rechazar aquella muestra de caballerosidad. Al final, Devlen retiró el brazo y acabó de ese modo con el dilema de Beatrice. Ya no le quedaba otra alternativa que seguirle escalones arriba.

Capítulo 2

Desde el pueblo e incluso desde el camino que subía por la montaña, Castle Crannoch parecía inmenso. Sin embargo, desde cerca, se veía más pequeño, cuadrado y feo, con torrecillas en las cuatro esquinas y sin ventanas al mundo civilizado. Al otro lado del castillo estaba el lago, delante de la zona más bonita y luminosa de la fortificación. Pero era evidente que no habían pensado en la comodidad cuando construyeron el castillo de los duques de Brechin.

Beatrice seguía a Devlen en la oscuridad que envolvía la entrada.

—¿No tienen velas ni lámparas en Castle Crannoch?

—Mi padre es muy ahorrador.

Beatrice no había tenido ninguna fuente de ingresos durante casi un año y, en los últimos tres meses, había pasado verdaderos apuros. Podía aprovechar una misma comida durante tres días o acumular provisiones para que le duraran un mes; pero aun así encendía alguna vela de vez en cuando para sentirse más acompañada en las largas noches.

La única iluminación que había era un pequeño punto de luz que provenía de un farol de tres caras colocado en una hornacina, más allá del vestíbulo. Devlen se dirigió hacia él con seguridad, como si estuviera acostumbrado a moverse a oscuras sin necesitar ninguna luz ni ningún punto de referencia.

El diablo podía ver en la oscuridad.

Le ruego a Dios que me mantenga a salvo, fuera de todo peligro. Con-

templa mis pecados, oh Dios, y perdónalos con la misma presteza con la que yo los intento desterrar de mi alma. Protégeme de este lugar maligno y de este hombre perverso.

Tropezó y cayó en el suelo de piedra, y Devlen se giró al oír aquel ruido. Su expresión era un misterio para ella: no podía verle el rostro, al igual que tampoco podía ver el suelo ni sus propios pies.

—¿Se encuentra bien?

No. Estaba cansada y hambrienta, y más asustada que nunca desde el día después del entierro de sus padres.

Simplemente asintió con la cabeza. Él giró a la izquierda y bajó por unos escalones de piedra tallados en el suelo. Su agrio y mohoso olor le hizo pensar que se encontraban en una parte del castillo muy antigua.

No había nada que temer con aquel hombre como protector. Era tan alto y fuerte que seguro que cualquier fantasma, duende o ser terrenal huiría al advertir su presencia. No había nada que temer, excepto al propio hombre.

Devlen se apartó a un lado del pasillo súbitamente, como si tuviera un presentimiento de lo que iba a suceder. Se escuchó un sonido agudo, sobrenatural, que le puso la carne de gallina. Una pequeña figura sin rostro corría hacia ella con los brazos extendidos. Beatrice arrimó la espalda contra la pared mientras rogaba a Dios que aquel espectro pasara de largo. Sin embargo, se detuvo muy cerca de ella.

—¿Quién es usted? —preguntó mientras se quitaba la capucha.

Ella esperaba oír la voz del mismísimo infierno, estentóreos sonidos que la advirtieran de que aquél no era lugar para una mujer bien educada. Pero la voz que salió de la capa era la voz de un niño, aguda y curiosa.

Beatrice lo miró perpleja.

Cada vez estaba más oscuro, y la única luz que provenía del final del pasillo iluminaba a duras penas su cara enjuta y huesuda. La nariz era demasiado larga para su rostro, y el mentón demasiado prominente. Tenía pómulos salientes y la piel tirante como si hubiera adelgazado recientemente o siempre hubiera sido un niño enfermizo.

No era un chico agraciado y menos aún cuando fruncía el ceño como en aquel momento. Tenía la boca apretada y la miraba con los ojos entreabiertos.

—¿Quién es usted? —repitió.

Como no contestaba, el niño miró a Devlen.

—¿Primo?

Devlen se giró hacia ella, inclinándose ligeramente.

—Señorita Sinclair, permítame que le presente a Robert Gordon, duodécimo duque de Brechin.

Observó al chico. Todos sus vanos deseos y sus fútiles esperanzas se esfumaron al mirarse los dos durante un largo instante.

—Su Excelencia —le dijo. El niño respondió a su ligera reverencia saludándola con la cabeza.

¿Cómo le iba a proporcionar trabajo aquel niño?

Miró a Devlen con ganas de abofetearle en la boca, que dibujaba una ligera sonrisa. Él lo sabía. Lo sabía desde el principio.

—¿Por qué no me dijo nada?

—Usted insistió en ver al duque, y le he facilitado ese encuentro.

Lo único que podía hacer era ponerse recta y marcharse de Castle Crannoch.

—¿Por qué deseaba verme?

No estaba acostumbrada a obedecer las órdenes de un niño, ni aunque se tratara de un niño aristócrata. Pero era evidente que ninguno de los dos la iba a dejar marchar sin dar algún tipo de explicación.

—Busco trabajo. El tabernero de La Liebre y el Perro dijo que quizá aquí me necesitarían.

—¿En calidad de qué? —preguntó Devlen.

—¿Usted se llama así por el diablo? —preguntó groseramente en vista de todo lo que había sucedido en los últimos cinco minutos.

—En realidad, por el primer duque. Él sí se podía haber llamado perfectamente así por el diablo. Tengo entendido que desfloró a unas cuantas doncellas.

Al oír aquellas palabras, se le encendió la cara. ¿Es que no tenía sentido del decoro?

Se apartó de la pared, agarrando con fuerza su bolsito de mano. Se sentía mareada por el hambre, y su desorientación en la oscuridad aún empeoraba más la situación. Extendió una mano y se agarró al filo de un ladrillo que sobresalía, esperando que no sucediera nada que la pudiera avergonzar mientras desandaba sus pasos.

Por favor, Señor, ayúdame a salir de esto. La entereza, al igual que la paciencia, eran unas virtudes muy importante en la vida, pero parecía que se le estaban agotando. Las últimas semanas la habían extenuado completamente.

—Permítanme pasar —dijo, alargando el brazo y poniendo los dedos de su mano derecha sobre el muro.

Tenía que marcharse, tenía que salir de allí. Era lo único que debía hacer.

—La contrataré —dijo el pequeño duque de Brechin—. Siempre necesitamos sirvientas en la cocina.

Beatrice no sabía si podría aguantar el trabajo en la cocina. En realidad, incluso dudaba que pudiera caminar por aquel pasillo sin ayuda. Las paredes se curvaban arriba para encontrarse y formar una especie de extraño arco. Pasó dejando a un lado al duque y a Devlen, que no hizo ningún amago de querer detenerla, y continuó caminando por el pasillo, siguiendo la señal de aquella única luz.

—No le he dado permiso para marcharse.

—No lo necesito, Su Excelencia.

—Está en Castle Crannoch, y yo soy el duque de Brechin.

—Más bien el duque de la descortesía —murmuró, pero él la oyó.

—Ordenaré a mi guardia que la detenga. O a Devlen. Devlen, tráemela. ¡Detenla!

19

—Primo, has insultado a la señorita Sinclair —respondió Devlen con voz muy apagada—. Dudo que la cocina sea lugar para ella.

—¿Y en qué debería trabajar entonces?

—A lo mejor en algo para lo que sus conocimientos puedan ser de ayuda.

—¿Cómo sabes que ha estudiado?

Beatrice aminoró el paso, curiosa por saber lo que estaban diciendo sobre ella. En parte se resistía a abandonar Castle Crannoch. Nada la esperaba fuera de aquellos muros.

Su estómago ya no rugía de hambre. Sólo sentía dolor y tenía una especie de fuertes náuseas que a veces la cogían desprevenida. En aquel momento sufrió una muy fuerte, y se apoyó contra el ladrillo ennegrecido. Subió los escalones con mucho cuidado.

Aún estaban hablando de ella; podía oírles. Sin embargo, no era tan importante escucharles como lograr mantenerse en pie. Estaba mareada y tenía miedo de desmayarse, pero luchó contra ello con todas sus fuerzas.

No me desmayaré. No aquí, delante de ellos.

—¿Se encuentra bien, señorita Sinclair?

—Sí, gracias.

Pero no era cierto. Todo daba vueltas alrededor suyo.

De repente, Devlen se acercó a ella y le puso la mano sobre el brazo. Ella se apartó con violencia y perdió el equilibrio.

Le pareció que el suelo de piedra estaba muy lejos. Estaba cada vez más mareada y se cayó, extendiendo las manos para amortiguar el golpe. Una voz masculina pidió ayuda. Qué extraño era todo.

Aliviada, se desvaneció.

Devlen Gordon miró la figura de la joven a la que había acompañado a Castle Crannoch.

—Maldita sea. —Suspiró, y se inclinó para cogerla y levantarla, una hazaña más difícil de lo que había pensado. Con las yemas de los dedos, le dio golpecitos en las mejillas. Estaba inconsciente pero respiraba débilmente, lo cual le alivió. Lo último que quería eran más complicaciones en su vida.

—¡Haz algo, Devlen!

—Será mejor que dejes de darme órdenes, primo. Creo que ya es hora de que alguien te advierta sobre tus malos modales.

Robert no replicó, e hizo bien porque Devlen estuvo a punto de cogerlo y darle unos merecidos azotes en el trasero.

Al agacharse y levantar a la señorita Sinclair en brazos, pensó que pesaba menos de lo que había imaginado. De hecho, le había sorprendido desde el primer momento que entró en el carruaje. Era una mojigata contestona, pero su boca estaba hecha para ser besada y tenía el pelo más negro que jamás había visto. Por un momento, cuando la vio por primera vez en el carruaje, le dieron ganas de pedirle que se quedara quieta hasta que él quisiera para poder estudiar el color de sus ojos, de un azul tan claro que parecía que guardaba un trozo de cielo detrás de ellos. ¿De dónde se había sacado aquel lunar al lado del ojo? Casi parecía que se lo hubiera pintado, como hacían las mujeres de París.

A pesar de su raído vestido, o a lo mejor precisamente gracias a él, apreciaba con facilidad su generoso pecho, la estrecha cintura y sus largas piernas bien torneadas. Era evidente que debía llevar unas enaguas más gruesas si quería esconder su figura.

Pero a lo mejor no quería esconder nada en absoluto, y aquella historia de buscar un trabajo era sólo una treta para poder contonearse un poco delante de su padre.

Aun así, tendría que pesar más. No era una mujer baja. Le llegaba al cuello, y él era alto para ser un Gordon.

Devlen tenía siempre una curiosidad insaciable, un rasgo de su personalidad que podía considerarse un defecto, ya que abusaba de él. ¿Estaría enferma? ¿Tendría el cólera? ¿Habría traído él la enfermedad a Castle Crannoch sin ser consciente de ello? Al entrar en la parte nueva del castillo, se dio cuenta de que la joven que llevaba en brazos suscitaba muchas más preguntas que respuestas.

—¡Devlen!

No se giró para contestar a Robert.

En la parte vieja del castillo había una serie de largos pasillos iluminados escasamente por unas pocas velas. Nadie podía decir que su padre derrochaba la herencia de Robert.

Los muros se separaban a medida que iba subiendo el pasillo, levemente inclinado. No había escaleras en aquella parte del castillo. Las visitas siempre accedían a Castle Crannoch por la entrada norte, con vistas al mar y a las onduladas montañas que rodeaban el castillo. Él había entrado por la puerta familiar, y ahora tenía que pagar por ello y llevar a la señorita Sinclair a través de la fortificación, como una fiera que había capturado a una doncella y la llevaba a su guarida.

Capítulo 3

Al despertarse, Beatrice vio que yacía en una cama extraña.

Deslizó los dedos por la colcha que la arropaba hasta el cuello. Era de seda, seda de color marfil. Como la del dosel fruncido que tenía encima. Unas enredaderas de hojas talladas con gran detalle trepaban por los cuatro barrotes de la cama. El colchón parecía estar relleno de plumas. ¿Había lavanda en la almohada?

Nunca antes había dormido en una cama tan lujosa.

Desnuda.

No exactamente desnuda. Se pasó la mano por encima del pecho para comprobar hasta dónde estaba tapada. La prenda que llevaba no era su combinación. Tenía encaje en el borde de los puños y el canesú estaba lleno de bordados.

Posó las palmas de las manos encima de la suave sábana y cerró los ojos, intentando recordar de qué modo había ido a parar a una cama extraña en un lugar extraño.

Lo último que podía recordar era la caminata por el largo y tortuoso camino hacia Castle Crannoch y cómo aquel carruaje la hizo detenerse. Un carruaje negro con un ocupante sobrecogedor.

Devlen.

¿La habría desvestido él? ¿Sería aquella su habitación?

Abrió bien los ojos para poder ver el resto de la estancia.

Un gran escritorio con un frontón y muchos cajones, un lavabo, un armario grande, una mesita de noche y un hombre sentado en una silla.

¿Un hombre?

Al verlo, sus ojos se abrieron de par en par.

Su visitante era muy apuesto, y guardaba un parecido innegable con Devlen. Sin embargo, a pesar de su nombre, el rostro de Devlen era el de un ángel, y la cara de aquel hombre estaba marcada por el sufrimiento. Su boca, pequeña, se encontraba en medio de dos surcos profundos, paréntesis en medio de su rostro. Tenía muchas arrugas alrededor de sus ojos marrones, y a Beatrice le pareció que no le habían salido precisamente por reírse mucho. Llevaba sujeto su cabello castaño canoso con una cinta que hacía juego con la tela de la chaqueta. Su chaleco estaba adornado con bordados de flores de cardo y brezo en tonos celeste, esmeralda y lavanda, que daban un toque alegre a su apagado atuendo azul oscuro.

Esbozó una leve sonrisa y no disimuló su expresión burlona. Beatrice lamentó no poder recordar más claramente lo que había sucedido la noche anterior.

—¿Quién es usted?

—Su anfitrión, señorita Sinclair.

Beatrice trató de incorporarse, pero rápidamente volvió a echarse en la almohada al ver que la habitación daba vueltas alrededor suyo. Subió la sábana, se la ciñó aún más y se incorporó de nuevo cuidadosamente, apoyándose en un codo. Tras comprobar que estaba bien tapada —todo lo bien tapada que se puede estar en una cama extraña con un personaje desconocido al lado— se dirigió a él.

—Sería más sencillo, señor, si supiera su nombre. Usted no es el duque de Brechin. Lo conozco.

—No parece impresionada.

Estaba bastante segura de que se encontraba en Castle Crannoch. No era de muy buena educación criticar al duque de Brechin, especialmente porque, aunque por accidente, estaba disfrutando de su hospitalidad.

—Desafortunadamente, mi sobrino tiene aún mucho que aprender —respondió el hombre al ver que ella no decía nada—. Una de las lecciones que necesita es cómo tratar a los huéspedes. Le pido disculpas por su comportamiento.

—¿Sobrino?

El hombre se deslizó hacia ella. Aquel movimiento la desorientó tanto que necesitó unos instantes para entender que su visitante se desplazaba en silla de ruedas. Tenía unas ruedas grandes delante y otras más pequeñas en la parte trasera que le permitían desplazarse.

—Disculpe que no me levante, señorita Sinclair. Mi estado irreversible es el resultado de un accidente de carruaje.

—Lo siento mucho, señor.

—La compasión es un sentimiento bastante común, pero no la he buscado para eso, señorita Sinclair.

Se arrimó a un lado de la cama. Con lentitud, se inclinó ante ella doblando la cintura, con la misma sonrisa burlona de antes.

—Permítame que me presente —dijo—. Cameron Gordon. Soy el tutor del duque de Brechin.

—Y el padre de Devlen —dijo ella al recordar fragmentos de la conversación de la noche anterior.

—¿Se conocen desde hace tiempo?

Notó cómo se encendía desde el pecho hasta la cara, para mayor regocijo del señor Gordon. Haberle llamado por su nombre de pila había sido muy indecoroso por su parte.

—Lo conocí ayer. Dios mío, fue ayer, ¿verdad?

Él asintió con la cabeza.

—¿Y cómo he venido a parar aquí?

—Según Gaston, usted se desmayó. Hay varios motivos que pueden hacer que una mujer se desmaye, señorita Sinclair. ¿Tiene náuseas? ¿Está esperando un niño?

No quiso hacer ningún comentario sobre aquella grosería, porque justo en aquel momento le llegó un ligero olor a comida. Al principio se sintió mareada, pero después le entró tanta hambre que no podía pensar en nada más.

—¿Desde cuándo está sin comer?

—Desde hace dos días —respondió distraídamente, mientras se preguntaba de dónde venía aquel olor.

Llamaron a la puerta y entró una criada que traía con dificultad una pesada bandeja repleta.

25

Beatrice se incorporó sin preocuparle que la sábana se le bajara hasta la cintura o que estuviera temblando. Lo único que le importaba era ver toda aquella comida amontonada en los platos que se acercaban hacia ella.

Estaba a punto de llorar.

La criada se acercó al otro lado de la cama y dejó la bandeja encima de la mesita de noche tapizada en seda.

Tocó con los dedos el encaje del tapete que había en la bandeja y pudo apreciar el bordado. Si aquello era real, ¿entonces también lo sería el pan tostado?

—¿Deseará algo más, señorita?

—Parece el desayuno de Jorge IV.

A Cameron pareció asustarle aquella afirmación.

—¿Y usted qué sabe de los hábitos alimenticios de los reyes ingleses?

Ella le miró.

—Mi padre mantenía mucha correspondencia con ingleses. Le contaban que su desayuno favorito consistía en dos pichones asados, tres filetes y varios licores. ¿Sabe que dicen que fue el rey más gordo de Inglaterra?

—Al menos el más ebrio.

Su comentario le sorprendió, pero no tanto como la repentina sonrisa que transformó su rostro. El humor daba brillo a sus ojos y le hacía reír, convirtiéndolo en un hombre apuesto.

Se giró hacia la bandeja y se dijo a sí misma que, al no haber probado bocado durante tanto tiempo, comer demasiado de golpe le sentaría mal. ¡Pero todo parecía delicioso! Avena con nata; una loncha de bacón; casi una barra entera de pan tostado, crujiente, dorado y caliente; un bote de mantequilla y una jarra de chocolate.

—¿Y dice que hace dos días que no come nada, señorita Sinclair? Tampoco creo que comiera muy a menudo antes.

Beatrice asintió con la cabeza, cogió una gruesa rebanada de pan tostado y la sostuvo en la palma de la mano. Estaba temblando, y de pronto lamentó que él estuviera allí y pudiese ser testigo

26

de la casi religiosa veneración que sentía por aquel trozo de pan.

Lo mordió, cerró los ojos y masticó lentamente. Como suponía, su estómago se contrajo violentamente y sintió un leve dolor, producto de aquellos días de hambre. Tragó y bajó la cabeza, avergonzada por no haber bendecido la comida, pero seguro que el Todopoderoso entendía su entusiasmo.

Rezó una oración rápidamente y mordió de nuevo la tostada. Mientras masticaba, extendió generosamente una mermelada de color rojo oscuro en lo que quedaba de pan. Si cogía otra tostada y unas pocas lonchas de bacón, seguramente no le sentaría mal. Sólo bebería una taza de chocolate.

Estaba tan famélica que, una vez decidido lo que iba a comer, se olvidó de su visitante. Durante un buen rato, parecía contento viéndola comer. No decía nada ni se movía, así que ella estaba totalmente concentrada en el desayuno.

Nunca antes ninguna comida le había gustado tanto. Ni tampoco había estado tan agradecida en su vida por nada.

—Mi hijo dice que usted ha venido a Castle Crannoch para buscar trabajo.

Beatrice le miró.

—Así es.

—¿Qué trabajo, si me permite la pregunta?

—Para cualquier cosa. Trabajo duro. Lo que no sepa hacer, lo puedo aprender. Soy cumplidora y me centro en mis tareas.

Él levantó la mano para detener aquella enumeración de virtudes.

—¿Ha conocido a mi sobrino?

—Sí.

—Por la cara que pone, imagino que le pareció descortés y maleducado.

Se quedó callada.

—Es un niño especialmente desagradable, y es mi obligación ocuparme de su educación desde que sus padres murieron. —Bajó la mirada hacia sus piernas cubiertas—. Como ve, ese mismo accidente cambió la vida de más de una persona.

—Creo que le iría muy bien tener un profesor particular —sugirió ella. Acababa de manifestar de una manera muy diplomática algo que era obvio. Y si el profesor tuviera un látigo, aún sería más beneficioso para el duque de Brechin.

—Ya he contratado a tres profesores. Ninguno de ellos aguantó más de un mes. Los martirizó de diferentes modos: metió una rana en la cama de uno de ellos, a otro le decía mentiras, y amenazaba al tercero con un arco y una flecha que le había regalado mi hijo, creo. No sé si es que este mundo se está convirtiendo en un lugar cada vez más permisivo, o es que simplemente he tenido la mala suerte de contratar a tres jóvenes muy asustadizos.

Le miró fijamente, preguntándose por qué le estaba explicando aquello.

—Necesito a alguien que inculque un poco de disciplina al mocoso. Una institutriz, si usted quiere. Señorita Sinclair, es evidente que usted necesita un medio para ganarse la vida.

—¿Y qué le hace pensar que podría hacerlo mejor que los tres profesores?

Ignoró esta pregunta.

—A cambio, le ofreceré un salario muy generoso, un adelanto cada trimestre, un generoso complemento para comprar libros nuevos y cualquier otro material que necesite nuestro duquecito, y tanta comida como quiera. Sin embargo, le advierto que hay muchas escaleras en Castle Crannoch. Si ahora ya comienza a tambalearse, será difícil que pueda con ellas.

¿Estaba bromeando? Debía estarlo, porque le sonreía. Pero era absurdo que le propusiera ser la institutriz del duque de Brechin. Bajó la mirada hacia la bandeja. Quizá aún era más inverosímil la idea de volver a su casita sin dinero, sin comida y sin ningún tipo de perspectiva, esperando sobrevivir al invierno.

Se recostó sobre la almohada.

—No me ha preguntado por mi preparación, señor.

—Su forma de hablar indica que usted ha estudiado, señorita Sinclair. Tiene los modales de una dama, incluso estando tan hambrienta. Sabe cosas sobre el rey, y me ha hablado de la correspondencia que mantenía su padre. Sospecho que ha venido al mundo en unos tiempos que no le corresponden.

Asintió con la cabeza y resistió la tentación de explicarle cómo habían sido sus últimos tres meses. Las cargas compartidas no se vuelven necesariamente más ligeras.

—También habla francés.

Ella le miró sorprendida.

—Gaston me lo ha dicho. En ocasiones, Robert tiene la manía de hablar solamente en francés, como si me quisiera recordar constantemente que su madre era francesa. Pero ni mi mujer ni yo lo hablamos. Gaston sí, pero es incómodo tener a un criado en la cena con nosotros sólo para traducir.

—¿Y su hijo no habla francés?

—Mi hijo no vive aquí.

¿Por qué estaba decepcionada? Había estado en compañía de Devlen Gordon durante menos de una hora, lo cual no era tiempo suficiente para sentir algo por él.

—¿Y bien, señorita Sinclair?

Miró a la bandeja, al trozo de pan que tenía en la mano, y pensó en el largo descenso por aquel tortuoso camino y en las cinco millas que después quedaban para llegar a su casita.

—No tengo mis pertenencias aquí.

—Gaston la llevará a donde necesite ir.

Dio el último mordisco a la tostada y lo saboreó tan intensamente como el primero.

—Sí, señor, acepto el empleo.

La institutriz de un demonio. Aun así, era una vida mejor que la que había llevado aquellos meses. Eso es lo que se dijo a sí misma mientras Cameron Gordon sonreía y salía por la puerta con su silla de ruedas.

Capítulo 4

El comedor familiar estaba orientado al este. Desde allí se veía a lo lejos el mar, de un brillante color dorado al salir el sol. Su padre presidía siempre la mesa y contemplaba aquella vista como si tuviera autoridad sobre la tierra y todo lo que había encima de ella. De hecho, como tutor de Robert, la tenía.

Siempre que iba a Castle Crannoch, Devlen se maravillaba al pensar que varias generaciones de su familia habían codiciado aquel lugar. Aquella parte de Escocia era una tierra salvaje y abierta que evocaba los tiempos en los que sus habitantes, pintados de azul, lucharon contra los romanos. Por alguna razón, siempre habían estallado conflictos entre los Gordon por el control del castillo y de sus tierras. Sólo durante el último siglo se civilizaron, dejando las guerras para las disputas externas a la familia. Incluso en la última generación se volvieron a despertar envidias que habían dividido a los hermanos.

Castle Crannoch era un lugar inhóspito y a la vez fascinante, pero Devlen prefería la civilización de Edimburgo, París o Londres. Tenía residencia y negocios en las tres ciudades y podía enfrascarse en su trabajo o divertirse de alguna manera, no como cuando visitaba el castillo.

Devlen había estado muy pocas veces en Castle Crannoch antes de la muerte de su tío. De niño, vino una vez de visita cuando tenía diez años y estaba a punto de volver al colegio. Su tío aún no se había casado y parecía ser un soltero empedernido, algo que sin duda complacía a su padre. Cameron no podía imaginar que, diez años más tarde, su hermano sorprendería a todo el mundo al casarse con una condesa francesa, mucho más joven que él, que le adoraba.

—Siempre ha habido hombres aventureros en el clan de los Gordon —le dijo su tío aquel día de hacía ya casi veinte años—. ¿Tú qué harás con tu vida, Devlen?

—Seré rico. Tendré barcos, casas y tiendas. Podré comprar todo lo que desee y nunca tendré que volver al colegio si no quiero.

Su tío se rió.

—Ojalá que lo consigas, chico. Un hombre rico sería de gran utilidad para la familia Gordon.

Devlen volvió al colegio, pero también se hizo rico y poderoso.

—Bueno, ¿ya le ha hecho su oferta a la señorita Sinclair? —preguntó—. Y, lo más importante, ¿ha aceptado?

—Sí, hijo, sí. Tengo el placer de comunicarte que la señorita Sinclair ha aceptado nuestra pequeña oferta.

—No me incluya en su plan, padre. Cuanto menos implicado esté en sus maquinaciones, más feliz seré. —Se acercó al aparador y cogió su desayuno.

Volvió a la mesa y se sentó en la otra cabecera, enfrente de su padre.

Los Gordon no habían sido muy prolíficos. Él era hijo único y su padre sólo tenía un hermano. A su vez, su tío sólo había tenido un hijo. Con más niños en la familia, seguro que habría habido menos rencor.

—¿Sabe que alguien ha intentado atentar contra la vida de Robert?

Su padre hizo un gesto con la mano como si quisiera quitarle importancia a aquella pregunta.

—Son sólo divagaciones de un niño histérico. Ya sabes que Robert siempre se está imaginando cosas. Tiene constantemente pesadillas.

—Yo también las tendría si creyera que mi tío está intentando matarme.

Se olvidaron de la comida. Los dos hombres se miraron fijamente. Los ojos de Devlen eran exactamente del mismo color que los de su padre, igual que el cabello. Su aspecto era parecido, pero su naturaleza era radicalmente diferente. Mientras que a él no le interesaba ser duque, su padre ansiaba el título.

Sin embargo, ¿sería capaz de hacerle daño a Robert para conseguirlo? Era una posibilidad que no descartaba. Precisamente por eso se encontraba allí, cuando hubiera sido más provechoso estar presente en la botadura de su nuevo barco. O acompañar a Felicia a París. Cualquier cosa antes que tener que plantarle cara al hombre al que llamaba padre pero que, incluso ahora, era un extraño para él.

—¿Hijo, cómo puedes pensar algo así de mí?

—Sólo usa esa palabra cuando intenta convencerme. O confundir a los demás, padre.

Cameron esbozó una sonrisa entre burlona y divertida.

—Tú haces lo mismo. A menudo, pienso que nos deberíamos llamar por nuestros nombres y prescindir de formalidades.

—¿Quiere que le diga cómo le llamaría?

Cameron se rió.

—¿Acaso crees que soy tonto? Te aseguro, hijo —dijo, remarcando la palabra—, que si hubiera querido hacer daño al chico, ya no estaría vivo. Y no habría nadie que lo pudiera contar.

—¿No habría testigos? ¿Sólo un niño asustado que se empeña en seguir enviándome mensajes?

—¿Cómo ha conseguido hacer eso? ¿Por eso has vuelto aquí al poco tiempo de tu última visita?

—Eso no importa. Estoy aquí y punto. ¿Qué explicación le da al último accidente que ha tenido, padre?

—No emplees ese tono conmigo, Devlen. Puede que en tus negocios mandes tú, pero a mí no me das órdenes.

—Pues alguien debería hacerlo. ¿Por qué no dedica su tiempo a dar gracias por tener la vida que tiene, padre, en lugar de amargarse pensando en lo que no puede cambiar?

—¿La muerte de mi hermano?

32

—La supervivencia de su sobrino.

Si su padre hubiera podido levantarse, lo habría hecho. Si hubiera podido salir rápidamente del comedor, también lo habría hecho. Pero como no le quedaba otro remedio que quedarse sentado en su sitio, cerró los puños, puso las manos al filo de la mesa y miró fijamente a Devlen.

—Me resulta difícil creer que tú escucharías las divagaciones de un niño histérico —dijo finalmente.

—¿Acaso lo hace usted?

Devlen observó su plato con atención. En cuestión de comida, su padre nunca escatimaba. Se notaba que ahorraba en todo, menos en la cocina. Pero ya había perdido el apetito. Olvidó el desayuno y probó el café.

—No le he hecho ningún daño al niño.

Devlen no hizo ningún comentario.

—¿Te quedarías satisfecho si te doy mi palabra?

—Eso no cambiaría nada, ni para bien ni para mal.

—Te has convertido en un cínico, Devlen.

Se recostó en la silla y miró a su padre. Algo no iba bien en Castle Crannoch. No era normal que un niño tuviera tanto miedo, un sentimiento que Robert escondía detrás de su desagradable comportamiento. La señorita Sinclair iba a tener mucho trabajo.

—¿Es cínico saber quiénes son tus adversarios? Tienes la costumbre de manipular la verdad al servicio de tus propios intereses. Siempre lo has hecho.

—¿Soy uno de tus adversarios? Interesante.

—¿Y de qué otra manera definirías nuestra relación?

Desde que tenía uso de razón, Devlen sabía que él no le importaba a su padre. Era un estorbo, un incordio, un fastidio. Todos los esfuerzos de Cameron se concentraban en la administración del imperio de construcción naval que su hermano le había confiado, y constantemente sentía la necesidad de demostrar a su hermano mayor que era capaz de hacerlo. Cameron estaba atrapado en una contradicción: necesitaba la aprobación de su hermano pero al mismo tiempo despreciaba depender de ella.

—Me sorprende que le haya ofrecido ese empleo a la señorita Sinclair. Me parece una elección un tanto insólita.

—¿Por qué dices eso? Creo que la Providencia nos la ha traído a nuestra puerta. Necesita trabajo y yo se lo puedo ofrecer.

Devlen no dijo lo que realmente pensaba. Beatrice Sinclair parecía demasiado frágil para Castle Crannoch. Además, escondía su tristeza detrás de aquellas bravatas, una actitud esencialmente valiente que despertaba en Devlen un extraño instinto de protección hacia ella.

¿No era extraño en él tener esa clase de pensamientos?

Devlen dejó su desayuno, se levantó y salió del comedor sin importarle que su padre esbozara una leve sonrisa misteriosa. Había ciertas cosas que prefería ignorar.

Beatrice había pasado tanto miedo y tanta hambre en las últimas semanas que la repentina ausencia de ambas sensaciones le resultaba casi embriagadora. Mientras comía, tarareaba con la boca cerrada una melodía. Un pájaro curioso que se había posado en el alféizar de la ventana presenciaba aquella singular escena.

—Hola pajarito. ¿Has venido a pedirme algunas migajas?

Cantó un poquito y se marchó volando, sin duda contrariado porque no había querido darle nada.

Llamaron a la puerta y Beatrice se sobresaltó. Se levantó, se dirigió a la puerta y la abrió con cuidado, mientras se cerraba el cuello de la bata que le habían prestado.

—¿*Mademoiselle*? Soy yo, Gaston —dijo en francés de París. Se asomó por la puerta y vio que el gigante estaba justo enfrente de pie. Llevaba en su robusta mano el vestido.

—La doncella se lo ha planchado.

Beatrice alargó la mano y cogió su vestido. Era evidente que la doncella también lo había arreglado. Le había cosido el roto que tenía en el encaje del cuello, y le había puesto otro botón.

—Gracias, Gaston.

—No hay de qué, *mademoiselle*. Estoy disponible para cuando quiera ir a recoger sus pertenencias.

—Gracias.

—Lo único que tiene que hacer es tirar de la cuerda de la campana que tiene al lado de la cama, *mademoiselle*. O si lo prefiere, puedo esperarla.

—Aún no he acabado de desayunar.

—Entonces, esperaré a que me avise.

Cerró la puerta. Estaba un poco desconcertada. Nunca había tenido servicio.

Cuando acabó de comer, se vistió y alisó con las manos la raída tela del vestido. La doncella lo había planchado perfectamente. La lana parecía casi nueva, y la tela olía a algo parecido a lavanda. Nada extraordinario, pero los ojos se le llenaron de lágrimas.

Una vez vestida, Beatrice encontró en una bandeja de plata un cepillo con el que alisó su corto cabello. Había tenido el cólera, la misma enfermedad que habían contraído sus padres, y recibió el mismo tratamiento que el resto de supervivientes: le cortaron el pelo y la purgaron, dos humillaciones contra las que no pudo protestar porque se encontraba demasiado enferma para ello.

El espejo cuadrado de enfrente tenía adornos de oro. El reflejo mostraba una mujer que posiblemente aparentaba más años de los que tenía en realidad. Había algo nuevo en su mirada, una profunda tristeza, un dolor intenso que no desaparecía ni cuando sonreía.

La epidemia que había asolado Kilbridden Village se había llevado a algún miembro de todas las familias. En algunos casos como el suyo, el cólera les había golpeado por partida doble. Su madre y su padre fallecieron tres días después de la muerte de la primera víctima. La virulencia de la enfermedad la sorprendió.

No sólo sus padres se habían ido, sino también sus sueños, sus esperanzas, y la sencilla y tranquila vida que había conocido.

Puede que alguna gente dijera que ella misma se lo había buscado por ser demasiado exigente. Podría haber tenido su propio hogar, su propia familia. Había recibido una oferta de matrimonio, aunque no de la persona que ella esperaba.

Jeremy MacLeod era un atractivo joven que había sido amigo suyo desde los doce años. Llegó un momento en el que su relación se complicó, pero después, al crecer, empezaron a sentir interés el uno por el otro. Él era de buen carácter y se tomaba la vida en positivo. Era ambicioso y tenía muchos planes respecto al molino que había heredado de su padre. Si tenía un defecto, era el de adorar a su madre en exceso. Era el más pequeño de los tres hijos que le habían sobrevivido, su niño mimado. Lo protegía con uñas y dientes, y él lo permitía.

Después de la muerte de sus padres, Beatrice esperaba que Jeremy viniera a su casita y le explicara, en aquel tono tan vehemente que lo caracterizaba, las razones por las cuales debían casarse. Pero en cambio, mantuvo las distancias como si ella aún le pudiera contagiar la enfermedad.

La única propuesta de matrimonio se la había hecho, sorprendentemente, el joven pastor que había sustituido al reverendo Matthew Hanson. Cuando se lo dijo, hacía ya tres años que se conocían.

—Las gentes de Kilbridden Village opinan muy bien de usted, Beatrice.

—Son muy amables.

—También dicen que es una mujer con buen criterio.

—Gracias.

—Aunque ya no es una niña.

Simplemente lo miró, preguntándose si sabría interpretar que aquello le molestaba. Pero no supo.

—Aunque es lo suficientemente joven como para convertirse en la esposa de alguien.

—Supongo que sí.

—Yo tengo dos niños.

—¿De verdad?

36

—Soy viudo. ¿No lo sabía?

Negó con la cabeza.

—Mis hijos vendrán a vivir conmigo cuando acabe de instalarme. Necesitan una madre, y yo necesito una esposa.

No era una propuesta demasiado halagüeña, pero aun así pareció sorprendido cuando ella no la aceptó.

Puede que hubiera sido demasiado insensata al rechazar aquella oferta. Ahora estaba sola en el mundo y no le quedaba otro remedio que tratar de encontrar su lugar, situación que ya predijo el pastor.

—No voy a mantener mi propuesta en pie mucho tiempo, Beatrice. De hecho, dudo que usted vuelva a recibir una oferta como ésta.

Novia. Hasta la palabra le parecía extraña. Hacía tiempo que había renunciado a la posibilidad de casarse. Nunca había estado desesperada, ni siquiera desanimada, por estar soltera. Le gustaba ayudar a su padre en su trabajo.

No es que no deseara casarse. Tuvo, como otras chicas, su ajuar. Durante varios años, su madre y ella habían bordado una docena de servilletas con cardos y rosas. Siempre parecía que aún había tiempo suficiente para pensar en casarse, aunque hubiera pocos candidatos para convertirse en su marido.

Siempre estaba ocupada haciendo cosas, y si alguna vez se sentía sola y echaba de menos el ser esposa o madre, calmaba esas ansias cuidando de los hijos de su amiga Sally. En alguna ocasión le había confiado a Sally que a lo mejor nunca se casaría, ya que casi no había hombres de su edad en el pueblo.

—Entonces será de otro lugar —contestó Sally, siempre práctica—. Te enamorarás de él cuando le veas atravesar el pueblo en su caballo blanco.

—Los únicos caballos blancos que hay en Kilbridden Village sirven para arar la tierra —respondió Beatrice, y las dos rieron al unísono.

Beatrice tiró de la cuerda de la campana y esperó en la puerta. Se preguntó si debería esperar a la entrada del castillo. Después de todo, ella no era una huésped, sino poco más que una sirvienta. Una aduladora de aquel joven duque irritante.

No había otra opción. Tenía que aceptar el empleo. O eso o volver a su gélida casita y morirse de hambre en silencio. No sobreviviría al invierno.

Capítulo 5

Gaston llegó a su puerta en menos de cinco minutos. Se inclinó levemente ante ella, un gesto que no fue del agrado de la joven. Beatrice le siguió por el castillo, que esta vez ya no estaba a oscuras. Tampoco fue necesario recorrer pasillos estrechos y serpenteantes. Castle Crannoch no ofrecía un aspecto tan medieval como la noche anterior. Muy al contrario, aquella parte de la construcción parecía haber sido diseñada teniendo más en cuenta la estética que su utilidad defensiva.

—¿Trabaja desde hace mucho tiempo para el duque, Gaston? —le preguntó en francés.

—Ya trabajaba para el señor Cameron antes de que él naciera, señorita.

—Pensaba que usted era empleado del duque.

Gaston no respondió

—Tengo entendido que la madre del duque era francesa.

Asintió con la cabeza.

—¿Me permite decirle que su francés es excelente? —contestó.

Aquel comentario la puso en su sitio. Era evidente que no debía hacer ciertas preguntas.

—Gracias, mi abuela era francesa. Lo hablo desde que era pequeña.

Asombrada, se detuvo en el rellano. Dos escalinatas salían de la primera planta, se unían en la segunda y se volvían a bifurcar para acabar en la tercera planta de Castle Crannoch. Tanto el pasamanos como las pilastras estaban tallados en madera oscura muy brillante que contrastaba fuertemente con la seda amarilla de las paredes. En el centro, pendida de una larga cadena que salía del tercer piso, había una enorme lámpara con velas. Uno de los lacayos mantenía el equilibrio en una escalera de mano mientras cambiaba las velas. Miró con curiosidad, aunque en seguida decidió que era más interesante su tarea.

Beatrice bajó los escalones lentamente, mirando los cuadros de las paredes. Todos aquellos hombres retratados a tamaño natural se parecían a Cameron Gordon, o a su hijo.

—¿Son los duques de Brechin?

Gaston no se giró para mirarla.

—No, *mademoiselle*, no todos son duques. Algunos han sido hombres importantes para la familia.

No había tiempo para hacer más preguntas, porque Gaston la había dejado atrás. Se apresuró para alcanzarle.

Las enormes puertas principales, que parecían viejas, estaban tachonadas y rematadas con hierro. Gaston abrió la puerta izquierda, salió afuera, y se inclinó ligeramente ante ella.

—Cuando quiera, *mademoiselle*.

Salió y se detuvo ante los grandes escalones de piedra. Le impresionó ver el océano a su izquierda y las sinuosas colinas al frente. Se veía el sol en el horizonte, con franjas de nubes que surcaban el cielo como si fueran cintas fruncidas.

El invierno había llegado por la noche. La hierba estaba cubierta de una ligera capa de escarcha y su aliento se convertía en vapor delante de su rostro. Pronto, los carámbanos de hielo colgarían de los árboles y la nieve cubriría el suelo. El mundo se quedaría en silencio, apenas respirando, hasta la primavera.

Un espléndido carruaje negro les esperaba en la entrada circular, con cuatro caballos de color ébano a los que trataba de dominar un cochero de librea. El cochero acercó el mango de la fusta al ala de su sombrero y le hizo una leve reverencia. Beatrice asintió con la cabeza en respuesta.

—¿No es éste el carruaje de Devlen?

—No —respondió Devlen detrás suyo—, es propiedad del duque de Brechin, señorita Sinclair.

Se giró y le miró. Llevaba un sobretodo mucho más adecuado para el frío que hacía que su chal. Envidió lo abrigado que iba.

—¿No tiene frío?

La observó con demasiada atención, deteniéndose en su rostro y después en sus manos, que sujetaban el chal en los hombros. Por último, se fijó en sus zapatos. ¿Juzgaba su apariencia en base a sus posesiones? Sí así era, estaba claro que su opinión sobre ella no sería muy buena. Había vendido todo lo que le podía proporcionar algunas monedas. Las únicas prendas que le quedaban estaban gastadas y raídas, y no eran apropiadas para una empleada del duque de Brechin.

—¿No tiene más ropa, señorita Sinclair?

Se desabotonó el sobretodo, se lo quitó y cubrió los hombros de Beatrice, que en seguida empezó a entrar en calor. Se sentía muy pequeña dentro de aquel abrigo tan grande que le arrastraba por el suelo mientras lo abrochaba.

—No puedo ponerme su abrigo.

Devlen no hizo caso. Aunque sólo llevaba una camisa blanca y unos pantalones negros, parecía no tener frío.

—Mi padre me ha dicho que usted ha aceptado el empleo que le ha ofrecido. ¿Está segura de que ha tomado la decisión correcta?

—Sí, completamente segura.

—Quizá quiera pensárselo un poco más antes de dar una respuesta, señorita Sinclair.

—¿Por qué, señor Gordon? Ya me he decidido.

Le fastidiaba aquella manera que tenía de sonreír.

Beatrice se apartó a un lado para bajar las escaleras, pero él alargó el brazo y le cogió la mano. Ella miró su mano y después le miró a la cara. Su sonrisa había desaparecido, y ahora su mirada era tan penetrante que se asustó.

—También necesita unos guantes.

—Por favor, deje que me vaya. —No le dijo que los únicos guantes que tenía estaban hechos jirones y ya casi no abrigaban nada.

La soltó pero no retrocedió.

—Creo que no es sensato que usted se quede en Castle Crannoch, señorita Sinclair.

—Gracias por su interés, señor, pero ya he tomado una decisión y se la he comunicado a su padre. Parece que él piensa que soy apta para ese puesto.

—A mi padre le conviene que usted esté aquí, señorita Sinclair. ¿No se ha preguntado por qué quiere contratarla para desempeñar una tarea tan importante? A los candidatos para este empleo normalmente no se les entrevista en el dormitorio.

Su rostro se encendió.

—Le ruego que me deje pasar. —Se fijó en sus botas negras y lustrosas, que le llegaban hasta la rodilla. Su ropa era sencilla pero de buena calidad. Olía bien, a algo que no podía identificar.

—Usted es una oveja en una guarida de lobos, señorita Sinclair.

Le miró asustada.

—¿Y usted cree que es uno de los lobos, señor Gordon? ¿Quizá el jefe de la manada?

Se tapó la boca con la mano, horrorizada por lo que acababa de decir.

—No está preparada para el trabajo que ha aceptado. Váyase a casa.

—¿Para morirme de hambre? Éste es el único empleo para el que estoy cualificada, ¿y usted quiere privarme de él?

Quería tragarse sus propias palabras justo al acabar de pronunciarlas. ¿Cómo iba a conocer él sus circunstancias? No quería ni piedad ni caridad, sino simplemente un medio para ganarse la vida.

—¿Y nadie la puede ayudar?

Beatrice se irguió. Estaba furiosa por haberse sentido cómoda con aquel abrigo prestado. Empezó a desabotonarlo, pero Devlen le cogió las manos para que no lo hiciera.

42

—Quédeselo, señorita Sinclair. No puedo verla tiritando.

Se miraron. El tiempo parecía transcurrir demasiado rápido.

—La epidemia de cólera se llevó a todos mis seres queridos —respondió finalmente—. No me queda nadie. Estoy sola.

—¿Ni siquiera algún enamorado?

—No.

—¿También murió por la epidemia? ¿O había más de uno?

Lo mejor que podía hacer era no contestarle. Ya se las arreglaba muy bien él solo sin su ayuda.

—Perdone mi impertinencia, señorita Sinclair, pero usted es una mujer de atractivo singular. Cuando haya engordado un poco, creo que estará guapa. Incluso ahora hay algo interesante en usted para un hombre.

—No.

—¿No? —dijo, subiendo una ceja.

—No, no le perdono su impertinencia. Déjeme pasar.

Gaston y el conductor les habían estado observando con atención todo el rato. Ninguno de los dos intentó fingir que ignoraba la conversación. En realidad, parecía que estuvieran tomando nota atentamente para contárselo después al resto del servicio con todo lujo de detalles.

Lo último que necesitaba era vivir rodeada de habladurías, especialmente al empezar en un empleo que la salvaría de la pobreza y le daría de comer.

—Por favor —dijo, esta vez más suavemente—, déjeme pasar.

—¿Va a su casa, señorita Sinclair?

No debería pronunciar su nombre de aquella manera. La fastidiaba, y notaba como si aquellas palabras le subieran desde los tobillos a la espalda. Su voz era grave, y pronunciaba las sílabas suavemente, casi susurradas.

—Sí, señor Gordon, voy a casa. ¿Me deja pasar?

—¿Se quedará allí?

—No.

Asintió con la cabeza como si la respuesta no le hubiera sorprendido lo más mínimo.

—No pretendía quedarme mucho tiempo en Castle Crannoch, señorita Sinclair, pero veo que tendré que retrasar mi partida.

—No lo haga por mí, señor.

Le cogió otra vez la mano, pero esta vez sin intención de sujetarla. Le pasó los dedos desde la muñeca al antebrazo, haciéndola estremecer.

—Sólo unos días, para asegurarme de que se adapta al lugar, señorita Sinclair.

Esta vez se apartó y la dejó escapar. Beatrice prácticamente corrió escaleras abajo.

Gaston le abrió la puesta del carruaje. Ella le indicó cómo ir a su casa antes de entrar y sentarse en medio del asiento. Evitó ponerse al lado de las ventanillas y, deliberadamente, miró al suelo. No quería ver a Devlen Gordon, ni ahora ni tampoco cuando volviera.

Se tapó hasta las orejas con el sobretodo, percibiendo aquella maravillosa y extraña fragancia.

Gaston se colocó al lado del conductor. Cuando el carruaje emprendió la marcha, Beatrice miró por la ventanilla. ¿Por qué sentía que la desilusión la invadía al no ver a aquel hombre que la sacaba de quicio?

* * *

La última persona que necesitaban en Castle Crannoch era Beatrice Sinclair, con sus dulces ojos azules, sus buenos modales y unas manos que temblaban tan visiblemente.

Tenía el cabello demasiado negro, y su tez era demasiado clara. Alguien debía decirle que los labios rojos no estaban de moda. ¿Se los pintaba?

Su lengua era afilada cuando se decidía a usarla.

Pensaba que era Black Donald.

Realmente, había que hacer algo con su vestimenta. Su ropa era muy holgada, pero el canesú le quedaba demasiado ceñido.

También tenía las piernas demasiado largas, pero suponía que no podía hacer nada para arreglar eso.

Ella no se iba a marchar fácilmente, pero no la culpaba. Sin duda, su padre había conseguido que el empleo como institutriz-niñera de Robert pareciera envidiable, cuando la realidad era muy diferente.

Aun así, debía ser mejor que todo lo que había vivido durante el último año. El cólera había diezmado varias regiones de Escocia. De hecho, se habían llevado a Robert a Edimburgo durante aquel periodo para sentirse un poco más seguros lejos de Kilbridden Village. Las historias que Gaston le había contado no eran nada agradables.

Lo último que deseaba era sentir compasión por ella. No estaba segura en el castillo, pero aunque se lo insinuó sutilmente, no le hizo caso. ¿Qué habría dicho si le hubiera explicado toda la verdad?

«Gracias, pero no le creo». O: «A pesar de eso, acepto el empleo». O: «No sea absurdo, señor Gordon. Está exagerando». Se imaginaba que Beatrice le podía contestar de cualquiera de esas formas.

Debería estar ya de vuelta en Edimburgo, donde tenía muchas cosas que hacer. Al menos, podía ir a Inverness e informarse de cómo iban sus negocios allí.

Puede que debiera haber acompañado a la señorita Sinclair a su casa. Allí, podría haberse formado una opinión de ella más precisa. Pero, aunque se conozca el pasado de un hombre, o en este caso una mujer, nadie puede saber adónde quiere dirigirse esa persona. La gente guarda su futuro en lo más profundo del corazón y de la mente, y raras veces lo comparte con los demás.

Se cruzó de brazos e ignoró el frío mientras miraba al carruaje que empezaba a descender al pueblo.

Ella iba a ser un problema.

Capítulo 6

En la distancia, Castle Crannoch parecía de un color gris apagado, pero en realidad los ladrillos eran prácticamente negros y el
mortero mucho más claro. Sólo parte de la zona antigua del castillo era visible desde la hondonada del valle, y los habitantes del
pueblo no podían apreciar las cuatro torrecillas con almenas tan
bien construidas que parecían dientes, o la entrada circular que
conducía a las enormes puertas principales en forma de arco.

Pero la fuerte torre solitaria que se erigía al frente del dete-
riorado castillo original se distinguía fácilmente. ¿Era sólo una fachada, quizá como la que mostraban los habitantes de Castle
Crannoch?

Bajaron a Kilbridden Village muy rápido, ya que el cochero
parecía conocer perfectamente el camino. En dos ocasiones, Beatrice estuvo a punto de salir despedida por la puerta, y tuvo que
agarrarse fuertemente a la correa que había encima de la ventana.

La segunda mitad del trayecto, llena de recovecos, la recorrieron aún más apresuradamente, lo que hizo que se preguntara
si aquel mismo cochero habría sido el responsable del accidente
de carruaje que acabó con la vida de los padres de Robert y dejó
a Cameron Gordon en silla de ruedas.

Al final del camino, toparon con unos pedruscos que sacu-
dieron el carruaje. Se tambalearon tanto que Beatrice pensó por
un momento que iban a volcar. En lugar de aminorar la marcha,
el cochero se limitó a maldecir los caballos con un grito tan fuerte que Beatrice lo oyó desde dentro del carruaje.

A una velocidad frenética, los condujo a través del campo como si les persiguieran los lobos. No mostraba la más mínima intención de desacelerar y no parecía tener en cuenta que las ruedas estaban dañadas.

Beatrice cerró los ojos y, agarrándose con las dos manos a la correa, rezó al pasar por Kilbridden Village.

Apenas diez minutos después, oyó un chirrido y vio cómo una rueda pasó volando por delante de la ventana. El carruaje se inclinó hacia un lado y se detuvo bruscamente.

Se había partido un eje.

Beatrice siguió agarrada a la correa hasta que el carruaje se paró del todo.

—¿Señorita Sinclair?

La voz de Gaston provenía de algún lugar cercano a su oído izquierdo. Levantó la cabeza y vio que se asomaba por la puerta, que ahora estaba abierta. Le tendió la mano.

—¿Se encuentra bien, señorita Sinclair?

Asintió con la cabeza, a pesar de que aún se encontraba algo mareada.

—Déjeme ayudarla, señorita Sinclair. Le resultará más cómodo esperar fuera del carruaje mientras se repara la rueda.

Como el carruaje estaba totalmente inclinado, para salir debía encaramarse a la puerta de la izquierda y descender con la ayuda de Gaston. Lo hizo lo más delicadamente posible, ya que no quería que se le vieran las enaguas. Al bajar, la falda se le ahuecó y se le vieron las piernas demasiado. Esperaba que Gaston no lo hubiera notado, o, si se había dado cuenta, que al menos lo olvidara pronto.

Se remangó la falda con recato y se apartó a un lado del camino intentando evitar los charcos de barro. Sólo entonces se dio cuenta de dónde se encontraba: era el molino, propiedad de Jeremy MacLeod.

Seguramente, Beatrice hizo algún ruido porque Gaston miró hacia ella. Ella le hizo un gesto con la mano para indicarle que todo iba bien.

—Puede que nos lleve un rato, señorita Sinclair. Thomas tiene que volver a Castle Crannoch a buscar los recambios u otro carruaje.

Tenía ganas de decir que si Thomas hubiera tenido un poco en cuenta el estado del camino, ahora no se verían en aquella situación. Pero simplemente asintió con la cabeza.

El día iba de mal en peor. La única persona a la que no quería ver se dirigía hacia ella, con su pelo rubio rojizo al descubierto y el rostro un poco más bronceado por el sol.

Jeremy MacLeod.

—¿Beatrice, necesitas ayuda?

—Buenos días, Jeremy. No, gracias.

—Como puede ver —dijo Gaston, señalando al carruaje— hemos tenido un accidente.

Beatrice se preguntó si habría señalado el emblema ducal a propósito, o si Jeremy ya se habría fijado en él por sí solo.

—¿Y tú qué haces aquí, Beatrice?

Beatrice juntó las manos.

—He aceptado un empleo en Castle Crannoch, y vengo a recoger mis cosas.

—¿Castle Crannoch? Les he vendido algunas cosas. —Al parecer, no iba a añadir nada más.

Quería preguntarle sobre sus habitantes, pero entonces parecería que aún dudaba de la decisión que había tomado. Así pues, permaneció callada como él.

Gaston interrumpió aquella embarazosa situación.

—Si me indica cómo llegar a su casa, señorita Sinclair, puedo ir a caballo y recoger lo que necesite.

—No es necesario —dijo Jeremy—, os puedo prestar un carro. La casa no está muy lejos de aquí, se puede ir andando perfectamente.

Lo sabía muy bien, ya que de más joven había ido a pie muchas veces.

—De acuerdo —dijo ella, tan amablemente como pudo—. Te agradezco mucho que nos dejes el carro.

Beatrice deseó con todas sus fuerzas que el día mejorara.

Y justo en aquel momento, empezó a llover.

—Cuéntame más sobre tus pesadillas —dijo Devlen.

Robert, sentado en el suelo, estaba muy ocupado organizando sus tropas. La alfombra oriental de la habitación del duque servía de campo de batalla, y los diferentes dibujos hacían las veces de colinas, valles, ríos y arroyos. Los soldaditos de plomo eran un regalo que Devlen había hecho a su primo las últimas Navidades, un batallón de soldados ingleses y alemanes que fue a engrosar la ya considerable armada de Robert.

—¿Han empeorado? —Devlen se sentó al lado de su primo, cogió un puñado de soldaditos y empezó a ponerlos en fila.

—Así no —dijo Robert, haciendo un gesto de desdén con la mano—. Ya lo hago yo. Tienen que ganar, ¿sabes?

Su primo tenía una afición enfermiza por los juegos bélicos que, lamentablemente, había sido alimentada por su padre. Mientras que otros chicos se hubieran contentado escuchando relatos épicos, Robert quería conocer los detalles de la batalla, cuántos hombres habían muerto o cuántas escaramuzas se habían producido antes de finalizar la guerra. Devlen creía que esas cosas no interesaban a la mayoría de niños de siete años, pero puede que estuviera completamente equivocado. A lo mejor la señorita Sinclair sabía más sobre el tema, o quizá tenía tan poca experiencia con niños como él.

—¿Entonces no has tenido más pesadillas?

Robert le miró pero no contestó. Se le veía muy contento organizando a sus soldados. ¿Qué batalla iban a librar hoy? Robert conocía todo tipo de detalles sobre, por ejemplo, la disposición de los regimientos. Como Devlen nunca se había interesado por esos asuntos, ni siquiera cuando era niño, se limitó a mirar cómo Robert alineaba las tropas.

—Es Aníbal —dijo Robert, que se inclinó para volver a coger los soldados mientras reprendía a Devlen con la mirada—, el general que cruzó los Alpes con sus elefantes.

Devlen se apoyó sobre una mano y se preguntó si su primo sabía que no se arrastraba por el suelo muy a menudo. Simplemente por ese esfuerzo ya merecía su aplauso. Sólo recordaba haberlo hecho una vez con una antigua amante, pero era mejor no rememorar aquella aventura. Las rodillas le habían dolido durante una semana.

Robert estaba concentrado tratando de recrear alguna batalla de tiempos pasados. Devlen decidió que era mejor no preguntarle más cosas sobre Aníbal, por si acaso se extendía demasiado. Una o dos frases bastarían para ponerle en un aprieto.

Devlen, que había pasado muchos años en Londres y en la Europa continental, tenía muchos temas de conversación. Había viajado a América un feliz verano, pero se acordaba más de la mujer que lo acompañó que de Washington y Nueva York. Sus viajes a Oriente habían sido los más fascinantes, y juró que volvería alguna vez. Se había familiarizado con los rusos, aunque no creía que fuera a regresar a aquel país. Demasiado frío para su gusto.

Pero ninguna de aquellas experiencias le aportaba información válida para poder conversar con su primo. Aun así, siempre le había gustado el niño, y Robert debía haber notado aquel cariño sincero porque se había arrimado a Devlen desde que sus padres murieron.

El hecho de ser el único adulto de la familia que podía aguantarlo era una dura responsabilidad. Pero a pesar de lo irritante que Robert podía llegar a ser a veces, había algo en él que despertaba la compasión de Devlen. Puede que fuera porque se había quedado huérfano de repente. Era el niño mimado de un hombre más mayor que su padre y, de golpe, se enteró de que su papá y su mama habían muerto en un accidente de carruaje.

Los meses siguientes no resultaron fáciles.

Para empezar, su hogar fue tomado por un todo un séquito. Su tío, ahora su tutor, llegó con su esposa, la doncella de ésta y numerosos sirvientes, con el único objetivo de cuidar de aquel niño que se había quedado tan solo.

Le pusieron varios profesores particulares que fueron seleccionados por su tío, a cada cual más desagradable. Sin embargo, Robert los había derrotado empleando la brillante táctica de comportarse como un verdadero monstruo, hasta que no les quedaba más remedio que marchar desesperados.

¿Su primito se daba cuenta de que él mismo era la mayor víctima de aquella guerra invisible? El enemigo no era Francia, o la Inglaterra de hacía un siglo, sino su propio tío.

Las cosas no iban bien en Castle Crannoch. A Robert le pasaba algo, pero en esta ocasión no quería hablar. Por primera vez, su primo no compartía su sufrimiento con él, y aquella reticencia le inquietaba.

Aun así, Robert no tenía la culpa de que de repente, como otras veces, se sintiera furioso; del mismo modo que tampoco había hecho nada para que Cameron Gordon le tuviera aquella aversión.

—¿Cómo tienes el tobillo? —le preguntó al ver el vendaje que asomaba por debajo de sus pantalones—. Tu caída por las escaleras fue muy fuerte.

Una caída que podría haber matado a un adulto perfectamente.

Robert le hizo un gesto con la cabeza.

—Debes tener más cuidado.

Una vez más, Robert le miró. Aquellos jóvenes ojos le parecieron de repente los de una persona mayor. Devlen se preguntó qué sabría el niño exactamente, o qué sospecharía.

—A partir de mañana tendrás una institutriz.

—No necesito ninguna institutriz.

—Creo que estoy de acuerdo en eso. Pero la señorita Sinclair empezará a trabajar mañana. Trátala bien, nada de ponerle ortigas en la cama.

Aquel comentario despertó la curiosidad de Robert. Devlen lamentó haberle dado al niño aquella idea, pero Robert ya había conseguido deshacerse de sus anteriores profesores por sí solo y no necesitaba las sugerencias de Devlen.

—Por favor, pórtate mejor con ella. Por lo menos háblale de vez en cuando. Tengo entendido que la señorita Sinclair también es huérfana.

El rostro de Robert se colapsó de repente; no se podría describir de otra manera. La luz de sus ojos se apagó como si no hubiera inteligencia detrás de ellos, como si ya no hubiera nada detrás del rostro de Robert Gordon, el duodécimo duque de Brechin. Devlen nunca había visto a nadie desvanecerse tan rápido, y la impresión fue tan fuerte que se le erizó el vello de la nuca.

No podían desplazarse muy rápido con aquel carro de granja, pero no le importaba. Beatrice tuvo tiempo suficiente para recrearse mirando a lo lejos la casita que siempre había sido su hogar.

Aunque la mayoría de sus recuerdos eran de Kilbridden Village, ella provenía de un lugar cercano a la frontera entre Escocia e Inglaterra. Sus padres bromeaban sobre ello a veces y decían que su padre había sido un saqueador y su madre el botín que había robado. Pero aquellos comentarios no eran aptos para sus oídos, y aun siendo una niña ya se daba cuenta de ello.

Sus padres le habían contado que venían de familias numerosas. Pero en todos aquellos años no conoció a ningún pariente. Ningún tío ni ninguna tía había venido a Escocia a visitarlos, ni le constaba que mantuvieran correspondencia con ellos.

Había en sus padres algo misterioso. En una ocasión, Beatrice preguntó a su madre por qué nunca hablaba del pasado y la mujer estuvo a punto de ponerse a llorar.

«Mejor no recordar ciertas cosas», contestó, sin más.

Cuando murieron sus padres, Beatrice buscó meticulosamente entre sus pertenencias, pero no encontró nada. Ninguna conexión con el pasado, ni cartas ni documentos sobre sus parientes desconocidos.

Su padre era un hombre culto, que siempre hablaba de libros y de sus clases. Era un granjero pobre al que no se le daban bien sus labores. Parecía no conocer a fondo aquel trabajo, de poca importancia para él. A menudo, las cosechas eran malas y las gallinas enfermaban y morían. Era más feliz cuando se enfrascaba en el estudio de los pocos libros que tenía, o cuando llamaba a su madre y discutían sobre algún tema interesante.

Aun siendo pobres, llevaban una vida agradable. Recordaba la única vez que estuvieron tristes en aquella casita, cuando su madre dio a luz a un niño que sólo vivió una hora. Vio cómo su padre lloraba sentado al lado de la cama de su madre. Aquélla había sido la primera y última vez que le vio llorar, pero al pasar los años, se dio cuenta de que su madre era la más fuerte de los dos.

Cuando tenía catorce años, los habitantes más mayores del pueblo fueron a ver a su padre y le ofrecieron el puesto de maestro, recientemente creado. Se olvidó de sus labores como granjero y desde aquel día la vida de la familia cambió. No fueron nunca ricos pero no pasaron hambre. Su madre cuidaba de las gallinas y mantenía el jardín, mientras que su padre iba a la escuela cada día con una sonrisa, mezcla de expectación y entusiasmo.

Ahora la casita estaba triste y vacía. ¿Tenía que cubrir las ventanas con tablas y cerrar los postigos? No iba a volver allí en mucho tiempo. De hecho, no sabía si alguna vez podría soportar volver.

Como la casita estaba alejada de la aldea, no tenía vecinos. El año pasado, a menudo se había sentido aislada. Después de todo, puede que hubiera sido mejor así. Nadie se enteró de su estado precario ni de que se había quedado sin dinero ni objetos que vender hacía ya un mes.

—¿Es difícil, señorita?

Miró a Gaston, y se dio cuenta de que el carro se había detenido y él estaba de pie en el camino.

—¿A qué se refiere?

—A dejar su hogar.

53

Ella asintió con la cabeza.

Era extraño que en Castle Crannoch no hubiera pensado en el estado de su casa. ¿Quién se aseguraría de que repararan el tejado en primavera? ¿Quién quitaría el hielo de la puerta y engrasaría el pestillo y las bisagras? ¿Quién cuidaría de los libros de su padre y de las pertenencias de sus progenitores, aquellas que no pudo soportar vender el mes pasado?

Tenía que decirle a Gaston que no se podía ir, pero un momento después se reprendió a sí misma. ¿Por qué debería quedarse? Aquí sólo estaba el pasado, y tenía que dejarlo a un lado, tanto los recuerdos de felicidad y risas como los momentos de pérdida y dolor.

—¿Señorita?

Regresó al presente. Se bajó del carro, y recorrió el sendero intentando no recordar. Pero, en contra de su voluntad, los recuerdos se agolpaban en su mente. Su padre había acondicionado aquel sendero. La tarea le había llevado dos meses, seis semanas de planificación y sólo dos semanas de trabajo. Ella y su madre le ayudaron. Recogieron piedras de la parte trasera de la finca y las colocaron exactamente donde él lo había planeado. Se acordaba de que su padre quedó encantado con el resultado final, mientras que ellas simplemente estaban contentas por haber acabado el trabajo.

Sus padres se sentían tan realizados y felices juntos que no le extrañó que la muerte se los llevara sólo con unos días de diferencia. Ahora estaban enterrados juntos en el lado este del cementerio. «En la certera esperanza de la Resurrección» —dijo el pastor—, «con una sonrisa en sus corazones y sus almas rebosantes de paz».

Aquello estaba muy bien para sus padres, ¿pero qué iba a ser de ella?

Admitió que aquél había sido un pensamiento completamente egoísta. Sin embargo, ya no se castigaba tanto a sí misma como al principio, cuando su dolor era tan profundo que podía quedarse sentada sola en casa durante horas, mirando por la ventana y preguntándose cómo iba a soportar aquella pena.

Pero durante el pasado año había aprendido que podía soportarlo todo, incluso la muerte de sus padres y de sus amigos. Podía aguantar la soledad y la pena, el dolor, la tristeza e incluso la desesperación. Pero su cuerpo necesitaba comida, agua y calor.

Por ese motivo, había aceptado la oferta de Cameron Gordon.

Entró en la casita y cogió sus pertenencias: un cepillo pequeño, el espejo de plata de su madre, el libro de las *Fábulas* de Esopo de su padre, los dos vestidos que le quedaban, unos corsés de sobras y dos enaguas. En cinco minutos estuvo lista.

Beatrice salió de la casa. Se aseguró de dejar la puerta bien cerrada para que el viento no la pudiera abrir, como a menudo sucedía.

Se giró y sonrió decididamente.

—Estoy lista, Gaston.

Él se acercó para cogerle el bolso de mano.

—¿Está segura, *mademoiselle*?

Esperaba que él moviera la bolsa para saber qué había dentro.

—Sí —contestó. Casi no había valido la pena hacer un viaje para recoger aquellas cosas.

¿Debía avisar a los amigos de sus padres y decirles dónde la podrían encontrar, por si acaso sucediera algo y alguno de ellos necesitara contactar con ella?

¿A quién se lo tenía que comunicar? ¿A la señora Fernleigh? Era una viuda de edad indeterminada que ya tenía una edad considerable cuando Beatrice era niña. En los últimos años, la señora Fernleigh había ido perdiendo la memoria y explicaba cosas sobre personas que ya no estaban vivas como si acabara de hablar con ellas. La epidemia del cólera le había afectado mucho. A veces parecía confusa. Puede que la señora Fernleigh no fuera la persona adecuada.

¿El señor Brown? Había perdido a su mujer y su hijo a causa de la epidemia y a menudo pasaba los días más concentrado en la bebida que en el mundo que le rodeaba.

Salvo Jeremy, todos sus amigos habían muerto por la epidemia, así que ya no tenía nadie a quien avisar.

Con una larga mirada se despidió del que siempre había sido su hogar. Por el sendero, se dirigió hacia el carruaje. Caminaba hacia una nueva vida, si no mejor, por lo menos no tan dolorosa.

Capítulo 7

Rowena Gordon se contemplaba en el espejo con ojo crítico, fijándose no sólo en su aspecto físico sino también en su porte. Debía proyectar una imagen perfecta. Su familia siempre estaba dispuesta a juzgarla, y no quería que alguna lengua descarriada comentara que parecía cansada, que el encaje estaba deshilachado o que sus ojos reflejaban desilusión.

No debía haber nada en su conducta que pudiera ser motivo de habladurías. Si alguien tenía que decir algo, que fuera que el tiempo de Escocia le sentaba bien, que tenía el cutis más claro que nunca o que los años parecían no pasar por ella. Y sobre todo, Dios mío, no podía permitir que nadie pronunciara una sola palabra de lástima o compasión por su marido.

«Querido Cameron, qué pena que un hombre tan vital como tú esté atrapado en una silla de ruedas. ¿Cómo lo sobrellevas, mi querida Rowena?».

Por favor, aquello sí que no.

Hoy iba vestida de rojo, un color atrevido y llamativo. La chaqueta era de talle corto y estaba ribeteada de piel, igual que el dobladillo de la falda que le llegaba a los tobillos. Las botas tenían unas pequeñas borlas a juego con las del sombrero, una nueva combinación. Sus parientes, siempre prestas para criticar cómo derrochaba el dinero, parecían envidiar su riqueza. Como si lo material pudiera compensar aquella tristeza siempre presente en su vida.

Cogió el bolsito de mano y se dirigió a su doncella.

—Bueno, Mary, ¿me sienta bien?

De todas las personas del mundo, Mary era la que mejor conocía sus secretos.

Mary había estado a su lado durante aquellas terribles horas en las que aún no sabía si Cameron iba a sobrevivir. Mary le había traído innumerables tazas de chocolate cuando no podía dormir. Mary le pasaba un nuevo pañuelo a escondidas cada vez que salía de la habitación de su marido por la mañana. Y Mary siempre estaba merodeando a su alrededor como un espectro, una criatura casi invisible que sólo esperaba una oportunidad para poder ayudar.

Mary asintió con la cabeza y sonrió.

—Está preciosa, señora.

—Gracias, Mary. Si lo estoy, es en gran parte gracias a tus atenciones.

Mary se ruborizó mientras se acercaba rápidamente a la puerta. Aquel tono sonrosado le sentaba muy bien.

—¿Estarás lista para partir antes de la hora de comer? —preguntó Rowena mientras salía de la habitación.

—Sí, señora. Mi equipaje está preparado. —Pareció querer añadir algo, pero permaneció en silencio.

—¿No estás deseando ver de nuevo a tu hermano? —Thomas era uno de los cocheros de Cameron y uno de los empleados en los que más confiaba.

—Pues claro, señora. Pero Londres es un lugar tan apasionante...

—Es eso y muchas cosas más, Mary. Pero debemos regresar a Castle Crannoch.

Mary asintió con la cabeza.

—Sí, señora.

¿Sabría Mary que Rowena quiso marcharse de Escocia a toda costa? Estaba tan desesperada que ya no pudo aguantar más, y la única opción que le quedó a Mary fue acompañarla. Pero aquellos dos últimos meses en Londres no la habían aliviado nada. Además, había echado de menos a Cameron cada día.

Después de todo, puede que hubiera sido una buena idea venir a Londres porque le había revelado cuál era la verdad. No podía escapar aunque se fuera a otro lugar. Adoraba a su esposo, con piernas o sin ellas.

Los últimos meses se había apartado de ella completamente. Ya ni siquiera la tocaba al pasar, o en señal de afecto. Ella solía sentarse detrás de su silla y apretaba la palma de la mano de Cameron contra su mejilla, recordando que aquel gesto había sido anteriormente el preludio de muchos momentos apasionados entre los dos.

Pero ahora, ya ni eso le quedaba.

Últimamente, Cameron retiraba su mano lentamente y la miraba sin inmutarse, casi como si no la conociera o como si no quisiera haberla conocido.

A veces, ella se preguntaba cómo reaccionaría si le dijera lo sola que se sentía. ¿La miraría? ¿La dejaría volver a su cama? Había cosas que no se podían decir entre ellos, a pesar de lo mucho que necesitaban explicarlas.

Salió de su habitación y bajó las escaleras con la cabeza alta, tanteando los escalones con los pies debajo de sus amplias faldas. Su boca dibujaba una sonrisa permanente y su rostro tenía una expresión agradable. Se encontraba en una especie de teatro, y el último telón estaba a punto de levantarse.

Su familia había cambiado, o a lo mejor ella acababa de darse cuenta ahora de lo agresivos y punzantes que eran en sus comentarios. No les importaba que todas sus preguntas fueran como dardos dirigidos hacia su piel desprotegida. Causaban una herida allá donde fueran a parar.

Cuando entró en el salón y vio a sus cinco primas, a sus dos tías y a su madre, Rowena entendió que había sido una completa estúpida. Vino a Londres buscando consuelo y fue recibida por una manada de lobas.

Ninguna de aquellas mujeres la había abrazado alguna vez o se había mostrado afectada por su desgracia. Por el contrario, tenían celos de la riqueza de Cameron y de la fama de su hijastro.

Respiró hondo y las saludó.

El regreso a Castle Crannoch se retrasó debido a la reparación del carruaje. Beatrice se recostó sobre los cojines, juntó las manos encima del regazo e hizo un amago de mirar por la ventana. Había previsto estar de vuelta en el castillo antes del atardecer pero, cuando finalmente reanudaron la marcha, el sol ya se estaba poniendo. Era el momento más triste del día, y parecía que la propia naturaleza llorara al ver que la noche llegaba.

Odiaba la oscuridad, aquella negrura, la ausencia total de luz. La noche le recordaba demasiado a la muerte. Era una persona que anhelaba las mañanas, que buscaba el amanecer. El primer rayo de sol, vacilante, en un cielo oscuro le transmitía paz y una alegría incipiente.

Pero allí estaba, dirigiéndose a Castle Crannoch una vez más, mientras la noche se vislumbraba en el horizonte.

¿Acaso era la mano de Dios demostrándole que no debería de sentirse tan aliviada por dejar su aldea? ¿Había sido una insensata al aceptar el puesto de institutriz?

Empezaron a recorrer el largo y arduo camino de subida por la sinuosa montaña que les llevaría a Castle Crannoch. De nuevo, viajaban completamente a oscuras, mientras la luna asomaba por detrás de una masa de nubes para ser testigo de aquel ascenso.

Beatrice trató de no pensar en lo abrupto que era el despeñadero que tenía a su derecha. ¿Los caballos tenían tanto miedo como ella? ¿O es que eran inmunes al peligro?

—Cuénteme cosas sobre Robert —le dijo a Gaston, que había estado callado y vigilante durante el último cuarto de hora. En lugar de sentarse con el conductor, la acompañaba dentro del carruaje.

—¿Qué quiere saber? —Por primera vez, notó su aprobación y se sintió avergonzada por no haberse interesado antes por el niño.

—¿Cuáles son sus asignaturas favoritas? ¿Y su comida preferida? Ese tipo de cosas.

—Creo que es mejor que conozca a Su Excelencia usted

misma, señorita Sinclair. De todas formas, le diré que quería mucho a sus padres y que aún sufre por su pérdida.

—Eso es algo que tenemos en común, Gaston.

—Por eso creo que se llevarán bien, señorita Sinclair. Los dos son huérfanos, y ya verá que también hay otras cosas que los unen.

—Dígame, Gaston, ¿nadie se ha ocupado de él desde la muerte de sus padres? ¿No hay nadie que le imponga unas normas y le corrija sus modales?

—Es el duque de Brechin —dijo, encogiéndose de hombros—, está jerárquicamente por encima de cualquier persona que pretenda educarlo.

—No me importa su título, Gaston, sino su comportamiento. Tiene que quedar claro que voy a ser su institutriz.

Gaston se recostó en los cojines y la miró. A la luz de la luna, Beatrice vio cómo esbozaba una sonrisa, como si aquello le pareciera muy divertido.

—Antes de inculcarle disciplina a un niño, debe tenerle cariño.

—Puede que los franceses piensen eso, pero no es exactamente lo que los escoceses dirían.

—¿Y qué dirían los escoceses, señorita Sinclair?

—Que para poder querer a un niño, primero tiene que estar bien educado.

—Entonces las próximas semanas van a ser interesantes. —Su sonrisa desapareció de golpe—. Pero debe prometerme que si necesita algo, sea lo que sea, me buscará. Nunca estaré lejos de Robert.

—¿Es usted su protector?

—No hay nadie, niño o adulto, que me necesite más que él. Pero no, me ocupo de atender las necesidades de su tío.

Beatrice no respondió, y se recostó sobre los cojines.

El carruaje llegó a la entrada circular situada al frente del castillo. Gaston fue el primero en salir del vehículo y le tendió la mano para ayudarla a bajar. Ella se subió el sobretodo para que no le arrastrara por el suelo. Antes ya lo había manchado de barro, y no quería tener que devolverlo en tan malas condiciones. Dos faroles, uno a cada lado de la puerta principal, ardían con fuerza, y los escalones estaban adornados con velas, como si hubiera una fiesta.

—¿Están celebrando algo? —preguntó Beatrice sorprendida, ya que no había transcurrido ni siquiera un año desde la muerte de los padres de Robert.

Gaston sonrió de nuevo.

—No, el señor Devlen no escatima con las velas. Siempre que está aquí, ordena que se enciendan. A veces creo que querría ahuyentar a la misma noche.

A lo mejor también tenía que haber preguntado por Devlen del mismo modo que se había interesado por Robert.

Ya era demasiado tarde, porque apareció de repente, vestido con un elegante traje y una corbata blanca. Ya le había parecido deslumbrante con su ropa de día, pero tenía que admitir que ahora estaba elegantísimo; apuesto y perfecto como un príncipe.

—Gaston —dijo—, mi padre te reclama.

Gaston le hizo una reverencia a Beatrice y miró hacia el castillo.

—Debería ocuparme de Robert —dijo ella.

—Tonterías —contestó Devlen—, puede empezar a trabajar mañana. —Gaston y él se miraron—. Llevaré a la señorita Sinclair a su habitación.

Gaston hizo otra reverencia y se marchó, fundiéndose con la oscuridad como si de una criatura nocturna se tratara.

Capítulo 8

—No es necesario que me acompañe —dijo Beatrice—, creo que sabré cómo volver a mi habitación.

—¿Está completamente segura? Castle Crannoch es una construcción grande y compleja.

—Ya se había despedido de mí y, ahora que he vuelto, está aquí dándome la bienvenida, ¿por qué?

—Puede que me haya convertido en el nuevo mayordomo de Crannoch, o puede que simplemente la echara de menos.

¿Debía tomarlo en serio? ¿Estaba flirteando con ella? Por algún motivo, no estaba cómoda en su presencia, como si él fuera alguien muy interesante y ella se sintiera poca cosa a su lado.

Qué tontería.

Devlen Gordon era sólo un hombre, ni más ni menos, como lo era el panadero, el carnicero, el platero o cualquier otro de los que había conocido a lo largo de su vida. Algunos eran más valientes que otros, algunos más atrevidos al hablar o a la hora de vestirse; algunos eran corteses y otros demostraban la cortesía que habían aprendido de un modo tan brusco que le parecía que no querían ser educados, sino que en realidad lo hacían porque les costaba menos esfuerzo que ser groseros.

Aunque no había conocido a ningún hombre tan apuesto. Ninguno tenía una voz tan grave, con un tono que causaba un extraño efecto sobre ella. Deseaba que hablara sobre cosas triviales sólo para poder oír su voz.

Estaba muy cansada, y aún sufría las secuelas del hambre que había pasado.

—Le aseguro, señor Gordon, que sé muy bien lo grande que es el castillo. De todas formas, tampoco es una gran hazaña encontrar la habitación en la que dormí anoche.

—¿Y desde allí sabe ir al comedor, señorita Sinclair?

Se detuvo delante de ella y le ofreció su brazo, dejándole solamente dos opciones: ser terriblemente grosera o aceptarlo.

No la habían educado para comportarse de un modo tan descortés; además, hacerle aquel desaire le hubiera resultado tan bochornoso como a él.

Extendió su mano tímidamente y puso los dedos sobre la fina tela de su chaqueta con la mayor delicadeza posible. Pero su mano tenía vida propia, los dedos le temblaban encima de la manga y el dedo gordo se movía como si estuviera poniendo a prueba la resistencia de sus músculos.

Irguió la cabeza y Devlen la miró. Intercambiaron una mirada que casi la dejó sin aliento. Se sentía como si alguien le hubiera apretado el corsé para que no pudiera respirar. Las varillas y el cuero le apretaban la carne y le hacían tener plena conciencia de su cuerpo; casi podía sentir el contorno de las caderas, de la cintura y de los senos, a los que no consideraba parte suya: de lo grandes y mullidos que eran, no parecía que correspondieran a su cuerpo.

Estuvo a punto de decirle algo a Devlen para que mirara al mar, o al cielo, o incluso a sus pies; lo que fuera con tal de que no clavara los ojos en ella como lo estaba haciendo. No podía apartarle la mirada. La llama de la lámpara ardía por encima de su rostro y le daba un aspecto de ángel y de diablo alternativamente. Era un personaje demasiado atractivo y fascinante para estar allí a su lado en la oscuridad. Los caballos se movían; uno piafaba y los otros resoplaban por la nariz. Sin duda, era su manera de recordar a los hombres que la noche era cada vez más fría y querían ir a sus caballerizas para comer.

—Tengo que entrar —dijo ella, ciñéndose el abrigo a los

hombros. Tenía que devolvérselo, pero no lo desabrochó y se lo quedó.

Él es peligroso. No sabía por qué le venían a la cabeza aquellas palabras, pero entendía muy bien su significado. Era el tipo de hombre sobre el cual las madres advertían a sus hijas, el tipo de hombre sobre el que la gente murmuraba escandalizada. Los rumores le perseguirían toda su vida. Las mujeres, incluso las virtuosas, siempre advertirían su presencia, y la otra clase de mujeres se preguntarían en el fondo de su corazón si aquella mirada suya era realmente una promesa.

—Es una invitada. Sería una enorme grosería que usted sola tuviera que buscar su habitación.

—No soy una invitada, ¿lo ha olvidado? Soy la institutriz.

—También merece que seamos corteses con usted.

—Entonces, vaya a buscar a la camarera —le retó—, o a alguno de los lacayos. O incluso a alguno de los mozos de cuadra que conocen un poco el castillo. Cualquiera de ellos me puede ayudar.

—Tenemos muy pocos empleados en Castle Crannoch. Mi padre es demasiado mísero. Empleamos sólo a una pequeña parte de las personas necesarias para mantener todo lo que ha heredado mi primo. No sería conveniente apartar a alguno de ellos de sus quehaceres.

—¿Tiene celos de él?

—¿Perdone?

Al instante, lamentó haber hecho aquella pregunta. ¿Cómo podía haberse atrevido? Quería echarle la culpar a él por hacer que saliera lo peor de sí misma, pero en este caso Devlen Gordon no era el responsable. El problema estaba en su propia naturaleza.

—¿Siempre dice exactamente lo que piensa?

—Le pido disculpas. Ha sido muy poco educado por mi parte, lo sé.

—Es usted como un soplo de aire fresco, señorita Sinclair. Después de todo, a lo mejor es lo que mi primo necesita.

—¿Por qué se opone a que acepte este trabajo?

—Me temo que tengo muchas cosas que objetar al respecto, señorita Sinclair. Usted es demasiado joven y atractiva. Y sin duda es ingenua. No puede competir con mi padre, y dudo que pueda controlar a mi sobrino.

Le clavó los ojos, desconcertada. ¿Qué debía responder a semejante letanía? Decidió centrarse primero en las ofensas, ya reflexionaría sobre el cumplido más tarde en la intimidad de su habitación.

—No soy ninguna ingenua, he leído mucho.

—Leer, aunque es un hábito excelente, no da una verdadera experiencia de la vida.

—Tampoco soy ya una niña, señor.

—Si la hubiera visto por alguna calle de Edimburgo, señorita Sinclair, lo primero que habría pensado no sería eso.

Notó que un cosquilleo le recorría los dedos de las manos y los pies, y la punta de la nariz. Estaba segura de que se había ruborizado hasta las orejas. Beatrice sintió unas ganas locas de preguntarle qué habría pensado, pero recobró la compostura que había perdido. No se atrevía a entrar en aquel juego.

—Muy bien —dijo con firmeza—, sólo le tengo que demostrar que está equivocado. Verá como puedo hacer un gran trabajo como institutriz de Robert.

Se quedó callado unos instantes, simplemente mirándola como si le hubiera propuesto algún tipo de reto y él no supiera si aceptarlo o rechazarlo.

—¿La he ofendido, señorita Sinclair? Le aseguro que no era ésa mi intención.

Miró hacia el cochero, que esperaba pacientemente al frente de los inquietos caballos. Bastó que Devlen le hiciera una señal con la cabeza para que el cochero se los llevara hacia el camino que se bifurcaba en la entrada. Beatrice supuso que las caballerizas se encontraban en aquella dirección, igual que los otros edificios anejos al castillo.

—Gaston me ha dicho que usted es el responsable de que

haya tantas velas —dijo mientras miraba con atención hacia Castle Crannoch, que estaba iluminado para recibir la noche. El castillo tenía un aspecto impresionante, con un toque dorado que le daban los cientos de velas titilantes hechas de cera de abeja.

—Pienso que es una tontería no emplear el dinero cuando puede hacer que me sienta más cómodo. No me gusta la noche.

Le miró, sorprendida por aquella confesión.

—¿Tiene miedo de la oscuridad?

—En absoluto. Pero la oscuridad limita mis movimientos y me roba tiempo. Y a mí no me gusta nada perder el tiempo.

—Así que convierte la noche en día.

—Si puedo, sí.

—¿Es usted muy rico? ¿Le hace feliz?

¿Por qué diablos había dicho aquello? Para restarle importancia a aquellas palabras, le hizo otra pregunta:

—¿Viaja con baúles llenos de velas?

Como viajo en mis propios barcos, no tengo que tomarme la molestia de intentar convencer al capitán para que consienta mis rarezas. De todos modos, me controlo y sólo llevo faroles, y únicamente cuando hace buen tiempo. Hice un viaje muy interesante a oscuras por el Cabo de Hornos durante una tormenta. No quisiera volver a pasar por aquella experiencia, fue como viajar hacia el infierno surcando el océano.

Nunca había conocido a nadie como él, tan consciente de sus propias manías y a la vez tan poco preocupado por ellas. Simplemente aceptaba que su aversión a la oscuridad formaba parte de su carácter, pero no se excusaba por ello.

—A mí tampoco me gusta la oscuridad —comentó mientras Devlen le abría la puerta. Beatrice entró en el castillo e inmediatamente miró hacia la lámpara de velas que pendía encima de ellos. Ahora tenía cientos de velas encendidas, que iluminaban la entrada con su meloso resplandor—. A diferencia de usted, yo nunca he tenido dinero suficiente para convertir la noche en día.

—¿Y entonces cómo se las arregla, señorita Sinclair?

—Simplemente me resigno, señor Gordon.

—¿Ve?, ahí está la diferencia entre nosotros. Yo no tengo la paciencia suficiente para resignarme. Creo que es una virtud engañosa.

Empezaron a subir las escaleras y la miró.

—Entonces, ¿qué hace cuando se despierta en plena noche? ¿O es que siempre duerme de un tirón?

La curiosidad de Devlen y la agradable sensación que causaba en ella hicieron que sonriera.

—Cierro los ojos fuertemente y rezo para quedarme dormida. Cuando era niña, pasaba la mayor parte de las horas de oscuridad bajo las mantas. Creaba una pequeña cueva para mí y me metía allí sola con mi muñeca, mi imaginación y mis sueños.

—¿Con qué soñaba? —preguntó, ofreciéndole el brazo de nuevo.

Pero en lugar de aceptarlo, se agarró al pasamanos. Subían lentamente, sin ninguna prisa, casi como si estuvieran paseando por el jardín. Pensó en lo que le había preguntado.

—Soñaba con cantar, aunque no tengo voz para ello. O con ser escritora. En mi imaginación, siempre había gente a mi alrededor escuchándome, como si lo que decía fuera importante.

—Así que en su imaginación era maestra.

—Nunca lo he visto de ese modo, pero quizá sí; o puede que sólo quisiera que alguien me prestara atención. Era hija única y, como tal, pasaba buena parte del tiempo sola.

—Parece que tenemos eso en común. Mi madre murió poco después de que yo naciera.

—¿Y usted, con qué soñaba cuando era pequeño? ¿Era un caballero o Robert de Bruce?[2]

---

2. Rey de Escocia de 1306 a 1329. Derrotó al ejército del rey Eduardo II de Inglaterra en la batalla de Bannockburn y consiguió la independencia de su país. (*N. de la t.*)

—En todo caso, probablemente lucharía del lado inglés —dijo, sonriendo—. Desde hace cien años, mi familia no es nacionalista. Creo que los sucesos de Culloden[3] hicieron que muchos escoceses dejaran a un lado esos sentimientos.

—Otra cosa más que tenemos en común. Mi abuela era francesa, y creía que Francia era el mejor país del mundo. De hecho, se reía de cualquier cosa que fuera escocesa o inglesa. Ya desde niña, siempre he pensado que lo mejor es no ser una sola cosa, sino una mezcla de varios países. Así que tengo mucho del sentido práctico de los ingleses, pero también del fervor de los escoceses.

—¿Y de la pasión de los franceses?

De nuevo sintió una oleada de calor recorriéndole el cuerpo, pasando por lugares en los que nunca antes había experimentado aquella sensación.

—No sólo los franceses son apasionados, señor Gordon. Los escoceses también lo son bastante.

Al llegar al rellano, Devlen giró a la izquierda. No le dijo que a lo mejor había sido una buena idea que la acompañara. Ella hubiera girado a la derecha.

Allí ya no se veían tantas velas, pero había algunas colocadas en las jambas de las puertas y en los apliques de la pared.

A pesar de que no había muchos empleados en Castle Crannoch, los suelos de madera estaban totalmente encerados y pulidos. No se podía ver una sola mota de polvo ni en las mesas ni en los arcones que flanqueaban el pasillo. Incluso los espejos de los extremos del corredor estaban relucientes.

Volvieron a girar a la izquierda y subieron un corto tramo de escaleras que iba a dar a otro amplio pasillo. En la tercera planta, Devlen se detuvo.

3. Localidad escocesa célebre por la batalla que se libró en sus llanuras en 1746, en la que el duque de Cumberland, tercer hijo de Jorge II de Inglaterra, derrotó al príncipe Carlos Eduardo, pretendiente de la dinastía de los Estuardo al trono de Escocia. (N. de la t).

Se quedaron de pie mirando a la puerta, sin hablar.

Devlen se giró, la miró, y le cogió la mano. Su piel parecía fría en contraste con el calor que él desprendía. Beatrice trató de apartar la mano, pero la agarró con más fuerza y entonces ella desistió, ya que pensó que sería muy grosero seguir forcejeando.

—¿Por qué quiere apartar la mano?

—Porque usted no me la va a soltar. No debería cogerme la mano de ese modo.

—Me gusta cogerle la mano.

—A mí también me gusta. Eso es lo que me inquieta.

Le sonrió, y por un momento se le pasó por la cabeza la estúpida idea de alargar la mano y colocarle aquel rebelde mechón de pelo en su sitio para que así pareciera menos accesible.

—Hace que me sienta protegida, señor Gordon, como si alguien se preocupara realmente por mí. Pero es sólo una idea tonta e ingenua.

—Cenaremos dentro de una hora —dijo, mirando la palma de su mano—. Tiene una palma fascinante, señorita Sinclair. Revela rasgos de su personalidad de todo tipo.

—¿De veras?

Una vez más, trató de retirar la mano pero él no lo permitió. La tenía cogida por la muñeca, suave pero firmemente, y sabía que sólo la soltaría cuando hubiera acabado.

—Parece que su naturaleza es apasionada, ¿verdad?

Aquella sensación de calor, que aún no había desaparecido del todo, volvía a resurgir con toda su fuerza.

—También creo que tiene una larga vida por delante. Una vida agradable, si es que cree en esas cosas.

—¿En una vida larga y agradable? ¿O en leer la palma de las manos?

Esta vez consiguió apartar la mano.

—Ha sido muy amable por su parte acompañarme a mi habitación, señor Gordon. Le agradezco que se haya tomado la molestia.

Su sonrisa se volvió más amplia al entrar Beatrice en la habitación, y cuando ella intentaba cerrar la puerta, se acercó y olió su pelo.

Por un momento, lo único que pudo hacer fue mirarlo perpleja. Se pasó la mano por la sien, y se colocó el pelo en su sitio, desconcertada por aquel gesto.

—Huele a rosas —dijo, separándose de ella—, o a violetas. No sé muy bien. ¿Se perfuma el cabello, o se pone esencia cuando se lo lava?

Ningún hombre le había hecho nunca una pregunta tan íntima. Ni siquiera su padre, que a veces parecía desconcertado por vivir con dos mujeres.

—¿Me ha preguntado una cosa así para ver si me pongo nerviosa? ¿Para ver si me arranca alguna risita de niña tonta o me pongo a llorar? Le puedo asegurar que no haré nada de eso. Es usted un hombre irritante, señor Gordon.

—Ah, pero hace sólo un momento, era su protector.

—¿Cómo puede saber estas cosas sobre las mujeres, si es soltero? A no ser, claro está, que tenga montones de amantes. —Enseguida se tapó la boca con la mano. Lamentaba haber dicho aquello.

Él rió. Parecía sentirse satisfecho con aquella respuesta, como si sacarla de quicio hubiera sido su objetivo desde el principio.

Cerró tan rápido la puerta que se pilló la falda y las enaguas. Él la abrió de nuevo, se agachó y le colocó la ropa en su sitio.

—Le enviaré una doncella para que le indique dónde está el comedor, señorita Sinclair. Créame cuando le digo que estoy deseando que llegue la hora de la cena.

Capítulo 9

Beatrice se dijo a sí misma que era una tonta, pero no por eso dejó de cepillarse el pelo por lo menos cien veces cada noche, en un inútil intento de que le creciera más deprisa. Se observó en el espejo y puso cara de desagrado.

Una criada le había dejado una jarra de agua fresca y algunas prendas de ropa limpia en el lavabo. Se desabotonó el vestido hasta la cintura y se lavó, insistiendo especialmente en el cuello y en el pecho, donde aún sentía aquel sofoco.

Había dicho que su pelo olía a perfume. Se puso una gotita de aquella fragancia, la última que quedaba en el bote que le habían regalado por su cumpleaños hacía dos años, detrás de la oreja y en las sienes. ¿Pensaría que olía a agua de rosas?

Debía mantener la compostura en su presencia. Pero era tan apuesto... Había algo en él que la excitaba. Simplemente con tenerlo cerca, notaba cómo se le aceleraba el pulso. Era ridículo que sus encantos le causaran aquel efecto, especialmente cuando saltaba a la vista que era un seductor experimentado. Ella se sentía incómoda en acontecimientos sociales, sobre todo en compañía masculina.

La única persona que le había prestado alguna vez tanta atención era Jeremy, pero sólo durante unas pocas semanas, nada más. Después de aquello, seguramente su madre le habría hecho sentarse para explicarle que Beatrice era una pobre hija de maestro que no estaba a la altura de un hombre triunfador como él.

¿Qué diría Jeremy si supiera que se sentía atraída por el primo de un duque?

¿Estaba demasiado demacrada? Un poco sí. Pero si durante unas semanas comía tres veces al día, ya no estaría tan delgada y hambrienta. Su mirada ya no parecía tan angustiada como hacía unos días. Era sorprendente cómo un empleo podía mejorar las expectativas de una persona.

No quería engañarse a sí misma pensando que iba a ser un trabajo fijo. Ni siquiera sabía si duraría una semana, especialmente si Robert era tan difícil como le había parecido en su primer encuentro. Pero tenía que hacerlo lo mejor posible, y a lo mejor después de aquella experiencia, por corta que fuera, podría conseguir otro empleo. Seguro que haber trabajado para un duque sería valorado positivamente.

Finalmente, se sentó en la cama, se ajustó las medias, cogió un trapo y se frotó los zapatos hasta que la piel quedó limpia. Se levantó y alisó con las manos el corpiño y la falda, y se la ajustó a la cintura. ¿Debía ajustarse más el corsé? No, ya le apretaba suficiente. A lo mejor demasiado, porque le empujaba el pecho hacia arriba exageradamente.

Al menos, una criada había planchado su vestido por la mañana. La verdad es que tenía mejor aspecto que los otros dos que tenía, porque era de su madre y se lo había puesto pocas veces. Aún se notaba que había alargado el dobladillo, pero para aquello sí que no había solución. Se abrochó el canesú y se alisó la falda con las manos otra vez. Tenía las palmas húmedas, así que se lavó de nuevo las manos y se las secó. Se miró al espejo al terminar.

Llamaron a la puerta como esperaba, pero no era ninguna criada dispuesta a acompañarla al comedor. Cameron Gordon estaba al otro lado de la puerta, sentado en su silla de ruedas. Llevaba un gran paquete en el regazo. Beatrice lo miró y él se lo dio.

Lo cogió y abrió la puerta del todo, mientras dudaba entre hacerle una reverencia o invitarle a pasar a su habitación. Aunque estuviera sentado, parecía todo un personaje. Daba la impresión de que era un rey en su trono.

Cameron Gordon solucionó aquel dilema al poner sus manos en las ruedas y entrar con su silla en la habitación. Le hizo un gesto con la mano para indicarle que cerrara la puerta.

—No es un regalo —dijo mientras señalaba el paquete que aún no había abierto—, sino algo imprescindible.

Se quedó esperando, y ella se dio cuenta de que quería que lo abriera inmediatamente.

Dentro había una preciosa capa de lana azul oscura. La tela era tan gruesa que podía sentir su calor en su temblorosa mano.

—Es preciosa.

—Era de mi primera mujer. Usted tiene su misma talla. Es más apropiado que llevar el sobretodo de mi hijo.

Notó cómo sus mejillas se ruborizaban. ¿Es que sabía todo lo que sucedía en Castle Crannoch?

—Siento decirle que estoy aquí en calidad de patrón, señorita Sinclair.

Se acercó con la silla de ruedas a la ventana y le indicó que debía sentarse a su lado en la mesa.

En parte, se sentía tan incómoda con Cameron Gordon por la diferencia de altura que había entre ellos. Además, nunca antes había conocido a alguien que estuviera confinado a una silla de ruedas.

Quería expresarle de alguna manera lo mucho que sentía que no pudiera andar. Pero, ¿cómo hacerlo, especialmente cuando el objeto de su compasión no quería oír aquello? Así pues, no dijo nada y permaneció sentada, con las manos juntas encima de la mesa, esperando que continuara.

—Como su jefe, creo que es justo que la advierta de algunas cosas sobre Castle Crannoch.

—¿He hecho algo malo, señor Cameron?

—No, simplemente ser una joven sin familia, señorita Sinclair —hizo una pausa—. Mi hijo es un hombre muy atractivo.

De nuevo sintió aquel sofoco, y sin duda estaba totalmente ruborizada. ¿Alguna vez se había sonrojado tanto cuando vivía en Kilbridden Village?

—Odiaría que usted se convirtiera en una más de sus conquistas.

Ahora se sentía aún más avergonzada. Una cosa era ser estúpida, pero que se lo dijeran era aún peor.

—Usted y mi hijo han mantenido algunas conversaciones privadas, ¿no?

—He hablado con él en alguna ocasión, sí.

—Así es como empieza todo, señorita Sinclair. Jóvenes impresionables como usted son cautivadas primero con su conversación, y después con sus encantos. Antes de darse cuenta, ya se están comportando de un modo que escandalizaría a sus padres. Ya que usted está sola en el mundo, creo que es necesario que la advierta sobre ello.

Apretó las palmas de las manos contra la mesa, entrelazando los dedos. Se fijó en sus uñas, juntó las manos de nuevo y se las puso sobre el regazo.

—Que esté sola en el mundo no significa que sea estúpida, señor.

—Me alegra oír esto. Entonces, comprenderá por qué creo que es mejor que no se una a nosotros para cenar. Al menos, no antes de que mi esposa regrese de Londres. Hasta entonces, estamos en una casa de solteros. Creo que sería conveniente para usted que le trajeran una bandeja a su habitación.

—Por supuesto. —Mantuvo la mirada fija en sus manos, sin querer mostrar su decepción.

Cameron Gordon se fue, y al cerrar la puerta, curiosamente pensó que no era sensato mostrar sus sentimientos a ninguno de los Gordon.

Minutos después, una criada le trajo una bandeja con un gran surtido de manjares, como por la mañana. Cubrió toda la mesa con los platos y los boles que sacó de la bandeja.

Para una persona que había pasado tanta hambre, era imposible no disfrutar de aquella cena. Después de probar un poco la sopa de cebolla, ya no le importaba estar sola en su habitación.

Había patatas, zanahorias y alubias en una salsa con sabor a vinagre y azúcar, un rosbif tan suculento que ni siquiera necesitaba cuchillo para cortarlo, panecillos crujientes, varios botes de mantequilla y uno de miel. La criada le había traído una jarra de vino, suficiente para llenar un vaso grande que se bebió mientras comía. Estuvo una hora cenando y disfrutó de cada bocado.

Había dejado las cortinas abiertas y, sentada, contemplaba la vista de las colinas con el pueblo al fondo. Las luces centelleaban y parecían lejanas estrellas, pero sabía que eran velas encendidas en habitaciones donde la gente se juntaba, se sentaba, conversaba e incluso posiblemente se peleaba.

Todo el mundo se reunía. Hablaban de lo que habían hecho a lo largo del día, ventilaban sus problemas y discutían sobre la vida, el amor y la rutina diaria.

A veces añoraba tanto el contacto físico con alguna persona que le daban ganas de llorar. En otras ocasiones, simplemente echaba de menos la conversación, las risas. No había nadie en el mundo a quien le importara si estaba viva o muerta.

Por un momento, le tentó la idea de abandonarse a la desesperación que le producía aquel pensamiento, pero trató de evitarlo. Si no tenía nadie que la quisiera, entonces debía encontrar a alguien que pudiera hacerlo, un amigo, un conocido, puede que incluso un niño como Robert. Alguien que se encontrara a gusto a su lado.

Los seres humanos no fueron creados para vivir solos, sin afecto ni cuidados. Tampoco era normal pasar mucho tiempo sin alguien que le dijera: ¿Cómo estás? ¿Te encuentras bien? ¿Por qué sonríes? ¿Qué son esas lágrimas que veo?

Se había bebido el vino poco a poco, pero miró el vaso vacío enfadada. A lo mejor el vino hacía que estuviera más sensible.

Se levantó, abrió la ventana y respiró el aire nocturno. El viento era suave, pero la temperatura había descendido. Sin embargo, en vez de cerrar la ventana, cogió su nueva capa y se la puso sobre los hombros, contemplando las luces que parpadeaban abajo en el pueblo. Se sentía terriblemente sola y eso la ponía de mal humor.

Su amiga Sally se hubiera reído de ella.

«Tonta, nunca se sabe lo que puede suceder mañana. Puede que te pase algo maravilloso, y ahora lo ves todo negro». Pero nunca había sido tan optimista ni tan soñadora como Sally. Después de todo, sus sueños no la habían salvado del cólera.

Llamaron a la puerta y de repente se olvidó de su tristeza. Abrió, pensando que era la criada que iba a recoger los platos. Pero era Devlen Gordon.

No se había mostrado reacia a que su padre entrara en la habitación, pero la voz de la prudencia le decía que no tenía que ser tan acogedora con él. No estaba confinado a una silla de ruedas. Era joven, guapo y, según su padre, un calavera.

No iba a conquistarla.

—Señorita Sinclair —dijo inclinándose ligeramente—, he venido para comprobar por mí mismo cómo se encuentra. Mi padre ha dicho que no está muy bien.

—¿Eso ha dicho?

—Quería asegurarme de que no era así. Parecía encontrarse bien cuando me he marchado antes.

—Estoy bien, gracias.

Qué educado era. Sin embargo, su mirada era demasiado penetrante. Su rostro cambió de repente. Dejó de sonreír y su expresión se entristeció.

—¿He hecho algo que la haya podido ofender?

La pregunta le sorprendió tanto que le miró a la cara, sin apartar la mano de la puerta.

—No, no ha hecho nada.

—¿Y entonces por qué no baja a cenar?

Hacía menos de un día que había conseguido aquel trabajo y ya se encontraba en medio de un drama familiar. ¿Qué tenía que decirle? ¿Que su padre la había advertido sobre él? Devlen Gordon no vivía en Castle Crannoch. Sólo era un visitante, y su padre era su jefe.

Aun así, se sentía culpable por mentirle, así que no le contestó de forma directa.

—He disfrutado mucho de mi cena aquí —respondió, con la esperanza de que dejara de interrogarla.

Parecía dubitativo, pero no añadió nada más.

Se sentía muy vulnerable en aquel momento, demasiado ansiosa por estar en compañía de otro ser humano. Pero no debía desear estar al lado de aquel hombre. ¿Qué había dicho su padre? Que todo empezaba con una conversación y después las seducía. Y no podía negar que tenía armas de sobras para conseguirlo.

Se acercó y le tocó la mejilla.

—Qué fascinante es usted, señorita Sinclair. ¿Por qué parece tan triste?

Era el peor momento para hacerle una pregunta de ese tipo. Quería decirle que no llevaba una coraza que la protegiera de aquellas atenciones. Pero en lugar de eso, intentó cerrar la puerta. Cuando Devlen apoyó la mano contra la madera para evitarlo, ella volvió a mirarle.

—Por favor. —Era lo único que podía decir.

—Señorita Sinclair. —No debería decir su nombre de aquel modo, tan bajo que casi parecía una palabra cariñosa.

—Por favor —dijo de nuevo, y deslizó su mano hacia arriba hasta ponerla encima de la de Devlen. Lentamente, Beatrice le separó los dedos de la puerta y sostuvo su mano en el aire. Entonces, él extendió su otra mano y cogió la de Beatrice.

¿No debería cerrar ya la puerta?

En aquel momento, Devlen se inclinó e hizo algo totalmente escandaloso. Apretó sus labios contra su mejilla. Un beso. Nunca la habían besado.

Quería que siguiera y al mismo tiempo que parara.

Sus labios eran cálidos, suaves y reconfortantes; su respiración en su piel era sorprendente y extrañamente excitante.

Se echó atrás y de nuevo le hizo una leve reverencia. ¿Sería para disculparse o simplemente lo haría por cortesía?

Ella cerró la puerta y apoyó su frente contra la madera. Se puso los dedos en las mejillas. Se había marchado pero el recuerdo de su beso aún permanecía allí, confundiéndola e inquietándola.

—Deja al gorrión tranquilo.

Devlen se giró y vio a su padre sentado a oscuras al final del vestíbulo.

—¿A la señorita Sinclair? ¿Por qué la llama gorrión? ¿Es que usted se considera un halcón? Si es así, ya le han cortado las alas, padre.

—Si estuvieras lo suficientemente cerca, te daría una bofetada por ese comentario.

Su padre se desplazó a la zona iluminada. No era la primera vez que Devlen tenía la impresión de que era una araña malévola que se arrastraba sobre ruedas de piel. Cameron había hecho construir en Castle Crannoch una serie de rampas para poder desplazarse casi por cualquier lugar, excepto en la parte de arriba de las torres.

—Creo que va siendo hora de que regreses a Edimburgo, Devlen. Ya no eres bienvenido aquí.

—Tienes razón.

Empezó a caminar pero se detuvo en medio del vestíbulo. Dio media vuelta y se dirigió nuevamente a su padre.

—Déjala en paz. No la conviertas en otra de tus víctimas.

Cameron rió.

—Es curioso, Devlen, porque yo le he dicho exactamente lo mismo sobre ti.

Capítulo 10

❧

Beatrice se disponía a acostarse y sacó su camisón del bolso de mano.

Por la mañana, le diría a Devlen Gordon que no estaba dispuesta a permitir que la besara cuando a él le viniera en gana. Aquellas expresiones de afecto eran propias de las parejas que tenían un compromiso, y sólo a escondidas.

Como institutriz, estaba por encima de aquellos devaneos. No era la criada del piso de arriba a la que podían manosear en un rincón oscuro y levantarle la falda mientras se dejaba toquetear.

Qué extraño que rápidamente le viniera a la cabeza la imagen de Devlen Gordon haciendo exactamente aquello. Y aún era más raro que se pusiera furiosa al pensar en él actuando de forma tan inmoral. ¿Cuántas conquistas exactamente se habría anotado en Castle Crannoch? Sin duda, todas y cada una de las criadas que trabajaban allí habrían podido experimentar todo el poder de su encanto.

¿Cómo se había atrevido a besarla?

Cuando eran niñas, Sally y ella hablaban muchas veces sobre esas cosas, y se preguntaban en qué consistía el amor entre un hombre y una mujer. Cada una tenía sus propias teorías sobre cómo sería y qué papel tendría el hombre exactamente. ¿Qué hubiera dicho Sally sobre Devlen Gordon?

Su amiga seguro que se hubiera burlado de aquel beso. Un beso en la mejilla, eso era todo.

Se metió en la cama, ahuecó la almohada y se cubrió con la colcha.

Había una serpiente dentro de la cama.

Dentro de aquella preciosa cama, encima de las sábanas color marfil, había una serpiente muerta a la que le habían asestado un golpe en la cabeza. Su pobre cuerpo enroscado yacía en medio del colchón. En definitiva, parecía una criatura inofensiva. Se había encontrado más de una vez alguna en su jardín.

Se acercó a la cuerda de la campana y tiró de ella. Cuando llegó la criada, que parecía estar cansada y bastante atontada, Beatrice le pidió que le indicara cómo llegar a la habitación de Robert.

—¿Necesita saber dónde esta la habitación de Su Excelencia?

Seguro que recibir constantemente el tratamiento de Excelencia no podía ser bueno para un niño de siete años.

—Sí, por favor.

—La habitación del duque está al final del pasillo, señorita. Las dos puertas grandes.

Beatrice asomó la cabeza por la puerta y miró hacia el fondo del pasillo. Como la criada había dicho, al final había dos puertas.

—Cuando sus padres murieron, Su Excelencia insistió en que quería trasladarse a su suite. Es la costumbre que los duques de Brechin duerman allí.

—¿Aunque tenga siete años?

La criada parecía un poco confundida con aquella pregunta, y Beatrice lo comprendió y le dio las buenas noches.

Antes de que se marchara, Beatrice se dirigió de nuevo a ella.

—¿Cómo se llama?

—Abigail, señorita —dijo, haciéndole de nuevo una reverencia.

—Gracias, Abigail. Siento haberla molestado.

La chica sonrió y sus mofletes se sonrojaron.

—No pasa nada, señorita.

Beatrice se puso la bata, la abrochó bien, cogió a la pobre serpiente y salió de la habitación. Al final del pasillo, llamó con fuerza a una de las puertas. Como no obtuvo respuesta, giró el picaporte y entró.

Había una pequeña lámpara encendida en la antesala. Unas cortinas separaban aquella zona del resto de la suite. Las abrió y se quedó asombrada al ver lo grande que era la habitación. Calculó que podía ocupar toda la parte este de Castle Crannoch.

En una tarima al otro lado del cuarto había una cama enorme, con dosel y ropa de color carmesí y dorado. La cama podía ser perfectamente el doble de ancha que la suya, y por lo menos igual de larga.

—¿Usted qué hace aquí?

—He venido para devolverte tu serpiente —le dijo—, y para preguntarte una cosa.

Aún llevaba en las manos la pobre criatura muerta. Con cuidado, la puso a los pies de la cama.

—¿La has matado? ¿O sólo la has puesto dentro de mi cama para asustarme?

—¿Y eso qué importa?

—Si la has matado, pensaría que eres un monstruo. La serpiente no ha hecho nada para merecer eso.

Robert se incorporó en la cama, con los puños encima de los muslos.

—Pudiera haberme mordido.

—Lo hubiera hecho para protegerse. Eres mucho más grande que ella.

—Yo no la maté, ya estaba muerta. Creo que la atropelló un carruaje.

—Bien —dijo ella, y dio media vuelta, dispuesta a marcharse.

—¿No la ha asustado?

—He sobrevivido a la epidemia del cólera, nada puede asustarme después de eso. Además, algunas serpientes son nuestras amigas. Comen roedores e insectos.

—¿Cómo lo sabe?

—Creo que lo leí en un libro.

—¿Me enseñará ese libro?

—Puede —dijo—. Si no pones más serpientes dentro de mi cama.

—Le ordeno que me enseñe ese libro.

—Puedes insistir tanto como quieras, pero será inútil —dijo serenamente—. Soy tu institutriz, no tu sirvienta. Pero tampoco quiero que trates nunca al servicio de ese modo. Si eres un duque, compórtate como tal.

Parecía tan sorprendido como si le hubiera dicho que tenía dos cabezas.

—Ahora duerme. Mañana enterraremos a esa pobre criatura.

—Le ordeno que se quede.

Le observó un momento.

—Creo que eres un niño muy malcriado que ha sufrido mucho en la vida. Pero eso no es excusa para ser grosero con los demás, especialmente conmigo.

Se sorprendió de nuevo.

—¿Y por qué no con usted?

—Porque yo he pasado por lo mismo que tú, y sé qué significa perder a unos padres.

—¿Usted duerme?

—Qué pregunta más extraña. Sí, duermo.

—Yo no. Cuando duermo, tengo pesadillas.

Beatrice volvió a acercarse a los pies de la cama, dejó la serpiente muerta en el suelo y se sentó al borde del colchón. Se apoyó contra uno de los grandes barrotes que aguantaban la cama, dobló las piernas y se rodeó las rodillas con los brazos.

—Cuéntame más sobre tus pesadillas.

La miró fijamente un instante como si quisiera decirle que saliera de su cama o que se fuera de la habitación. Pero saltaba a la vista que le gustaba tener compañía. Reconoció en él su misma debilidad. Les separaban dos décadas, él era hombre y ella mujer, y tenían roles diferentes en la vida, pero no podía evitar sentirse cercana a aquel joven duque, por muy malcriado que estuviera.

—Cuéntame más sobre tus pesadillas —repitió.

Cruzó las piernas encima de la cama y puso una mano en cada rodilla como si fuera un pachá en su trono, rodeado de cojines. Ella dejó de sonreír al ver aquel gesto inconsciente de arrogancia. Cameron Gordon no le había hecho ningún favor a su sobrino consintiéndole todos los caprichos.

—Sueño que alguien me mira mientras duermo. Hay alguien en la oscuridad que simplemente me mira.

Se estremeció.

—Qué sueño más horrible. Está claro por qué no tienes prisa para dormir. ¿Sueñas alguna vez con tus padres?

Asintió con la cabeza.

—Cuando sueño con ellos, se repite lo mismo que sucedió en la vida real. Yo estaba esperando que llegaran a casa, pero nunca volvieron. En mi sueño, tampoco regresan nunca, y yo estoy junto a la ventana esperando y esperando.

Era demasiado joven para soportar la pesada carga de aquel dolor. Pero ella no podía hacer nada para cambiar aquello, del mismo modo que tampoco podía modificar su propia situación por arte de magia. El secreto estaba en encontrar un modo de vivir hasta que la pérdida se volviera soportable.

¿Cómo podía ayudar a un niño de siete años a sobrellevar aquella pena?

—Así que dejas una lámpara encendida.

—Devlen dice que ayuda. Oigo ruidos en la oscuridad que nunca se oyen de día. Como si hubiera ahí unas cosas que murmuran entre ellas. Como si supieran que estoy dormido e indefenso y no puedo luchar contra ellas.

Volvió a sentir un escalofrío. El niño había querido asustarla con la serpiente y al final había conseguido atemorizarla con sus propias palabras.

—¿Te cuento una historia? Puede que te ayude a dormir.

—Soy demasiado mayor para los cuentos.

—Te contaré una de las fábulas de Esopo —dijo—. Son historias simples, pero todas tienen moraleja. Cualquier persona, incluso alguien tan mayor como tú, puede disfrutar con ellas.

Se puso cómoda y empezó:

—Érase una vez una abeja reina de una colmena que viajó al

Monte Olimpo. Todo el mundo sabe que el Monte Olimpo es el hogar de los dioses griegos. Una vez allí, le dijo al guardián que deseaba visitar a Júpiter. Esperó un rato hasta que él pudo recibirla y, cuando ya estuvo frente a él, le hizo una gran reverencia, extendiendo sus alas sobre el suelo dorado. «Os traigo un regalo —dijo—, es mi miel. Mis obreras han trabajado con diligencia durante las últimas semanas para producir la mejor miel para vos, Júpiter».

»Júpiter, encantado, le dio las gracias y probó un poco de miel. Se quedó tan impresionado por su calidad, que le preguntó qué podía darle a cambio de aquel regalo.

»"Sólo os pido una cosa, Júpiter, y es que me concedáis el don de proteger a mi gente. Los humanos invaden mi colmena. Roban mi miel, y atemorizan y matan a mis obreras. Concededme el poder de herirlos" —añadió, señalando a su aguijón.

»Júpiter era amigo de los hombres, y la petición de la reina lo puso en un aprieto. Pero le otorgó el poder de picar a cualquier hombre con su aguijón.

»Entusiasmada porque le había concedido aquel deseo, la reina volvió a su colmena. Al día siguiente, un hombre se acercó al panal y ella salió volando y le picó una y otra vez hasta que lo hizo caer al suelo.

»Pero algo extraño le sucedió a la abeja reina. Después de picar al hombre, perdió su aguijón, y al perderlo cayó al suelo y murió.

»La moraleja de esta historia es que si tienes malos deseos, acabas pagando las consecuencias».

—Qué historia más tonta.

—¿Te gustaría escuchar otra?

—¿Otra fábula?

Beatrice asintió con la cabeza.

—No. Son historias estúpidas.

—Entonces no te cuento ninguna más —respondió Beatrice.

—¿Por qué no gritó cuando vio la serpiente? —preguntó Robert.

—¿Estás decepcionado? Puedo gritar ahora si quieres.

Robert la sorprendió porque sonrió.

—Estuvo a punto de gritar anoche.

—Sí, tienes razón.

—Pero en lugar de eso se desmayó. ¿Tanto la asusté? —El niño parecía sentirse orgulloso.

—Me desmayé porque estaba hambrienta.

—La gente no se desmaya por tener hambre.

—¿Has estado alguna vez hambriento? Lo dudo.

—¿Por qué tenía hambre?

—Porque no había nada para comer y no tenía ningún modo de ganarme la vida.

—Nosotros damos comida a los pobres. —Robert se sentó más arriba en la cama.

—Algunas personas prefieren trabajar a aceptar caridad.

Robert no hizo ningún comentario al respecto, y ella le estuvo agradecida eternamente. A pesar de que sólo tenía siete años, era arrogante y la exasperaba.

Se metió en la cama debajo de las mantas.

—¿Va a quedarse hasta que me duerma?

—¿Quieres que lo haga?

—¿Es algo que se supone que deben hacer las institutrices?

—Creo que no. Pero como es la primera vez que soy la institutriz de alguien, no estoy del todo segura.

—Soy el duque —dijo con sueño—. Debería tener una institutriz con experiencia.

—Si tuvieras una institutriz con experiencia, seguro que se hubiera marchado después del episodio de la serpiente.

—¿De verdad piensa eso?

—Sí.

—Puede que mis profesores se fueran por eso. Todos tenían mucha experiencia.

—¿Les metiste serpientes en la cama?

—No.

—Entonces es mejor para ti que no tenga tanta experiencia. Practicaré contigo.

—Soy el duque. No debería servirle de conejillo de Indias.

—Podemos aprender juntos. Siempre que haga algo que no te guste, te permito que me lo digas. No que me pongas serpientes en la cama, sino que me lo digas. Lo discutiremos.

Murmuró algo, una respuesta incoherente que hizo sonreír a Beatrice.

Se quedó allí sentada a los pies de la cama ducal, mientras escuchaba cómo respiraba.

Cuando estuvo segura de que no lo iba a molestar, Beatrice se levantó de la cama, bajó de la tarima y se acercó a las ventanas. No le sorprendía que Robert no hubiera cerrado las cortinas.

Las estrellas cubrían el cielo y centelleaban delante de ella como si quisieran decirle que no estaba sola. Pero las estrellas estaban muy lejos y no tenían conversación, ni tampoco le cogían las manos ni sonreían. Tocó con sus dedos el frío cristal y notó una corriente de aire; parecía que uno de los cristales no estaba bien cerrado. La suave brisa movía las cortinas como si alguien estuviera allí detrás. Pero sabía que aparte del niño, que ya dormía, no había nadie más.

Había una especie de vacío en aquella grande y tenebrosa habitación. Daba la sensación de que era necesario llenarla de vida; una vida alegre, ruidosa y llena de risas, no de susurros y miedo.

Aquella lujosa habitación pertenecía a Robert, pero no iba con él. Necesitaba un cuarto pintado con colores vivos, que no estuviera adornado con retratos de sus antepasados en las paredes, no tan recargado y con un mobiliario menos suntuoso.

Necesitaba ser un niño antes de convertirse en duque.

Desde la ventana podía ver la superficie del océano iluminada intensamente por la luna, que le daba un color blanco plateado, y el sinuoso camino que rodeaba la entrada y después seguía por detrás del castillo hasta los establos. Mientras miraba, vio cómo un carruaje tirado por cuatro llamativos caballos de color ébano se dirigía lentamente hacia la puerta principal del castillo.

Había visto anteriormente aquel carruaje, más lujoso que el

del duque, pero sin un emblema en la puerta. ¿Devlen Gordon se iba tan pronto?

Qué ridículo era sentirse de repente abandonada. Sólo se trataba de un extraño que se había tomado muchas libertades. La había besado, aunque ella no le había dado permiso para hacerlo. Había olido su pelo y la había tratado como si fuera una mujer fácil. Y a lo mejor lo era, porque no podía olvidar ninguno de sus gestos. Qué tonta. Sólo era una institutriz de Kilbridden Village que nunca había hecho nada importante. Pero ansiaba más cosas, más movimiento en su vida, puede que más pecado.

Por ahora, sólo tenía fuerzas para preocuparse de estar segura, bien alimentada y protegida. Puede que algún día se atreviera a salir al mundo exterior y se divirtiera un poco. Pero, de momento, estaba contenta así.

¿Entonces, por qué sentía que había perdido algo? Devlen Gordon estaba a punto de embarcarse en una aventura, lo sabía. Cualquier otra persona se hubiera marchado de Castle Crannoch a la luz del día, pero no Devlen Gordon. Aunque no le gustara la noche, le pegaba. ¿Quién más podía viajar en la oscuridad?

Puso el dedo contra el cristal de nuevo, esta vez para tapar la imagen del carruaje, y aquel sentimiento de abandono se calmó un poco. Si no veía cómo partía, no se decepcionaría. Aquel sentimiento venía provocado por alguna estúpida idea que se le había pasado por la cabeza, por su sensibilidad femenina o por ciertas tonterías que tres meses de penalidades no habían conseguido borrar de su mente. O a lo mejor era sólo por curiosidad. Exacto. Él era sencillamente el hombre más interesante y cautivador que había conocido nunca. Y el más oscuro y peligroso.

Algo que se movía abajo captó su atención. Devlen dio una zancada desde la puerta del castillo hasta su carruaje y conversó durante un rato con el cochero. Llevaba un abrigo largo abrochado en el cuello y el pelo negro al descubierto. Los caballos piafaban, y sus resoplidos eran como nubes en la noche. Devlen miró hacia la ventana donde estaba ella. Beatrice no se movió, ni retrocedió, ni se escondió de su mirada. Hacer aquello la señalaría como una cobarde, y no tenía nada que temer. Él se iba.

Durante un largo momento intercambiaron una mirada, ella con los dedos en los cristales y él con una pregunta en sus ojos que Beatrice no supo descifrar.

Tenía ganas de preguntarle adónde iba y por qué era tan importante dirigirse allí aquella noche.

¿Y qué pregunta querría hacerle?

Nunca lo sabría. Beatrice caminó a lo largo de la pared y cerró las cortinas una por una. Cuando acabó, se quedó de pie en la última ventana, mirando hacia la entrada del castillo. Desde allí, apenas podía ver el carruaje. Todo el mundo la había abandonado siempre, por eso no le gustaban las despedidas de ningún tipo, ni temporales ni permanentes.

Capítulo 11

Estaba medio escondida detrás de las cortinas cuando oyó un ruido. Beatrice retrocedió, dejando que la tela la ocultara completamente.

Unos pasos sigilosos y vacilantes atravesaban la habitación.

Abrió las cortinas y vio cómo Devlen, que se encontraba a los pies de la cama, estaba mirando a Robert.

El corazón le latía tan violentamente en el pecho que estaba segura de que él podía oírlo. En aquel momento Devlen se giró y miró directamente hacia donde estaba ella.

Se dirigió hacia allí y corrió las cortinas.

—¿Se está escondiendo, señorita Sinclair?

—Por supuesto que no.

—¿Entonces, me permite preguntarle por qué no ha hecho nada para que advierta su presencia?

No estaba vestida. Sólo llevaba puestos el camisón y la bata, pero en lugar de poner esa excusa, dijo:

—Podría haber despertado a Robert.

—¿Se encuentra bien? —Había un tono de preocupación en su voz que no había notado anteriormente.

—¿Por qué lo dice?

—Debí haberlo dado por hecho. Usted está aquí. ¿Por qué está en la habitación de mi primo, señorita Sinclair?

No quería que castigaran a Robert por una travesura infantil.

—Le conté un cuento.

—Y se quedó sentada a su lado hasta que se durmió.

—Sí.

—Tiene buen corazón, señorita Sinclair.

—Robert tiene pesadillas.

—¿Se lo ha explicado?

Asintió con la cabeza.

—¿Las ha tenido siempre, o sólo después de la muerte de sus padres?

—Lamento decirle que no lo sé. No veía mucho a mi primo antes de que sus padres murieran. Tenía que ocuparme de otros asuntos que consideraba más urgentes.

—¿Como los que le obligan a marcharse ahora?

—Me han dicho que no soy bienvenido aquí. Además, usted es la que más debería alegrarse de que me vaya a Edimburgo.

—¿Qué quiere decir? —El pulso se le aceleró y le costaba respirar. Devlen Gordon ejercía un extraño efecto sobre ella que no era del todo desagradable. Sintió que aquella excitación le corría por las venas, como si hubiera bebido el mejor de los chocolates, o se acabara de tomar un vaso de vino fuerte.

—¿Cuidará de él? —Se giró para mirar al niño, que dormía.

—Claro —dijo—. Soy su institutriz.

—Necesita un amigo más que una institutriz. Si algo malo sucediera, dígaselo a alguno de los cocheros y se dirigirán a Edimburgo.

—¿Algo malo? ¿Qué espera que pueda pasar?

—No se trata de lo que yo espere, señorita Sinclair. Espero que el sol salga cada mañana y que los que me importan sigan viviendo felices. Sin embargo, he aprendido que lo que espero y lo que en realidad ocurre no es necesariamente lo mismo.

—Si tiene esos pensamientos tan negativos sobre el futuro, ¿cómo puede vivir?

—Pensaba que se sentiría aliviada.

—Me temo que no le entiendo.

—Creo que sí, señorita Sinclair. Pero también creo que usted prefiere escudarse en la ignorancia o bien en la virtud. Uno de nosotros debe ser sensato en este caso. Aplaudo su prudencia.

—¿Es tan críptico normalmente?

—¿Y usted, es normalmente tan obtusa?

Ella sonrió. Aquella grosería le pareció divertida.

—No soy obtusa en absoluto, señor Gordon. He tratado de ser una dama en todos nuestros encuentros.

—Escudada en su virtud.

A la luz, era irresistiblemente atractivo, pero en la oscuridad era aún más encantador.

—Dígame, señorita Sinclair, ¿alguna vez desea ser simplemente una mujer? ¿Sólo una hembra? ¿Sin tener en cuenta las normas o lo que los demás esperan de usted?

—Usted está hablando, señor, de anarquía.

—La anarquía del ser. Una definición acertada. ¿Nunca quiere ser rebelde, Beatrice? Antes de que me responda que no, déjeme que la advierta: veo chispas de rebeldía en sus ojos.

¿Cómo diablos iba a responder ella a aquel reto?

—¿No hay una sola parte de usted que quiera dejar a un lado su estricta educación, que quiera liberarse y reírse de las convenciones?

Se acercó más, extendió un dedo y con él recorrió el perfil de su labio inferior. Sintió un hormigueo por todo el cuerpo, hasta la punta de los pies.

—¿Así es como se lleva a las mujeres a la cama? ¿Desafiándolas?

Le sonrió.

—¿Funcionaría con usted?

—No.

—¿De verdad quiere saber por qué me voy, Beatrice?

—Dirá que es por mí, pero no es cierto. En la próxima taberna puede encontrar unas cuantas mujeres con ganas de seguirle el juego. Seguro que tiene alguna amante preparada que espera impacientemente su regreso.

—¿No hay nada aquí que me pudiera tentar?

—Yo no. Me escudo en la virtud. No soy un antídoto para su aburrimiento, señor Gordon.

—¿Eso es lo que cree que es?

Asintió con la cabeza.

—Estoy de acuerdo con usted excepto en una cosa. Deseo que comparta conmigo tanto su mente como su cuerpo. ¿Qué le parece eso?

—Estúpido.

Sus dedos se deslizaron por su mejilla, detrás de la oreja y cuello abajo. ¿Sabía lo mucho que de repente le costaba tragar? ¿Sentía como latía su pulso frenéticamente?

Deje que me vaya. Pero no le salían las palabras. Abrió la boca para hablar, pero el único sonido que emitió fue un suspiro.

—Eres la institutriz más atípica que he visto, Beatrice.

No la debía llamar por su nombre de pila ni tutearla. No era apropiado, pero se permitió contestarle del mismo modo.

—¿Por qué, Devlen?

—Porque, mi querida señorita Sinclair, usted es realmente tentadora. Si me quedo, me acostaré con usted. La llevaré a mi cama, o a la suya, o a cualquier superficie cómoda que nos apetezca; el suelo, un lavabo o una mesa. Y la penetraré tan profundamente que la dejaré sin aliento. La poseeré una y otra vez, hasta que se comporte tan desvergonzada y apasionadamente como pienso que puede comportarse. Y los dos disfrutaremos.

Le dio una bofetada. Levantó tan rápido la mano que Devlen no pudo impedirla. Le abofeteó de nuevo pero él no rechistó, ni se apartó, ni intentó protegerse de ninguna forma. Simplemente se quedó de pie en silencio, imponente, como si fuera una sombra, una fuerza de la naturaleza.

Beatrice aún notaba la suavidad de su mejilla en la palma de la mano a pesar del cosquilleo que sentía. Se había afeitado hacía poco y olía a especias y a alguna otra fragancia deliciosa que nunca hubiera asociado con la oscuridad ni con Devlen.

Dio un paso atrás y cruzó los brazos. No lo hizo porque tuviera frío o porque de repente la hubiera asustado el sombrío aspecto de su rostro, sino porque necesitaba contenerse para no pasarle delicadamente la mano por la mejilla que le acababa de abofetear, o para no ponerse de puntillas y besar dulcemente su piel en señal de disculpa.

—¿Ha terminado?

Asintió con la cabeza.

—Se comporta con bastante corrección para haber sido ultrajada —dijo suavemente—. Soy un calavera, un libidinoso y un pervertidor de inocentes. Y usted, señorita Sinclair, está en peligro. Pero sospecho que es sólo inocente en cuanto a su experiencia, más no en sus deseos ni en lo más profundo de su corazón.

Dio un paso hacia ella, que se apoyó contra la ventana. Notaba el frío cristal a través de la bata.

—Pero si negar su naturaleza hace que se sienta más segura, siga haciéndolo entonces. Como he dicho, me voy por su propio bien, no por el mío.

—¿Es que no tiene control? —dijo sin pensar.

—Como he dicho, señorita Sinclair, he estado en su compañía durante un día. Un día muy doloroso, pero no creo que sepa qué quiero decir.

Ella negó con la cabeza.

—Déjeme que se lo enseñe, aun a riesgo de ser abofeteado de nuevo.

Cogió la mano de Beatrice y la apretó contra su cintura. No, no contra su cintura. Contra algo duro e inequívocamente masculino.

Apartó su mano con violencia, horrorizada.

—No tengo la menor idea de por qué me sucede esto. Después de todo, usted no es el tipo de mujer que me atrae. Me pierdo por las rubias y las bellezas esculturales. Llena muy bien su canesú, pero tiene unas piernas largas y le falta un cierto aire desenfadado que me parece atractivo.

Aún podía sentirlo contra su mano.

—Entonces, no deje que le impida partir y encontrar el tipo de mujer que le atrae, señor Gordon. Le deseo buena suerte y que todas sus conquistas le resulten fáciles.

—¿Entonces pensará en mí?

—Su carruaje le está esperando, y la noche es fría.

—Parece muy enfadada, señorita Sinclair. ¿Le gustaría volver a abofetearme?

—Me encantaría, señor Gordon, pero sin duda sería un esfuerzo inútil.

—Entonces, ¿piensa que es imposible educarme?

—Creo que sí es posible educarle, pero no creo que sea posible adiestrarle.

Su carcajada la sorprendió.

Robert hizo un ruido mientras dormía, y Devlen miró hacia la cama.

—Cuide de él, señorita Sinclair, independientemente de lo que piense de mí.

—Usted le tiene cariño, ¿verdad?

—Parece sorprendida.

Lo estaba, pero no le respondió.

—¿Puedo llevarme un beso suyo? —Se inclinó y olió su pelo. ¿De verdad la estaba oliendo de nuevo?—. ¿Un recuerdo de su mirada?

Subió la mano y le acarició la cintura. No llevaba corsé. Separó los dedos y casi llegó a tocar la parte baja de sus senos.

Se apartó de él con violencia hacia el otro lado de la cortina, y escapó lo más rápido que pudo. Corrió a través de la habitación del duque, pero sus pies descalzos no hacían ruido sobre el suelo de madera pulido. Llegó a su cuarto y cerró con llave la puerta con dedos temblorosos. El corazón le palpitaba tan deprisa que notó cómo se mareaba.

Por un buen rato se quedó allí de pie, con las palmas de las manos contra la puerta, hasta que oyó un débil golpe, sólo eso. Devlen dio un golpecito con la mano en la puerta como si pretendiera comprobar que estaba a salvo y decirle que ya se marchaba.

El sinuoso camino de entrada a Castle Crannoch estaba iluminado por veinte faroles. Un hombre —o a veces un chico joven— los vigilaba para asegurarse de que estaban encendidos hasta el amanecer. Devlen había dado órdenes de que se hiciera así cuando empezaron sus visitas al castillo.

No creía que utilizaran los faroles en su ausencia, pero le gustaba tener libertad para ir y venir siempre que quisiera.

Ahora ya no tenía tantas ganas de volver a Edimburgo. Prefería quedarse en Castle Crannoch, pero la voz de la conciencia, que a menudo no era lo suficientemente fuerte como para poder oírla, le advertía que sería más prudente huir tan rápido como pudieran los caballos.

Quería tocar a Beatrice. Aquellas ganas locas de tocarla le hacían sufrir.

Olía a rosas. A rosas cálidas y a mujer, como si el calor que despedía se mezclara con aquella fragancia para provocarle. Quería extender sus manos y, con dedos temblorosos, desabrochar el botón que cerraba su recatada bata.

Le subiría las anchas mangas con puños de encaje y besaría su codo. Un beso burlón mientras le abría la parte de arriba del camisón. Y otro mientras deslizaba su mano por dentro.

Con un dedo, la tocaría entre los cremosos montículos de sus senos, acariciando su suave y tersa piel.

Su erección aumentó con aquel pensamiento. Un botón, simplemente eso. La mera idea de desabrocharle un botón le excitaba desaforadamente.

Muy bien, imaginaría el botón desabrochado, y a la señorita Sinclair desnuda hasta la cintura, sin nada que la cubriera. Su mano casi ardería al tocar uno de sus duros pezones.

Parecería sorprendido por la reacción de su cuerpo a sus caricias, y entonces, lentamente, le cogería el pezón con dos dedos tan dulcemente que Beatrice empezaría a jadear.

Notaría el contorno de aquel dulce pezón protuberante y se fijaría en su tamaño a medida que fuera creciendo. Lo succionaría con la boca, lo envolvería delicadamente con sus labios y lo probaría con la lengua.

Le subiría la parte de abajo del camisón. Entonces, cuando lo tuviera todo arrugado alrededor de la cintura, se lo quitaría y lo tiraría al suelo.

La acercaría a él para poder abrazarla y darle calor, y ella gemiría al sentirse tan caliente en medio de la fría habitación.

Necesitaba estar cerca de ella y apretar su erección contra alguna parte de su cuerpo. Necesitaba sentirla pegada él, y moverla arriba y abajo, imitando los movimientos de dos personas amándose.

No te muevas, dulce Beatrice, me estoy imaginando dentro de ti.

¿Qué respondería a eso?

Seguro que le rechazaría para atormentarle, o le diría con una sonrisa socarrona que se fuera.

¿Cómo sería hacer el amor con la sorprendente señorita Sinclair?

Con sólo pensarlo casi estallaba en sus pantalones, y aún tenía que besarla en los labios, o en el cuello, o en aquellos generosos pechos.

Maldita sea.

A Beatrice le costó mucho dormirse aquella noche. Estaba tumbada en la cama, despierta, mirando el dosel que tenía encima. Se aburrió de aquella vista, se giró y contempló por la ventana el cielo nocturno. Cuando se cansó, cerró los ojos y pensó en lo que Devlen Gordon le había dicho.

Cualquier mujer virtuosa se hubiera escandalizado y horrorizado con las cosas que había dicho. Cualquier mujer virtuosa hubiera exigido que se disculpara y, por supuesto, hubiera hecho a Cameron Gordon partícipe de su desagrado. O se hubiera marchado montaña abajo con su maleta bajo el brazo, directa hacia su solitaria casita en busca de un poco de decoro.

Una mujer virtuosa no estaría allí tumbada, pensando en todas las cosas que él había dicho y preguntándose por qué notaba sus extremidades aletargadas y qué era aquel calor que sentía.

Finalmente, apartó la colcha y la sábana y se subió el camisón por encima de las rodillas. Pero no era suficiente; aún tenía demasiado calor para poder dormir. Se sentó a un lado de la cama y movió sus pies hacia arriba y hacia abajo varias veces, pero no consiguió calmar aquella inquietud que tenía dentro del cuerpo.

Deseaba a Devlen Gordon. Por fin lo admitía.

Puso las manos debajo de sus pechos y los levantó, notando su peso. Definitivamente eran demasiado grandes. Daba igual lo que adelgazara, sus senos parecía que siempre estaban igual. Aquel gesto hizo que sus pezones rozaran suavemente la tela de su camisón. Aquella sensación era tan extraña y a la vez tan placentera, que siguió moviéndolos durante unos instantes.

Qué vergonzoso era estar tocándose mientras pensaba en un hombre.

Se impuso a sí misma como penitencia recitar los libros de la Biblia. Iba por el de Job cuando se dio cuenta de que estaba pensando en él otra vez.

Suspiró y miró con atención al elaborado artesonado en forma de corona que había en el techo. La habitación que le habían asignado era preciosa, decorada en un tono rosado intenso. Nunca le había gustado demasiado aquel color, pero hacía juego con el pesado mobiliario de caoba. Compensaba la oscuridad y le daba un toque femenino al cuarto.

¿La mujer de Cameron Gordon habría elegido la tela? ¿O habría sido la madre de Robert la responsable de la decoración de Castle Crannoch?

Qué estúpido era hacer ver que estaba interesada en semejantes cosas cuando lo único que quería saber en realidad era por qué se sentía tan extraña.

Se desabrochó la parte de arriba del camisón y la dejó abierta. Con una mano, se cogió un pecho. Sintiendo que hacía algo perverso, probó a apretarse el pezón con los dedos y notó una reacción en lo más profundo de ella. Sin mucho esfuerzo, podía imaginarse que eran los dedos de Devlen, que le susurraba al oído.

—Dulce Beatrice. Quieres disfrutar, ¿verdad?

Seguidamente, se levantó y se sacó el camisón por la cabeza, y lo tiró a los pies de la cama. Echó un vistazo a la puerta para comprobar que estaba cerrada con llave, se dirigió a la cómoda e inclinó el espejo que había encima de ella hasta que pudo ver su cuerpo reflejado.

Nunca antes había hecho algo así, nunca se había mirado con ojos de hombre. Tenía los hombros rectos, sin ninguna particularidad. Igual que los brazos y las manos. Sus dedos eran largos. Debajo del pecho, su cintura se estrechaba para después ensancharse suavemente en las caderas. Se puso la mano en el estómago, con el dedo gordo descansando sobre su ombligo mientras que estiraba el meñique hasta tocar el principio del triángulo de vello que tenía entre las piernas. Tenía el vientre plano y los huesos salientes, pero después de unas cuantas comidas como la de anoche no estaría tan delgada.

Se tapó los pezones con la palma de la mano, pero con el roce le empezaron a doler aún más.

Se giró y se miró las nalgas por encima del hombro. Le gustaba la forma que tenían. Se volvió y, mirando al espejo, se puso una mano en cada muslo y las abrió bien hasta que los dedos gordos se encontraron. Entonces, lentamente pero con atrevimiento, se tocó donde más excitada estaba.

Se le escapó un débil gemido.

Se acordaba de cómo lo sentía contra su mano, duro y erecto. Notaba aquella forma grabada en su palma. En lugar de recrearse recordando aquello, debería estar avergonzada. O como mínimo enfadada. Lo que Devlen había hecho era intolerable. Escandaloso. Escabroso.

Volvió a meterse en la cama y se cubrió con la sábana. Un momento después, se levantó de nuevo y abrió la ventana. Esta vez, al volver a la cama el aire frío de la habitación la refrescó y alivió el calor insoportable que sentía.

Beatrice cerró los ojos, decidida a no pensar en él. Devlen Gordon iba de camino a Edimburgo. Pero, en su imaginación, podía ver cómo se inclinaba hacia ella. Podía oír su voz susurrándole cosas, animándola a liberarse en sueños.

La vergüenza y la soledad que sentía eran tan intensamente dolorosas que, si él hubiera estado allí, habría ido a buscarlo. A eso se refería Devlen. No regresaba a Edimburgo para protegerse de ella, sino para resguardarla de su propia naturaleza.

Capítulo 12

Un fuerte grito la despertó. Beatrice se irguió de repente en la cama, sin estar segura de dónde provenía aquel chillido. Lo oyó de nuevo, y esta vez sí se dio cuenta de cuál era su origen.

Salió corriendo de la cama, se puso rápidamente el camisón, cogió la bata, salió de la habitación y bajó apresuradamente a la sala. Al abrir la puerta de la habitación del duque, Gaston apareció por la entrada del cuarto contiguo.

Pronunció alguna palabra malsonante en francés, con perfecto acento.

La lámpara de la antesala aún estaba encendida, pero como Beatrice había cerrado las cortinas la noche anterior, la habitación estaba a oscuras casi por completo. Gaston entró y se acercó a la cama mientras que ella se dirigió hacia las ventanas y abrió las cortinas para dejar entrar la luz del amanecer.

Se giró y vio a Robert de rodillas en mitad de la cama, temblando, mientras Gaston le abrazaba. No le hacía falta preguntar para saber que Gaston hacía esto a menudo.

—¿Qué sucede? ¿Es otra de tus pesadillas, Robert?

—Había alguien —dijo—. Había alguien en mi habitación.

—Devlen estuvo aquí antes, pero ya se ha ido.

—Quiero que venga. Te ordeno que me lo traigas aquí.

Beatrice se acercó a la cama.

—Lo siento, no puedo. Está de camino a Edimburgo.

La fulminó con una mirada que casi la dejó tambaleándose.

Qué tonta había sido al pensar que el rato que habían pasado juntos la noche anterior podía haberlo vuelto más dócil.

Extendió la mano y se la puso encima del hombro, pero él se apartó violentamente y enterró su cara en el pecho de Gaston.

—No quiero que estés aquí. Vete.

—Puede que sea mejor, *mademoiselle*. Sólo hasta que se recupere.

Como no llevaba mucha ropa encima y Gaston estaba en camisa de dormir, decidió que retirarse era la mejor opción por el momento. Asintió con la cabeza y salió de la habitación, cerrando la puerta.

Una vez en su cuarto, se lavó como cada mañana y se puso el mismo vestido que había llevado el día anterior. Se peinó, sin importarle si le había crecido el pelo o no.

Se miró fijamente en el espejo. Estaba demasiado pálida, pero al menos ya no se sentía como la noche anterior, confusa, sin saber qué hacer y excitada con sus propios pensamientos.

Se dio golpecitos en las mejillas con los dedos, pero seguía estando pálida, y parecía que apenas tenía sangre en los labios. A lo mejor necesitaba sentirse apurada o avergonzada para que su rostro tuviera mejor color.

Se puso el chal sobre los hombros. Castle Crannoch era una residencia ducal pero también había corrientes de aire y hacía frío.

Ya en el pasillo, no sabía dónde tenía que dirigirse después de aquello. ¿Debía volver a la habitación de Robert? ¿O tenía que ir al comedor? ¿Seguro que Cameron Gordon no volvería a insistir en que desayunara sola?

Mientras se lo pensaba, las puertas de la suite del duque se abrieron y apareció Robert.

Parecía lo que era, un niño de siete años. Y a pesar de ser duque, iba un poco despeinado. Llevaba un traje igual que el de su primo en más pequeño, incluso con la misma corbata blanca, aunque no tan bien anudada. Se inclinó ligeramente ante ella, subiendo la barbilla de forma arrogante.

—¿Has dormido bien? —preguntó—. Me refiero a antes de la pesadilla.

—No era una pesadilla. Había alguien en mi habitación. ¿Eras tú?

—Te puedo asegurar que no.

Asintió con la cabeza como si la creyera, pero ella decidió cambiar de tema y empezar el día con mejor pie. Así pues, forzó una sonrisa y le preguntó:

—¿Te importaría acompañarme a desayunar?

Por un momento pareció que le iba a decir que no, y cuando ya pensaba que iba a rechazar su petición, Robert se acercó y le ofreció su brazo.

—Será un placer acompañarla a desayunar, señorita Sinclair. Y a lo mejor podemos hablar sobre sus obligaciones mientras comemos.

Se mordió la lengua para no contestarle y continuó sonriendo con cierta dificultad.

—A lo mejor.

No se desayunaba en el comedor principal, sino en el llamado comedor familiar, un oscuro y sombrío lugar dominado por un regio mueble de caoba.

En dos de las paredes había grandes armarios llenos de piezas de porcelana, mientras que la chimenea se encontraba en la tercera pared. La cuarta pared estaba cubierta por unas pesadas cortinas de color burdeos. Le hubiera gustado abrirlas para ver la luz del día, pero nadie parecía sentirse agobiado por el hermetismo de aquella habitación.

Cameron Gordon se sentó a su izquierda y Robert a su derecha. Si aún estuviera Devlen, seguro que se hubiera sentado en el lado opuesto, mientras que el lugar a la derecha de Cameron estaba probablemente reservado para su mujer.

—¿La señora Gordon regresará pronto? —preguntó.

—Mi mujer decide ir y venir libremente, señorita Sinclair. No tengo conocimiento de sus planes.

Asintió con la cabeza. Se sintió incómoda por haberle hecho aquella pregunta.

103

Un momento después se excusó para acercarse al bufet e intentó elegir entre aquel gran surtido de manjares. Seguro que los criados habían preparado comida para más de cuatro personas. Todo lo que había allí podía haberla mantenido durante una semana.

Escogió algunos trozos de jamón, un plato de avena y una taza de una bebida que desprendía un delicioso aroma a café mezclado con chocolate negro. Su estómago rugió, más bien de placer que de hambre.

Durante el siguiente cuarto de hora, prestó más atención a la comida que a sus compañeros de desayuno. Sólo reparó en su conversación, o más bien en la ausencia de ella, cuando Cameron Gordon le preguntó algo a su sobrino.

—¿Qué planes tienes para hoy, Robert?

—Quiero ver al nuevo potrillo. Devlen dijo que Molly había parido por fin. Y después jugaré con mis soldaditos de plomo. Devlen me trajo algunos nuevos de Edimburgo.

—Qué amable por su parte —murmuró Cameron.

Beatrice dejó el tenedor y juntó las manos.

—Esta mañana tenemos clase, Robert. Verás al potrillo más tarde, y si te aplicas en tu hora de lectura, a lo mejor puedes jugar con tus soldados como recompensa.

La ignoró.

Cameron la miró con una pequeña sonrisa en los labios, como si le divirtiera aquella conversación.

—¿Hay una habitación para niños, o algún lugar habilitado como aula? —le preguntó Beatrice.

—Hay más de doscientas habitaciones en Castle Crannoch. Seguro que alguna de ellas le puede servir.

—¿No creció usted aquí?

—Sí.

—¿Y nunca estudió aquí, ni tuvo un tutor?

—Me enviaron a la escuela cuando aún era bastante pequeño, señorita Sinclair. A mí y a mi hermano. Nunca fue necesaria un aula. Pero creo que puede coger los libros que necesite de la biblioteca y escoger una habitación. Ordenaré que la limpien y la preparen para que la pueda usar.

—Muy bien —dijo Beatrice a Robert—. A lo mejor podemos vernos en mi habitación esta mañana para ver cómo lees. Si tienes algún libro favorito, tráelo, por favor.

—No iré —dijo, mirándola de una manera muy desagradable.

Si ella se hubiera atrevido alguna vez a mirar así a un adulto, la hubieran enviado a su cuarto.

—Te espero a las nueve —contestó severamente.

Miró a Cameron, que permanecía callado sin darle ninguna muestra de apoyo.

Era evidente que aquello era una especie de prueba. Ni Cameron ni Robert Gordon la conocían. Nunca tiraba la toalla. De hecho, su padre siempre la hacía rabiar diciéndole que en su epitafio se podría leer: «Beatrice Sinclair —No me rendiré».

No iba a dejar que un niño de siete años, por muy duque que fuera, se mostrara más hábil que ella.

—Daré orden de que no te enseñen el potrillo hasta que yo te dé permiso.

Robert tiró el tenedor, se levantó y se quedó de pie al lado de la mesa.

—No puede dar ninguna orden en Castle Crannoch. Yo soy la única persona que da órdenes aquí. ¿Me escucha? Yo soy el duque de Brechin.

—Eres el duque de la mala educación. Y a no ser que te quieras convertir en un adulto descortés e ignorante, harás lo que yo diga.

Fulminó a su tío con la mirada, y al ver que Cameron no decía nada, se giró y miró a Beatrice del mismo modo. A ella no le sorprendió.

—A las nueve —repitió. Robert no hizo ningún comentario más, y salió del comedor.

Debería haberlo seguido, debería haberle pedido a Cameron que la apoyara, y lo hubiera hecho si no fuera por un pequeño detalle muy difícil de percibir. Aquel pequeño puño al lado de la mesa, casi escondido detrás de la tela del mantel, había estado temblando.

Beatrice vio como abandonó el comedor furioso, golpeando la puerta al salir.

—Tiene que entender, señorita Sinclair, que mi sobrino es el duque de Brechin. No debe ser tratado como un alumno normal. Hay que hacerle ciertas concesiones debido a su rango.

Se puso las manos en la cintura por debajo de la mesa y decidió que sólo tenía dos opciones. Podía acceder a los deseos de Cameron Gordon, o podía escoger un camino más duro que al final acabaría beneficiando a Robert.

Después de todo, no era tan difícil tomar aquella decisión.

—Me temo, señor, que no puedo estar de acuerdo con usted —replicó—, debe ganarse esas concesiones y no podemos regalárselas por el mero hecho de haber heredado un título. Usted mismo se ha quejado de sus modales. Creo que dijo que necesitaba disciplina. Si no hacemos algo ahora, de mayor será un déspota indigno de su título y de su familia.

Cameron parecía sorprendido por su vehemencia.

Se recostó en la silla y la examinó por un momento.

—Pocas veces me han echado en cara mis propias palabras de una manera tan encantadora, señorita Sinclair.

—¿Es que ha rebajado sus expectativas, señor Gordon?

—No. Hace bien en recordármelas. Me dio a entender que tenía poca experiencia como institutriz, señorita Sinclair. ¿No es así?

—Pero he estudiado mucho, señor. Y ayudé a mi padre muchos años. Además de ser el maestro del pueblo, también era profesor particular.

—No hablo de sus cualificaciones, señorita Sinclair, sino de su experiencia. Son cosas diferentes.

Sintió frío por dentro. ¿Así era la sensación de fracaso?

—No, señor, no tengo experiencia como institutriz. Sin embargo, eso no significa que mi opinión no sea válida.

—Me sorprende, señorita Sinclair —dijo serenamente—. No tenía ni idea de que se escondía un corazón de tigresa debajo de esa fachada de esquelética gatita abandonada.

Antes de que pudiera replicar a aquel insulto, Cameron Gordon prosiguió:

—Sólo quería decir que parece bastante apta para el puesto. Gaston me ha comentado que usted estuvo con Robert ayer por la noche y que corrió para estar a su lado esta mañana.

Asintió con la cabeza.

—La felicito por haber cumplido con sus obligaciones hasta el momento. Haga lo que crea más conveniente. De todos modos, recuerde, aunque sólo sea de vez en cuando, que es el duque de Brechin.

—¿Ordenará que no se le permita visitar los establos?

—Ordenaré que se la obedezca, señorita Sinclair. Eso será mejor para usted, creo.

Chasqueó los dedos y Gaston salió de la oscuridad. Saludó con la cabeza a Beatrice, agarró las asas que estaban ocultas detrás de la silla de ruedas y la empujó para llevarse a Cameron Gordon del comedor.

Capítulo 13

Robert había desaparecido. Un niño de siete años podía haberse escondido en cientos de sitios.

—A lo mejor está en la capilla, señorita Sinclair —dijo una de las criadas. Beatrice la miró, se detuvo y retrocedió. La chica salía por una puerta estratégicamente oculta, con un cubo y un trapo en la mano.

—¿Cómo sabías que estaba buscando a Robert?

La chica se encogió de hombros.

—Su Excelencia salió volando de aquí como un murciélago de su cueva. Pensé que era probable que alguien le buscara. Gaston lo hace muchas veces.

—¿Dónde está la capilla?

La chica le indicó cómo llegar. No era fácil, ya que Castle Crannoch era enorme.

—¿Él va mucho allí? —Robert no le había parecido un niño especialmente religioso.

—Cuando Su Excelencia no se encuentra bien. —La chica se dio la vuelta, dispuesta a marcharse—. ¿Conoce el motivo, verdad? —le preguntó al girarse.

Beatrice negó con la cabeza.

—Sus padres están enterrados allí.

Antes de ir a buscar al niño, volvió al segundo piso, abrió la puerta de la habitación de Robert y cogió su abrigo y la serpiente, que aún estaba en el suelo. Volvió a su habitación para coger la capa y siguió las indicaciones de la criada para llegar a la capilla.

No quería sentir compasión por Robert Gordon. Era un niño totalmente desagradable. No quería recordar cómo le temblaban las manos, o pensar qué duro debía ser para un pequeño de siete años soportar la pérdida de unos padres. Ella tenía veinte años más y aquello le había parecido casi insoportable.

Llegar a la capilla le llevó más de un cuarto de hora, y tuvo que pasar por todos aquellos mareantes recovecos de la parte vieja del castillo. Un par de puertas dobles en forma de arco con una gran cruz grabada marcaban la entrada.

Por un momento, se preguntó si lo encontraría dentro. En caso afirmativo, ¿qué diablos le iba a decir? Puede que ahora no fuera el momento para mostrarse severa en sus exigencias. Pero si ahora no era el momento, ¿entonces cuándo? Alguien tenía que decirle no al niño tarde o temprano, y sería mejor para él que lo hiciera cuanto antes. Él no podía educarse a sí mismo, algún adulto debía encargarse de ello.

Empujó la puerta y la abrió. Encontró la capilla inundada de luz. Esta vez no gracias a las velas, sino a la luz que atravesaba las vidrieras de colores de la cancillería. El altar, situado enfrente de la entrada sobre una tarima, estaba cubierto con encaje de color marfil. Encima, se veían unos platillos que parecían de oro macizo. Enfrente del altar había un largo reclinatorio tapizado con tela de color carmesí. Al final del reclinatorio estaba Robert, duodécimo duque de Brechin, con la cabeza inclinada y las manos como si estuviera rezando.

Beatrice no quería molestar al niño en sus oraciones, así que se sentó en un banco en medio de la capilla e hizo el menor ruido posible.

Sin embargo, Robert empezó a rezar en voz alta, implorando al Todopoderoso con voz muy fuerte.

—Por favor, señor, llévatela. Llévatela al lugar de donde ha venido. Con un fuerte viento, Dios. O con un relámpago.

—Querido Dios, por favor, inyecta en tu siervo un poco de humildad —pidió Beatrice, en voz alta como Robert—. Por favor, ayúdale a comprender que intento hacerlo lo mejor posible con él, y eso significa que debo ser exigente con sus estudios. Sus padres no desearían que fuera un inculto maleducado.

Sólo se produjo un silencio como respuesta, y ella subió la mirada para encontrarse a Robert de pie en el extremo del banco.

—Nadie habla de mis padres. No está permitido.

—¿Quién ha impuesto esas reglas? ¿Tú?

Negó con la cabeza.

—Mi tío.

—¿Piensa que te haría daño oír hablar de ellos? Si es así, es una tontería. Necesitamos recordar a aquellos a los que lloramos.

Se sentó en el extremo del banco.

—Usted no me gusta, ¿sabe?

—No me conoces. Simplemente te disgusta la idea de tener una institutriz o cualquier otra persona que te diga lo que debes hacer.

—Nadie lo hace.

—Y por eso, sin duda, cualquiera de los chicos de Kilbridden Village te ganarían en matemáticas o en geografía.

La miró de reojo.

—Geografía, Robert. Es el estudio del mundo. Si vas a ser duque, debes saber lo máximo posible sobre el mundo.

—Ya soy duque.

—Entonces, si vas a ser un verdadero duque, tienes que tener tantos conocimientos como sea posible.

—¿Qué es lo que tengo que saber?

—Lo que sabían tus padres. Lo que querrían que supieras. Cómo calcular la producción de un campo o de tus rebaños, leer autores contemporáneos y clásicos, y también la Biblia. Cómo solucionar un problema, proteger tu herencia, salvaguardar tu fortuna e incluso puede que aumentarla.

—¿Y cómo liberar a Castle Crannoch de mi tío?

La pregunta la dejó anonadada.

—Sí, supongo que también —respondió finalmente.

Asintió con la cabeza como si estuviera de acuerdo.

110

—Ser ignorante no es una buena carta de presentación para ningún hombre, Robert. El mero hecho de ser duque no te confiere sabiduría. Tienes inteligencia. La debes usar para adquirir conocimientos, y los conocimientos te ayudarán a ser el mejor duque de Brechin.

—¿Conoció a mis padres?

—No tuve ese placer. ¿Me explicarás cosas sobre ellos?

Negó con la cabeza.

—Mis padres murieron hace un año —dijo ella—, con sólo tres días de diferencia. Les echo de menos cada día.

—¿Habla de ellos a veces?

Por primera vez, su voz parecía la de un niño de siete años, ligeramente temblorosa, curiosa, pero con demasiado miedo a saber la verdad.

—A veces. Pero me costó un tiempo conseguirlo. Siempre lloraba cuando hablaba de ellos.

—Mis padres murieron hace seis meses.

—¿No hace mucho, verdad?

Negó con la cabeza.

—Te parecerá que el tiempo no pasa lo suficientemente deprisa para borrar ese dolor.

Durante unos momentos estuvieron sentados en silencio. Beatrice no se engañó pensando que aquello era un armonioso paréntesis. Robert volvería a comportarse de aquella forma tan detestable, o bien saldría corriendo y la dejaría allí sentada.

—Mi madre tenía una risa maravillosa —dijo de repente—. Hacía sonreír a todos cuando estaba feliz.

Le pareció que se le iba a romper el corazón. Casi deseó que el niño volviera a comportarse mal de nuevo.

—Mi padre siempre decía que teníamos que hacerla feliz porque era la reina de nuestro castillo.

No me cuentes nada más. Pero era incapaz de interrumpir las palabras del niño, del mismo modo que no podía evitar sentir compasión por él.

—Solía venir y arroparme cada noche.

111

—¿Alguna vez tuviste pesadillas cuando estaban vivos?

No contestó. Se levantó y se marchó, y Beatrice pensó por un momento que la había dejado sola. Pero la llamó.

—¿Quiere verlos?

Siguió el sonido de su voz hasta llegar donde estaba, en una nave que no había visto antes. El suelo parecía recién enlosado, y el mortero que unía las piedras estaba aún demasiado blanco y nuevo.

Amee Alison Gordon yacía al lado de Marcus Harold Gordon. Sus fechas de nacimiento eran diferentes, pero la fecha de su muerte era la misma.

Ella retrocedió con cuidado, pero Robert se quedó de pie sobre las piedras que cubrían las tumbas de sus padres, mirando hacia sus epitafios.

—¿Vienes aquí cada día?

Giró la cabeza para mirarla

—Sí.

Nunca se curaría si seguía metiendo el dedo en la llaga. Sólo el tiempo le ayudaría a entenderlo, al menos así le había sucedido a ella. ¿Pero eran diferentes los niños de siete años? Incluso en medio de aquella tragedia, debía haber algo que despertara su interés, que le entusiasmara.

—¿Cuál es tu lugar favorito de Castle Crannoch?

Parecía sorprendido con aquella pregunta.

—Los bosques. Y después las torres.

—Llévame allí.

—¿Adónde?

—Tú eliges. Pero primero, hay algo que debemos hacer.

—¿Qué?

Se dirigió al banco en el que había dejado los abrigos, le alargó el suyo y se puso la capa que Cameron le había regalado.

Beatrice salió de la capilla y de Castle Crannoch, haciendo ver que no le importaba si Robert la seguía o no. Pero en realidad, prestaba mucha atención al niño y escuchaba los pasos que daba detrás de ella.

Se paró en un bosquecillo de árboles en la cima de un montículo. Mientras el niño miraba, se puso de rodillas y empezó a cavar un pequeño hoyo con un palo.

—¿Qué está haciendo?

No le contestó. Robert siempre exigía, y los empleados de Castle Crannoch satisfacían inmediatamente sus deseos. Ella no estaba dispuesta a hacer eso.

Cuando acabó de cavar el hoyo, sacó la servilleta de debajo de la capa y la abrió.

—La serpiente.

Beatrice asintió con la cabeza. Se inclinó y con mucho cuidado depositó la serpiente muerta en el hoyo, y la cubrió con tierra. Cuando se puso de pie, miró a Robert.

—Tienes que decir algo.

—¿Qué?

—No sé. Una oración.

—No sé ninguna oración.

—Estabas rezando en la capilla.

—Era una oración inventada.

—Entonces invéntate una ahora.

—Usted primero.

Como en aquel caso la difunta era una serpiente, decidió adaptar el servicio:

—Vete de este mundo, querida serpiente, en nombre del Padre Todopoderoso que te creó. Que Dios te reciba en su gran morada llena de luz y que los ángeles te conduzcan al seno de Abraham.

—*Requiem aeternam dona eis, Domine, et lux perpetua luceat eis.*

Asustada, miró a Robert.

—Concédeles descanso eterno, oh Señor, y que la luz perpetua resplandezca sobre ellos.

—¿Aprendiste eso para tus padres?

Asintió con la cabeza.

—Para su funeral. A mi padre le gustaba recitar cosas en latín.

—Es muy bonito, Su Excelencia.

Beatrice miró hacia el montón de tierra que había formado, la última morada de una serpiente atropellada.

Robert la sorprendía continuamente.

—¿La llevo al bosque?

Ella asintió con la cabeza y dejó que la guiara para bajar el camino y dar la vuelta al castillo.

Rowena Gordon juntó las manos sobre el regazo, miró al cielo e ignoró a su doncella tanto como pudo.

No obstante, Mary se había hecho notar en los últimos minutos con una serie de inolvidables sonidos: pequeños grititos como si la estuvieran pellizcando y profundos suspiros sentidos. Mary recurrió también a sus gemidos y más tarde a agudos chillidos. Si los fantasmas existían de verdad, debían hacer esos mismos ruidos.

Finalmente, incapaz de soportarlo más, Rowena tiró su bolsito de mano sobre el asiento y miró fijamente a su doncella.

—Pronto estaremos en casa, Mary. No es necesario tanto histrionismo.

—Pero, señora, es un trayecto muy peligroso. Podríamos despeñarnos tan fácilmente montaña abajo… Este camino podría ser en sí mismo un camino hacia el cielo.

Rowena suspiró. Oía lo mismo cada vez que el carruaje se aproximaba a Castle Crannoch.

—Hay una serie de curvas muy peligrosas. Si los caballos se cansan o se asustan, podrían salirse del camino con facilidad. —Mary miró atentamente por la ventana, se estremeció y cerró el estor.

—¿Cuántas veces has hecho este viaje?

—¿En los últimos seis meses? Seguramente una docena de veces.

—Los caballos conocen muy bien la ruta, Mary, y en todo este tiempo nunca nos ha pasado nada. Cálmate. Estaremos en

Castle Crannoch en menos de cinco minutos. —Mary se dejó caer en el asiento con una expresión de tozudez en su rostro.

—Muy bien, señora. No la molestaré más.

Rowena se tuvo que esforzar para contener un suspiro. Era fácil herir los sentimientos de Mary. De hecho, debía ser la criatura más sensible que había conocido nunca. Pero había tenido mucho tiempo para familiarizarse con las rarezas de Mary porque era su doncella desde hacía once años, cuando era una jovencita en Londres.

—Mary, de verdad que no hay motivos para inquietarse. Si tienes que preocuparte por algo, que sea por si todos esos artículos que compramos en Londres han sobrevivido al viaje.

Mary volvió a mirarla.

—¿Te acuerdas de las estatuas del pastor y la pastora que compré? ¿Y el zorro de porcelana para la repisa de la chimenea?

—Se empaquetaron con paja, señora. —Pero puso cara de preocupación—. A no ser que no siguieran mis instrucciones, señora, y entonces mucho me temo lo que nos vamos a encontrar cuando empecemos a abrir los baúles.

Bien, ya había empezado a preocuparse por los baúles. Por lo menos ya no se asustaría con las curvas cerradas que aún quedaban.

Rowena se colocó en la esquina del carruaje y sonrió ampliamente. Mientras Mary estuviera ocupada, podría soportar su compañía y estaría contenta.

Parecía que el día iba a ser soleado. Las nubes encapotaban el cielo matutino y le daban un tono gris, pero cuanto más se acercaban a Castle Crannoch, más azul estaba el cielo. ¿Sería un presagio de su vuelta a casa?

Odiaba Castle Crannoch con tanta fuerza como si fuera un ser humano y tuviera personalidad propia. Odiaba aquel lugar porque era el escenario de la derrota, de la desmoralización, de la desesperación. Lo odiaba porque a Cameron le encantaba y lo ansiaba con más emoción y sentimiento del que le había mostrado a ella en aquellos últimos seis meses.

Los últimos seis meses no habían sido fáciles ni para Cameron ni para ella. Algunos días había perdido la esperanza de sobrevivir hasta el día siguiente. No es que quisiera atentar contra su propia vida, pero a veces su corazón estaba a punto de marchitarse y morir.

Poco a poco, aprendió a aceptar que Cameron nunca volvería a ser el mismo de siempre. Mientras que anteriormente no habían pasado nunca una noche separados, ahora tenían habitaciones separadas, vestidores separados, dos grupos separados de sirvientes y así, poco a poco, dos vidas separadas.

No importaba cuántas veces hubiera ido a Londres, a París o a Edimburgo: siempre volvía de nuevo a Castle Crannoch, atraída no como una mariposa hacia la luz, sino como una mujer perdidamente enamorada hacia el hombre que amaba. Porque tanto si caminaba como si no, si agradecía su presencia como si no, si le importaba que estuviera viva como si no, ella le quería.

El carruaje aminoró la marcha, señal de que estaban recorriendo el tramo final. Rowena no se molestó en subir el estor. Oyó cómo el cochero gritaba a los caballos y se preparó para hacer su entrada. Unos minutos más tarde, se abrió la puerta. Rowena se puso los guantes y bajó del carruaje.

Fijó una sonrisa en su rostro y miró hacia Castle Crannoch con lo que esperó pudiera ser interpretado como entusiasmo; pero en realidad, lo que sentía era pavor.

—Parece que hace mucho que nos fuimos de aquí —dijo Mary—, dos meses enteros. Nada ha cambiado ni un ápice, ¿verdad señora?

—Castle Crannoch está aquí desde hace siglos. Dos meses no lo van a cambiar.

—Es cierto. —Mary miró hacia el castillo, sobrecogida. Al contrario que Rowena, a Mary le fascinaba aquel lugar desde que dejaron Edimburgo y se trasladaron allí. La primera vez que vio el castillo, Mary dijo impresionada que le parecía romántico.

—Imagino que el señor Cameron estará muy contento de verla, señora.

Tan contento que aún no había aparecido por allí. Tan contento que no había nadie en las grandes puertas de la entrada para darles la bienvenida. Ningún sirviente bajó por las escaleras; ni siquiera estaba abierta la puerta.

Si hubiera sido tan insensata como para confiar en Mary, le habría contado que Cameron no le había escrito ni una sola vez durante los meses que había estado fuera. No tenía ni idea de si durante su ausencia se había sentido solo, o de si la había echado de menos, o de si se encontraba bien de salud. En pocas palabras, su marido era un extraño.

La mañana era radiante y el sol la recibió con todo su esplendor, pero no había ni un ser humano conocido en la puerta para darle la bienvenida.

—A lo mejor el señor Gordon se ha levantado tarde, señora, y se está vistiendo —dijo Mary.

No era buena señal que la doncella notara su turbación. En sólo un momento, Mary estaría secándose los ojos con su omnipresente pañuelo, un signo que denotaba empatía con la difícil situación que atravesaba Rowena, la esposa rechazada de un inválido.

—No teníamos ningún modo de comunicarle nuestra llegada, Mary. Le haremos saber ahora que estamos aquí.

No era necesario darle instrucciones al cochero, sabía muy bien dónde debía dejar los baúles. Era una lástima, pero toda la ropa nueva que había comprado no mitigaría aquella amarga decepción.

Además de su nuevo vestuario, había comprado regalos para Cameron y Devlen, y más soldaditos de plomo para la colección de Robert. Sabía que el niño se llevaría una agradable sorpresa. Tenía poco trato con él, pero sospechaba que el pequeño, al igual que ella, no tenía interés en que su relación se hiciera más estrecha.

Siempre había sido cauta con los niños y se había mostrado prudente y reservada. Nunca se desviaba de su camino por ver a un niño en un cochecito, y cuando alguna amiga le susurraba que

117

estaba embarazada, Rowena enseguida bendecía a aquella pobre alma y esperaba que superara las penalidades del parto.

Desde que se casó con Cameron hacía cinco años, había pensado alguna vez en tener niños, pero como él era doce años mayor que ella, no había sido un tema que le preocupara demasiado. Devlen era el heredero de su marido. Después del accidente, tuvo que aceptar que sólo iba a ser la tía de Robert, el duodécimo duque de Brechin. Para ella, eso sería lo más parecido a ser madre.

Subió los escalones mientras se levantaba las faldas a la altura de los tobillos. Su vestido era de color gris con adornos de seda. El corpiño le ceñía la cintura, y aquel color hacía resaltar su cabello pelirrojo. Puede que después de dos meses Cameron se diera cuenta de que era bastante atractiva, al menos eso opinaban varios hombres londinenses.

¿Haría algún comentario sobre la palidez de su cutis? Había tenido cuidado de que no le diera el sol. Y también se había guardado de no tener ninguna aventura. Más de una vez, había sido abordada por algún hombre atractivo, y más de una vez se había quedado asombrada de su propia virtud.

¿Se hubiera contenido tanto Cameron si las circunstancias hubieran sido a la inversa? Era lo suficientemente sensata como para no formularse aquella pregunta.

Mary le abrió la puerta tan bien como un lacayo. Rowena le sonrió con una expresión forzada poco sincera. Pero la pobre Mary simplemente le devolvió la sonrisa y se apresuró para cerrar la puerta detrás de ella.

Su querida Mary, siempre tan complaciente.

Rowena subió las escaleras de la derecha. Su cuarto estaba al lado del de Cameron en la misma ala del castillo, y se encontraba en el lado opuesto de la habitación ducal, como si Cameron no quisiera que le recordaran cada día que su sobrino ostentaba aquel título.

¿Cómo lo iba a olvidar?

Por lo menos, tenía que convencer a Cameron de que unos cuantos sirvientes más no supondrían ningún problema. Les irían bien, aunque sólo fuera para poder sonreír a una cara amable de vez en cuando y no tener que recorrer el camino desde su cuarto hasta el salón sin ver ni una sola alma.

En el segundo piso, empezó a dudar. Una mujer más prudente iría directamente a su habitación para lavarse y descansar del viaje. Pero había estado esperando este momento durante los últimos dos meses, menos un día.

Durante aquel primer día después de marcharse de Castle Crannoch, estaba feliz por haber tomado aquella decisión. Después, el arrepentimiento se había apoderado de ella, y se sentía tan desesperadamente sola que quiso dar la vuelta inmediatamente y regresar al castillo. Durante aquellos dos últimos meses había imaginado toda clase de regresos, pero ninguno de ellos tan triste y sombrío como el verdadero.

Qué estúpida era por desear tan fervientemente algo que nunca iba a suceder.

Cambió de opinión. Se detuvo y dio media vuelta para ir a su habitación. Abrió la puerta antes de que Mary pudiera hacerlo y entró.

Rowena se dirigió al tocador. Mary la siguió, dispuesta a ayudarla. Sin embargo, por el momento lo único que deseaba era estar sola.

—Ocúpate de ti, querida —dijo todo lo amablemente que pudo—, y vuelve antes de la cena, si puedes.

Cameron insistía en que todo el mundo se arreglara para cenar, y como a menudo era el único momento del día en el que veía a su marido, Rowena ponía gran esmero en su atuendo.

Mary cotorreaba a su lado, y ella asentía con la cabeza de vez en cuando para simular que prestaba atención. Pero en realidad, a veces sencillamente la ignoraba. Su doncella compartía con ella todo lo que se le pasaba por la cabeza, por banal que fuera. A pesar de que no la animaba a ello en absoluto, la pobrecilla seguía y seguía hablando sobre cualquier asunto trivial. El chirrido de los pestillos de las puertas del carruaje, el golpe del estor contra la ventana, todo esto le recordaba que una vez, cuando era niña, se marchó de viaje con su padre mientras que su madre se quedó para cuidar de una hermana.

Además, a Mary le gustaba cotillear, y aquellos breves fragmentos de conversación contenían chismes sobre todas y cada una de las personas que vivían en Castle Crannoch. Rowena estaba informada sobre lo que hacían todos los sirvientes, huéspedes y habitantes del castillo. Excepto, por supuesto, sobre Cameron y ella misma. Pero no tenía ninguna esperanza de que Mary fuera discreta respecto a ciertos temas delicados.

—Por favor, aprovecha este tiempo para ti.

—Muy bien, señora, si así lo desea —dijo Mary—, pero puedo quedarme si lo prefiere. Le traerán los baúles dentro de poco, y tendremos que abrirlos. Si no, esos preciosos vestidos nuevos se estropearán sin remedio.

Rowena no entendía cómo podían estropearse por estar unas pocas horas más en los baúles cuando habían estado ya metidos durante días. Pero se limitó a sonreír.

—Tendremos tiempo suficiente más tarde.

Por fin, Mary se fue, cerrando la puerta con cuidado al salir. Rowena se miró fijamente en el espejo y se quitó lentamente el sombrero, un pedazo etéreo de pelusa y velo que realzaba sus ojos verdes.

Estaba demasiado pálida pero, por lo demás, la última parte del viaje desde Londres no había alterado su belleza. Tenía el buen aspecto, sano y radiante, de una mujer joven que aún podía hacer que los hombres se giraran al pasar. Sus mejillas eran rosadas, su boca sonriente, y las pecas que tenía en la nariz apenas se veían detrás de los polvos. Sus ojos brillaban, pero sabía que no era de ilusión, sino por las lágrimas, que les daban un tono verde muy profundo.

Una lágrima se le escapó por el rabillo del ojo, se deslizó hacia la mejilla y bajó hasta el mentón. Se la limpió con suavidad.

Cameron ya sabría a estas alturas que había llegado. A lo mejor incluso estaría supervisando la llegada de los baúles y mirando todas las cosas que había comprado con aquella sonrisa suya, medio irónica, medio cínica.

Pero no había venido a su habitación y no había hecho el esfuerzo de recibirla. Estaba claro que dos meses no habían cambiado para nada los sentimientos de Cameron.

Muy bien, si así era como iba a vivir el resto de su vida, lo haría con elegancia. Nunca sabría lo desolada que se sentía en aquel momento. En vez de eso, dejaría que la mirara y se asombrara con su sonrisa. Que imaginara lo que podía haber ocurrido en Londres. Que pensara que era bella y deseable. Que pensara que era una libertina. Que pensara lo que fuera sobre ella menos que era una pobre criatura despreciable que ansiaba el cariño de un hombre que se lo negaba y que mantenía su corazón distante por lo que ella había hecho.

Él tenía su orgullo. Muy bien, pues ella también, y desde aquel mismo momento Cameron iba a saber hasta qué punto podía ser orgullosa.

Se arregló el pelo y se secó la cara para eliminar el rastro de las lágrimas que había derramado antes. De pie, se alisó la ropa con la mano, y miró con satisfacción aquella lana gris. El vestido resaltaba el color de su tez y de sus ojos y favorecía su silueta.

Ya con la coraza puesta, salió de la habitación y se dirigió con decisión a la biblioteca, que estaba en el primer piso.

Cameron había reivindicado aquella habitación como suya, y cuando no estaba en su cuarto, se refugiaba allí y jugaba a ser el duque de Brechin. Aunque en realidad no podía ostentar el título, gobernaba Castle Crannoch como si fuera el verdadero duque.

Cameron era un genio para administrar aquel patrimonio. Sabía el número exacto de reses, ovejas, cabras, gallinas o caballos y dónde se encontraban en todo momento. La extensión de cada finca y cuántas fanegas producía. Se ocupaba perfectamente de los barcos que pertenecían al pequeño duque y de sus distintas posesiones, dispersas por toda Escocia, hasta que el niño fuera mayor de edad.

Una vez que Robert ya no necesitara un tutor, podría dilapidar todo el patrimonio que había heredado si así lo deseaba.

Cuando tuviera veintiún años, Cameron se vería forzado a quitarse del medio y renunciar a todo lo que había administrado durante aquellos años. Ella le había preguntado una vez si sería capaz de marcharse del castillo sin más, y él se la había quedado mirando fijamente, como si ella no estuviera allí, como si tal vez fuera un fantasma de lo que había sido. El espíritu de su esposa.

Sabía exactamente cuándo su amor se convirtió en odio. Marcus y su mujer habían ido de visita a Edimburgo para celebrar su cumpleaños. Un accidente de carruaje acabó con las vidas del duque y la duquesa al instante, e hirió a Cameron hasta el punto de que ella se vio obligada a tomar una fatídica decisión.

Después de la operación, estuvo sentada al lado de su cama en todo momento. Era tal la fuerza vital de Cameron que no podía evitar sobrevivir. Por lo menos, así lo esperaba ella. Durante días, estuvo sentada al lado de su cama rezando.

Cuando finalmente despertó, era su obligación decirle lo que había ocurrido. Como el carruaje le había aplastado las piernas, nunca volvería a caminar.

Pero sobreviviría y su vida continuaría.

—No sin piernas, Rowena. —Se apartó de ella en aquel momento y, desde entonces, la trató como si no estuviera allí, sin mirarla nunca a la cara y dirigiéndose a ella en contadas ocasiones. Cuando tomó la decisión de mudarse a Castle Crannoch, ella lo consintió. Después de todo, no podía hacer nada para evitarlo.

Qué extraño era poder amar a alguien tan profundamente y odiarlo al mismo tiempo.

Capítulo 14

El aire era frío pero el cielo estaba azul. La hierba se había oscurecido ligeramente debido a las bajas temperaturas nocturnas. Aun así, había algo primaveral en aquel día. Beatrice se detuvo al abrigo de la colina, miró a lo lejos y contempló las montañas, envueltas en el azul del cielo.

Había algo en el paisaje —un águila que volaba alto, sus alas negras y grises en contraste con el azul del cielo, o el propio aire— que recordaba al verano. Cerró los ojos y le pareció que incluso percibía un ligero olor a humo y turba quemada.

Su padre era escocés, y amaba su patria con el mismo fervor que ella. Pero no tenía ninguna esperanza respecto a su historia, su futuro o su gente.

«La palabra "no" es el himno de Escocia, mi querida Beatrice. Nunca encontrarás a gente más terca que los escoceses. Ni tampoco encontrarás una raza más noble ni un mejor amigo que un escocés».

Su madre, mitad francesa, siempre sonreía en señal de tolerancia. A lo mejor había aprendido que no era importante preocuparse por las nacionalidades.

Pero en aquel momento, se sentía escocesa.

Miró hacia el imponente castillo que se alzaba detrás de Robert. Desde allí, la parte antigua se divisaba con claridad, incluida la torre solitaria, que estaba casi en ruinas.

—¿Por qué el pasado parece mucho más romántico que el presente? Tus antepasados vivieron aquí hace mucho tiempo, y sin duda pasaron muchas privaciones. Pero no pensamos en lo que sufrieron, sino sólo en su orgullo y su valor.

—¿No sabe nada de los Gordon, señorita Sinclair? —Robert se detuvo en medio del sendero y se giró para mirarla—. Eran unos sanguinarios. Mi padre me contaba historias de todos sus saqueos y del ganado que robaban en los lugares cercanos a la frontera.

—¿De verdad?

—Mi padre y yo solíamos pasar las tardes de los viernes hablando sobre algún Gordon. Hay trece generaciones de hombres Gordon, señorita Sinclair, y cada uno de ellos merece ser estudiado. Algunos eran estúpidos, pero otros fueron unos héroes.

Su voz se hacía eco con orgullo de las palabras de su padre. Ella le miró y sonrió.

—Creo que tu padre me hubiera caído bien.

Por un instante pensó que Robert iba a contestarle algo, pero no dijo nada.

Quizá conseguir que hablara más fuera un paso importante para su curación. Sabía que la pérdida de los seres queridos nunca se aliviaba del todo, sino que pasaba a formar parte del tejido que conforma el carácter de la persona, como si se tratara de un agujero en un vestido que antes te gustaba. Incluso después de remendarlo, el agujero seguía estando allí, y el vestido ya era diferente. Pero ella no se deshacía de un vestido sólo porque tuviera un defecto, de igual modo que no podía dejar de vivir su vida simplemente porque el dolor había entrado en ella. Aunque no le pudiera enseñar ninguna otra lección a Robert, intentaría que aprendiera ésta.

Después de todo, el joven duque sólo tenía siete años y toda una vida por delante. Era cierto, sus primeros años quedarían marcados para siempre por los recuerdos agridulces de los padres a los que amó, pero debía empezar a recordar otras cosas.

El sendero de gravilla que seguían estaba bordeado por grandes rocas y era demasiado estrecho para dos personas que caminaran juntas. Igual que el camino de descenso de la montaña, serpenteaba de un lado a otro de la cañada. Se tardaba más tiempo en llegar al bosque pero, en cambio, el trayecto resultaba más fácil porque podían bajar la cuesta en zigzag.

Alguien, hacía mucho tiempo, había tallado unos escalones en las rocas de aquella abrupta pendiente que habían pasado a formar parte del sendero. Robert la seguía, y Beatrice notó que cada vez lo hacía con más decisión. También empezó a balancear los brazos e irguió la cabeza como si estuviera deseando ver lo que había delante.

¿Cuánto tiempo había pasado desde la última vez que salió del castillo? Castle Crannoch era parte de su herencia, pero allí no podía disfrutar de la luz del sol. Sólo era un laberinto de espléndidas estancias iluminadas por cientos de velas. Un niño necesitaba sol, hacer ejercicio y asumir responsabilidades y tareas, aunque fuera un duque.

A la derecha, siguiendo la curva de la colina, había una frondosa franja de bosque. Los árboles eran gruesos, y parecía que nadie había limpiado la maleza en años. A primera vista, el bosque parecía oscuro y hostil. Pero al acercarse, Beatrice se dio cuenta de que era justamente el tipo de lugar que a un niño le gustaría explorar.

Robert se metió las manos en los bolsillos de los pantalones. Ya llevaba la corbata desatada, y tenía una mancha en la chaqueta y en una rodilla de los pantalones. La verdad es que no parecía el más elegante e impecable de los aristócratas.

De repente, quiso abrazarlo. A veces era maleducado e insoportable, pero cuanto más lo conocía, más ternura despertaba en ella.

—¿Qué haces en el bosque?

—Hago ver que soy el duque.

Lo miró sorprendida.

—En realidad, en Castle Crannoch no soy el duque de Brechin, señorita Sinclair.

—¿Por qué demonios dices eso? Es tu hogar.

La miró como si no pudiera creer que fuera tan tonta. Era una actitud tan infantil que la hizo sonreír.

—Era mi hogar cuando mis padres vivían. Ahora está lleno de gente a la que no le gusto y que desearía que nunca hubiera nacido.

Dio media vuelta y continuó en dirección al bosque. Podía seguirlo o bien quedarse mirándolo perplejamente sin creer lo que acababa de oír.

Finalmente, Beatrice alargó sus zancadas hasta que casi alcanzó al niño.

—Seguro que no piensas lo mismo de Gaston.

—Gaston es el criado de mi tío. —Se detuvo de nuevo, se giró y la miró—. ¿Sabía, señorita Sinclair, que ninguno de los criados que trabajaban en Castle Crannoch cuando mis padres vivían siguen aquí?

Negó con la cabeza, sorprendida.

—La mayoría del servicio rota cada tres meses. Vienen de Edimburgo o de Glasgow. Mi tío los trae ofreciéndoles una paga extra y les promete que sólo tendrán que servir durante un trimestre. Aunque quieran quedarse, no les está permitido.

¿Iba a trabajar en el castillo por tan poco tiempo? El egoísmo de este pensamiento la avergonzó.

—¿Y por qué lo hace?

Se encogió de hombros.

—Dígamelo usted, señorita Sinclair. Mi tío no me explica nada. Creo que le gustaría que yo no estuviera aquí.

—¿Y Devlen? —preguntó—. ¿Qué piensas de Devlen?

Se dio la vuelta y siguió caminando hacia el bosque. Beatrice casi tenía que correr para alcanzarlo.

—Devlen es un amigo de verdad. Si pudiera, me gustaría ir a vivir con él a Edimburgo, pero mi tío no lo permitiría.

—¿Por qué?

—Porque Devlen sería una mala influencia para mí. —Esbozó una sonrisa burlona, completamente masculina, aunque en la versión de un niño de siete años—. Vuelve tarde a casa, ¿sabe? Y tiene muchas amigas.

—¿Ah, sí?

Se detuvo de nuevo y la miró.

—Una vez encontré un ciervo —dijo, como si no se decidiera a confiar en ella.

—Espero que lo trataras con más cuidado que a la serpiente.

Levantó las cejas como si imitara el gesto de su primo.

—Soy el duque de Brechin, señorita Sinclair. Soy el único que tiene permiso para cazar en este bosque. Pero me temo que el ciervo ya estaba muerto.

—Eres un poco morboso, Robert. ¿Para eso hemos venido al bosque? ¿Para encontrar otra pobre criatura muerta?

La miró de nuevo con desdén, y ella decidió contenerse y no hacer más comentarios.

Ya habían pasado de largo los primeros árboles cuando Beatrice oyó un fuerte ruido. Miró hacia abajo, pensando que había pisado una rama, pero volvió a oírlo, esta vez detrás de ella. Miró hacia atrás en dirección a Castle Crannoch. Algo le había rozado la cara. Retrocedió y se llevó la mano a la mejilla. Cuando la apartó, tenía sangre en la palma.

Robert corrió hacia ella, la cogió por el brazo, y antes de que Beatrice pudiera preguntarle qué pretendía, ya había hecho que se tumbara en el suelo.

—¡Alguien nos está disparando, señorita Sinclair!

Se oyó otro tiro y aquella vez no necesitó que Robert le dijera que debía ponerse a ras de suelo, detrás de un árbol caído. Aquella tierra era una combinación acre de materia en descomposición y hojas de pino que habían caído de los árboles maduros y que se le clavaban en las manos.

Le dolía la cara, pero una exploración más detallada le reveló que en realidad no estaba herida. Seguramente había sido alcanzada por las astillas que se desprendieron de alguno de los tiros.

—Me temo que alguien más piensa que tiene derecho a usar tu bosque, Robert —dijo. Se oyó otro disparo. Éste fue lo suficientemente cercano como para que ella pudiera oír el silbido de la bala antes de clavarse en un árbol—. Gracias a Dios, no tiene muy buena puntería.

No quedaba mucho del tronco de árbol detrás del que se escondían. El tiempo y los insectos lo habían vaciado casi todo, pero el árbol era lo suficientemente grande para actuar como un escudo que la hacía sentirse más protegida. Intentó atisbar por entre los árboles, mirando hacia el lugar del que creía que provenían las balas.

Enfrente se levantaba la colina y se veía el castillo arriba a la izquierda. Más abajo había una caseta, medio en ruinas, que seguro fue alguna vez la caseta del guardabosques. Con la mirada, recorrió el camino que habían seguido. Había muchas rocas que podían servir de refugio a un hombre con una pistola.

—No era un cazador, señorita Sinclair. Los tiros venían del castillo —dijo Robert con una seguridad espeluznante. Hablaba bajo, y si Beatrice no hubiera tenido la mano puesta encima de su hombro, no hubiera notado que estaba temblando.

Le pasó un brazo por los hombros mientras contemplaban el día soleado.

—Seguramente era un cazador con muy mala puntería.

—Nadie tiene permiso para cazar en las propiedades de los Gordon.

—Las normas no detienen a un hombre que intenta alimentar a su familia hambrienta.

—No era un cazador —repitió—, alguien ha intentado matarme.

Hizo aquel comentario con tanta naturalidad que quiso preguntarle cómo había aprendido a tener aquella sangre fría a una edad tan temprana. ¿Cómo podía hablar de un atentado contra su vida tan serenamente?

—Me sorprende que digas eso, Robert.

—No es la primera vez que pasa.

Muda de asombro, retrocedió y giró al niño para que la mirara.

—¿Qué quieres decir?

—El día que mi último profesor se marchó, yo había ido a la caseta del guardabosques para no despedirme de él. —Señaló hacia la ruinosa construcción, al pie de la colina.

—Quieres decir que te escondías allí cuando la gente te buscaba.

Miraba a lo lejos en vez de mirarla a ella.

—Casi me quedé atrapado en una trampa que no estaba allí antes. Casi la pisé.

—Un accidente.

— No usamos trampas en Castle Crannoch. Pregúntele a mi tío, se lo dirá.

Le apartó el brazo, se puso de pie, y se remangó los pantalones para enseñarle un vendaje que hasta ahora no había advertido.

—Y alguien me tiró escaleras abajo hace unos días.

Se miraron fijamente. Ella no podía articular palabra. ¿A qué nido de víboras había ido a parar?

Beatrice se levantó y empezó a caminar en dirección al sendero. Ya habían transcurrido algunos momentos desde el último disparo, y se preguntaba si alguien los acechaba. ¿O en realidad habría sido un cazador que se dio cuenta un poco tarde de que no eran sus presas?

Su capa era de color azul oscuro, pero la chaqueta de Robert era beige.

—Seguramente te han confundido con un ciervo —dijo, aunque estaba empezando a dudar de sus propias palabras.

Robert simplemente negó con la cabeza.

Al cabo de un rato, se atrevió a pisar de nuevo el sendero. Ahora, lo único que quería era volver a la relativa seguridad del castillo. ¿Pero de verdad estaban a salvo allí, especialmente después de lo que había dicho Robert?

Un cuarto de hora más tarde, y sin haber oído más tiros, Beatrice decidió que ya podían regresar sin peligro. Subieron la colina por el sendero que conducía a Castle Crannoch. Desde allí podían ver a cualquier persona que les quisiera hacer daño. Pero, para mantener a Robert a salvo, quiso que fuera detrás de ella. Si lo que había dicho era cierto, quien quiera que fuera la persona que les disparó vería a Beatrice con claridad, pero no al niño.

El trayecto fue angustioso, y cuando finalmente llegaron a las inmediaciones del castillo, Beatrice estuvo a punto de llorar de alivio.

—Tu tío tiene que saber lo que ha sucedido —dijo al sentirse más segura en el patio exterior.

Se detuvo y la miró de una forma en la que nunca debería mirar un niño de siete años, con madurez y una cierta dosis de tristeza en sus ojos.

—Vaya y dígaselo, señorita Sinclair. Dirá que ha sido un accidente. O que no ha ocurrido, y que es todo producto de mi imaginación. Eso es lo que dijo en otras ocasiones.

—Es tu tío. No querría que te sucediera nada malo.

El niño soltó una carcajada inquietante, casi como un adulto. Se giró y miró hacia a las tierras que se extendían al frente de Castle Crannoch.

Señorita Sinclair, mi padre se casó ya mayor. Hasta aquel momento, mi tío creía ser el heredero del título. Yo fui una sorpresa no bien recibida. Si algo me sucediera, mi tío se convertiría en duque.

Horrorizada, lo único que podía hacer era mirarle fijamente.

—Robert, ¿no creerás que el responsable de esto es tu tío? —dijo finalmente.

El chico empezó a subir los escalones hacia las grandes puertas dobles. Al final, dio media vuelta para mirarla de nuevo.

—Hable con mi tío si así lo desea, señorita Sinclair. Pero le puedo asegurar que empeorará la situación en vez de arreglarla.

Vio como entraba en el castillo y se preguntó qué debía hacer exactamente. Si Devlen estuviera allí, a lo mejor habría confiado en él. En su lugar, escogió a Gaston y fue a buscarlo. Lo encontró en la cocina.

—¿Tiene un momento para hablar conmigo? —le preguntó.

—Está herida, señorita Sinclair.

Se tocó la mejilla. Lo había olvidado.

—No es más que un rasguño.

—Tenemos un ungüento que evitará que le quede cicatriz.

No tenía más opción que seguirle, sentarse a la mesa en la silla que le indicó e inclinar la cabeza mientras le limpiaba el rasguño y le extendía un bálsamo de olor repugnante. Cuando acabó, le dio un pequeño bote y le dijo que debía usarlo dos veces al día.

—Y bien, ¿de qué quería hablar?

Miró a su alrededor y vio a los otros sirvientes, que parecían interesados.

—¿Podríamos hablar en privado?

—Desde luego, señorita Sinclair. —Dejó la bandeja de bálsamos y ungüentos en la mesa y la condujo por unos pasillos que parecían túneles. Recordaba vagamente el camino que siguió la primera noche.

Salieron a un pequeño patio, y comprobó que su memoria no se equivocaba. El carruaje de Devlen se había detenido allí.

—¿Qué sucede, señorita Sinclair?

—¿Puede guardar un secreto, Gaston? ¿Aunque sea sobre su señor?

—No sé qué responder a esa pregunta, a no ser que me diga qué tipo de secreto es.

Admiraba su lealtad, pero ella también tenía que serle leal a Robert. No le había pedido que le diera su palabra, pero ella sentía que se la merecía por la valentía que demostraba.

—¿Robert se encuentra en peligro? ¿Le ha sucedido algo sospechoso desde la muerte de sus padres?

Esperaba que Gaston le contestara rápidamente y en negativo. Pero en lugar de eso, el criado la examinó con detenimiento. Parecía que estaba intentando imaginar lo que en realidad quería decir con esa pregunta.

—Ha sufrido algún percance. Accidentes propios de cualquier niño de siete años.

—¿Como que le empujen escaleras abajo?

—A veces, Su Excelencia va sin zapatos, señorita Sinclair, y al llevar sólo calcetines se resbala. Fue un accidente, sólo eso.

—¿Y la trampa?

—No pudimos encontrar la trampa de la que hablaba.

131

Estuvo a punto de mencionar también los tiros, pero supo que Gaston le daría la misma explicación que se le había ocurrido a ella antes: un cazador entusiasta con demasiada pólvora y poca destreza.

—¿El señor Gordon está al corriente de estos incidentes?

—Mi señor lo sabe, señorita Sinclair. Sabe todo lo que ocurre en Castle Crannoch. Sólo porque no haga comentarios al respecto, o no los haga públicos, no significa que no esté al corriente de la situación.

»Si suceden más cosas en un futuro próximo, señorita Sinclair, puede que sea por usted.

Dio un paso atrás.

—¿Por mí?

—Su Excelencia ve que usted tiene buen corazón. Puede que use esas historias para animarla a que se marche de Castle Crannoch.

—¿Cree que son sólo imaginaciones suyas?

—Puede que sean las divagaciones de un niño que aún sufre por la pérdida de su familia.

Beatrice miró montaña abajo hacia el tortuoso camino zigzagueante. Si tenía un mínimo de sensatez, dejaría aquel lugar salpicado de misterio y tragedia. Pero algo había cambiado en los últimos dos días. Un niño de siete años soberbio y altanero, pero sorprendentemente valiente, le había llegado al corazón.

No, no podía abandonar a Robert. Era probable que ella fuera la única persona que lo creyera. Porque el cazador —si es que realmente lo era— también le había disparado a ella.

Beatrice dio media vuelta y dejó a Gaston antes de estar tentada a decir algo que no debía. Ni siquiera le pidió que mantuviera lo que le había explicado en secreto, porque sabía que no lo haría. En vez de eso, seguro que visitaría a Cameron Gordon en el próximo cuarto de hora y le contaría todo lo que le ella le había explicado.

Subió las escaleras hasta el segundo piso y llamó a la puerta de Robert. No hubo respuesta, pero esta vez no se esforzó en buscar al chico. Sin duda, tenía muchos lugares para esconderse por todo el castillo. Deseó fervientemente que escogiera uno seguro.

Entró en su habitación y dio un portazo. Se sentía asustada como una niña.

Capítulo 15

—Cuando daba portazos —dijo Robert— mis padres me reprendían.

Miró hacia el otro lado de la habitación, donde Robert estaba sentado al borde de la cama, balanceando los pies.

—¿Puedo preguntarte qué estás haciendo en mi habitación? —Sin embargo, curiosamente se alivió al verlo—. ¿Vas a poner otra serpiente dentro de mi cama? ¿O va a ser un sapo esta vez?

Su sonrisa era totalmente encantadora y se rió como un niño de siete años puede reírse, no como un joven duque serio.

—¿Te he contado que disparé a uno de mis tutores en el trasero? Fue un accidente, por supuesto, pero él no se lo creyó. Le dijo a mi tío que yo era el hijo de Satanás y que me debían enviar a la cárcel y no al colegio. Tendré que pensar larga y detenidamente lo próximo que le voy a hacer a usted, señorita Sinclair. Sospecho que no se asusta a menudo.

—Hoy me he asustado. Ese accidente —dijo, usando la misma palabra de Gaston— me ha asustado bastante.

—Aun así ha sido muy valiente —dijo—. Volvió al sendero y desafió a esa persona a que le disparara.

—No estaba desafiando a nadie. Deseaba con todas mis fuerzas que fuera un cazador que, al verme con claridad, se diera cuenta de que no era un ciervo.

—¿Se lo ha dicho a mi tío?

—Ah, por eso estás aquí. No, no se lo he dicho.

Se sentó en la cama al lado del niño.

134

—Pero me sorprende mucho que nadie oyera el disparo.

—Deberían haberlo oído aunque realmente fuera un cazador. A lo mejor mi tío tenía antojo de conejo y envió a alguno de los criados a que cazara uno.

De lo que se infería, por supuesto, que Cameron Gordon era el responsable, directa o indirectamente, de los sucesos de aquella tarde.

—Creo que es usted muy valiente, señorita Sinclair.

Se lo dijo de una manera tan serena y agradable, tan diferente a su irritante estilo habitual, que lo miró atónita. Sin su capa de arrogancia, había que admitir que Robert era una persona muy agradable. De hecho, para sorpresa suya, Beatrice había disfrutado en compañía del niño aquella mañana.

—¿Qué haremos ahora? —preguntó.

Le hubiera encantado tumbarse, ponerse una compresa fría encima de los ojos e ignorar el molesto dolor de cabeza que iba en aumento desde aquel disparo, pero tenía que mantenerse activa por el bien de Robert.

—¿Me puedes enseñar dónde está la biblioteca?

Negó con la cabeza.

Estaba sorprendida por su repentina rebeldía, y se preguntó si no se habría precipitado al pensar cosas tan buenas sobre él.

—Mi tío utiliza esa habitación durante el día.

Ahora lo entendía. Ella tampoco quería estar en compañía de Cameron Gordon.

—Bueno, entonces no podemos coger ningún libro para empezar tus clases. ¿Dónde estudiabas con tus profesores?

Apartó la mirada, se restregó las manos contra los pantalones y estudió un agujero que encontró de repente en el calcetín. De todo menos mirarla.

—¿Robert?

La miró y después prestó atención al increíble paisaje que se veía por la ventana.

—Robert.

Suspiró profundamente y por fin, se dio la vuelta para mirarla.

—He tenido tres profesores, señorita Sinclair.

Esperó a que continuara.

—Dos de ellos pensaban que Castle Crannoch se encontraba demasiado lejos del mundo civilizado y se quejaron desde el momento en que llegaron, así que no me dio pena que se fueran. Uno de ellos no era tan malo, pero me decía siempre lo apuesto que era mi tío y casi se derretía cada vez que lo veía. Yo no tuve nada que ver con su marcha, de verdad. La flecha no le hizo tanto daño. Mi tío lo despidió.

—¿Así que no estuvieron aquí el suficiente tiempo como para que aprendieras algo de ellos?

Asintió con la cabeza.

—¿Pero dónde estudiabas?

—Hay una pequeña sala al lado de mi cuarto.

—Entonces nos veremos allí por las mañanas.

En vez de contestarle, se levantó de la cama, con ojos luminosos.

—¿Le gustaría ver el desván, señorita Sinclair? Hay montones y montones de habitaciones allí arriba. Conozco una que sería perfecta como aula.

—¿El desván?

Le tendió la mano.

—Venga conmigo, señorita Sinclair. Conozco el castillo muy, muy bien.

—¿Y quién te enseñaba cuando tus padres estaban vivos?

—Mi padre.

Asintió con la cabeza, no demasiado sorprendida. No era extraño que a Robert le molestara tener una institutriz o un profesor. Su presencia le recordaba que su padre ya no estaba allí para enseñarle cosas.

También había una explicación para el entusiasmo que Robert mostraba por el desván. Era evidente que Cameron Gordon no podía subir las escaleras porque iba en silla de ruedas. Ella tenía la impresión de que el tío de Robert lo supervisaba todo. Por el momento, Robert, duodécimo duque de Brechin, estaba totalmente controlado por él. No le sorprendería que el niño estuviera siempre planeando estrategias para evitar a su tío.

Beatrice no podía culparle.

Su rebelión, sin embargo, no duraría mucho. No importaba dónde decidieran estudiar, seguro que Cameron Gordon aparecería por allí. Tampoco le sorprendería que les ordenara escoger una habitación accesible. Después de todo, era el tutor de Robert.

Robert la llevó abajo, al vestíbulo. Giró a la izquierda y después a la derecha, siguiendo un camino que sin duda conocía bien. Al final del vestíbulo, extendió el brazo y apretó uno de los adornos que había debajo del marco de un cuadro. La pared se movió al instante, y quedó al descubierto un pequeño pasillo. Había visto a una de las criadas desaparecer por uno similar aquella mañana, en la planta de abajo.

—¿Un pasadizo secreto?

—Es sólo una forma de que las criadas y los lacayos se desplacen por las diferentes plantas. Creo que hubo un tiempo en el que se utilizaron para esconder tesoros. Mi padre decía que algunos de nuestros antepasados fueron ladrones y pícaros. —Le sonrió burlonamente—. Creo que están encantados. Una vez vi al primer Gordon en su caballo.

Beatrice levantó una ceja, y él se encogió de hombros.

—Mi tío no quiere ver ningún criado a su alrededor, así que siempre que lo oyen acercarse, acostumbran a desaparecer dentro de las paredes. —Soltó una risita propia de un niño de siete años.

—¿Hay lugares así por todo el castillo?

—No, únicamente en la parte más nueva. Esta zona de Castle Crannoch sólo tiene cien años más o menos. Si hay pasadizos secretos en la parte vieja, no he sido capaz de encontrarlos.

—¿Exploras mucho el castillo?

—¿Y qué otra cosa puedo hacer aquí?

—Bueno, desde ahora, tienes que estudiar.

Puso cara de desagrado pero no hizo ningún comentario.

Le siguió hasta la pequeña antesala que conducía a unas escaleras circulares de hierro. Estaba claro que aquel espacio había sido originariamente una torre. La luz entraba por las rendijas arqueadas, pero también el frío. En pleno invierno, los sirvientes de la familia Gordon se debían helar.

Bajó la voz y le susurró:

—Puede bajar a la cocina desde aquí, y también subir al desván.

—¿Por qué hablas tan bajo?

—Hay que tener cuidado porque cualquiera nos puede oír. El sonido se propaga muy bien.

Se agarró a la reja y subió, pensando que nunca podría llegar hasta arriba. Las alturas la hacían sentir incómoda.

Finalmente, llegaron. La escalera acababa en un rellano de madera. Había un espacio entre el último escalón y el rellano, y Beatrice lo cruzó sin mirar hacia abajo.

—Todo va bien, señorita Sinclair —susurró—. Ya casi hemos llegado.

Abrió la puerta, y vio que se encontraba en un pasillo bien iluminado, pero más estrecho que el del segundo piso. No habían hecho ningún esfuerzo para tratar de esconder la entrada a las escaleras del servicio.

—Estamos en la parte de arriba del castillo —dijo Robert, y por primera vez, se le notaba en la voz que estaba orgulloso de ser su propietario—. Hay una habitación en esta planta que tiene ventanas en el techo. Ahora está llena de baúles, pero se puede ver el océano desde allí.

Estaba intrigada por su descripción, que por el momento consiguió acallar las dudas que tenía.

—Cuando teníamos muchos sirvientes, dormían aquí. Pero ahora están en la tercera planta.

—¿Cuántos criados hay ahora en Castle Crannoch?

—Sólo unos siete. Necesitamos por lo menos cinco veces más criados de los que tenemos para cuidar del castillo.

—¿Por qué no los contratáis?

—Mi tío dice que no quiere derrochar mi fortuna. Creo que es porque no le gusta tener gente alrededor.

—No te gusta tu tío, ¿verdad?

La miró de una forma que le dieron ganas de retirar la pregunta.

Un momento después, volvió a hablar:

—Mi padre solía decir que la gente tiene que elegir entre ser buena o mala.

—Parece que tu padre era un hombre muy sabio.

—Mi padre era el mejor hombre del mundo entero. Nada de lo que pueda decir mi tío me hará cambiar de opinión jamás.

Le miró, mientras se preguntaba si Cameron Gordon calumniaba a los fallecidos.

No añadió nada más sobre Cameron, y Beatrice se sintió extrañamente aliviada. Trabajaba allí desde hacía solamente dos días. Era poco tiempo, pero habían sido dos días muy extraños.

Robert llegó al final del pasillo y abrió la puerta. Enseguida, los rayos de sol le iluminaron. Con curiosidad, Beatrice le siguió y miró lo que había dentro de la habitación.

Las ventanas empezaban a media pared y llegaban hasta el techo. La luz del sol inundaba la habitación y la calentaba, tiñéndola de un color dorado. Beatrice se sintió como si estuviera dentro de una joya amarilla brillante.

—¿No es bonito, señorita Sinclair?

—Es alucinante —dijo, sobrecogida.

A la derecha estaban las montañas y a la izquierda el océano que brillaba bajo el sol de las primeras horas de la tarde. Al frente, las colinas y valles de las tierras que pertenecían a Castle Crannoch.

—Por lo menos —dijo sonriendo—, esta vista le inspirará para aprender, Su Excelencia. Querrá convertirse en el duque más sabio de todos, especialmente al ver todas sus posesiones cada día.

—¿Sabe que sólo me llama «Su Excelencia» cuando está contenta conmigo?

—¿Ah sí? —Lo miró y sonrió—. Entonces deberías intentar que lo dijera a menudo.

Examinó la estancia. Alguien había convertido aquella preciosa habitación en un almacén para cajones vacíos y baúles.

—Nos llevará un tiempo ordenar todo esto. Tendremos que quitar los baúles y ponerlos en otro lugar.

Robert empezó a arrastrar uno y lo sacó por la puerta.

—No, no podemos hacerlo de cualquier manera. Tenemos que organizarnos un poco.

Empezó a contar los baúles.

—Lo que sí necesitamos es ayuda. Se llama división del trabajo.

—Llame a uno de los lacayos.

Ella le miró.

—Soy el duque de Brechin, señorita Sinclair. Aún puedo dar órdenes a mis propios criados.

Justo cuando empezaba a pensar que era un niño dócil, la sorprendía de nuevo.

—Muy bien, ¿podemos tocar la campana desde aquí arriba? ¿O tenemos que bajar al segundo piso?

Le miró con sonrisa burlona. Por alguna razón estaba satisfecho. Caminó hasta el fondo del pasillo y le hizo un gesto con las manos para captar su atención.

Beatrice se cruzó de brazos y dio golpecitos con el pie, impaciente.

—¿Sí?

En lo alto de la pared, había un triángulo metálico. Saltó para agarrarse a él, y lo logró al primer intento. Con los brazos alrededor del triángulo, consiguió bajarlo casi al suelo con su propio peso. Al soltarlo, la tensión hizo que el aparato rebotara prácticamente hasta el techo.

—¿Qué es eso? —dijo Beatrice, que se acercó a inspeccionar el curioso instrumento.

—Es una alarma de incendios —respondió Robert—. Sólo suena en la cocina. Dentro de unos momentos tendremos aquí a todos los sirvientes.

—¡Robert Gordon! ¿Es que has perdido la cabeza? Les darás a todos un susto de muerte.

140

Beatrice le miró con el ceño fruncido, pero él la ignoró con despreocupación.

En cinco minutos al menos cuatro de los siete sirvientes que trabajaban en Castle Crannoch aparecieron por la puerta de entrada de las escaleras del servicio, sofocados y con cubos en la mano. Justo como se temía, todos parecían aterrorizados.

Beatrice les dijo a todos que se retiraran excepto a un lacayo, que parecía menos asustado que los otros. Él y Robert intercambiaron una mirada y una sonrisa de complicidad, y a Beatrice le dieron ganas de preguntarle si aquel lacayo ya había colaborado en alguna de sus fechorías anteriormente.

Puede que fuera mejor no saberlo, al menos por el momento.

Los dos se pusieron a sacar los cajones de la habitación mientras ella investigaba en los baúles. La mayoría estaban vacíos, excepto unos cuantos que estaban arrinconados en una esquina. Dos de ellos se veían muy dañados, con las tapas casi rotas.

No sabía dónde ponerlos. Al intentar moverlos, le pareció que los dos estaban llenos.

—Pertenecían a mis padres —dijo Robert, que estaba a su lado—. Me preguntaba dónde habían ido a parar. —Señaló otro baúl que estaba contra la pared—: Ése es de mi madre.

—¿Dónde los deberíamos poner?

—¿Podríamos dejarlos aquí?

Por suerte no ordenó que se abrieran, sino simplemente que se quedaran en la habitación. Sería casi como si sus padres estuvieran presentes durante las clases. Lo entendió porque también ella había hecho cosas parecidas como encender la pipa de su padre para que el olor del tabaco que solía fumar impregnara la vacía casita. Incluso había colocado el delantal de su madre sobre el armario para que pareciera que acababa de marcharse.

—Por supuesto que pueden quedarse aquí —dijo ella sonriendo.

Robert intentó devolverle la sonrisa.

Sus esfuerzos se vieron recompensados dos horas más tarde.

La estancia se había quedado prácticamente vacía. Podían poner una mesa en el centro y dejar espacio libre para colocar algunos estantes en la pared. Otro hallazgo fue la chimenea que estaba en la pared. Un buen fuego allí calentaría la estancia incluso en los días más fríos.

Los tres trabajaron en perfecta armonía. El ejercicio físico les ayudaba a olvidar los terribles acontecimientos de la mañana. Una vez la habitación quedó vacía, fue a buscar algo para limpiar el suelo. Robert se quedó allí con el criado. Cuando regresó de la cocina blandiendo un cubo y un trapo, vio que el criado había desaparecido. Robert seguía allí pero estaba acompañado de una mujer.

—Usted debe ser la asombrosa señorita Sinclair.

Allí, observándola, había una de las mujeres más bellas que había visto nunca. Una brillante corona de pelo rojizo descansaba sobre su cabeza y enmarcaba un rostro tan suave e inmaculado como la porcelana. Sus ojos verdes, sin embargo, eran duros como fragmentos de roca.

—Robert —dijo ella, mirando al niño—. Ve a prepararte para la cena.

—No tengo hambre.

Beatrice suspiró. Era obvio que la arrogancia del niño no había desaparecido por completo.

—Su Excelencia —dijo ella—. No olvide sus modales.

Le lanzó una mirada de odio. Beatrice frunció el ceño en su dirección como respuesta.

—De acuerdo. —El niño hizo una perfecta reverencia—. Señorita Sinclair.

Ella asintió con la cabeza, satisfecha. Robert se volvió hacia la mujer pelirroja y también le dedicó una reverencia.

—Tía Rowena.

—Perdóneme. No sabía que había regresado al castillo. Soy la institutriz de Robert.

—Eso tengo entendido. ¿Conocía usted a mi marido antes de que le ofreciera el puesto, señorita Sinclair? —le preguntó la otra mujer, con tono gélido.

—No, no lo conocía.

—Resulta un hecho poco común, teniendo en cuenta la afición que tiene mi marido por rodearse de mujeres atractivas.

Nunca antes Beatrice se había enfrentado al desagrado inmediato de otra mujer. Tampoco había estado nunca antes tan segura de que esa antipatía se basaba en falsas premisas y en unos celos que se equivocaban de objetivo.

—No le va a gustar Castle Crannoch, señorita Sinclair. No hay nada aquí que pueda mantenerla ocupada ni interesarle a una joven mujer como usted.

Beatrice prefirió callarse por miedo a resultar insolente.

Rowena Gordon pasó al lado de ella antes de abandonar la estancia, dándole a Beatrice la clara impresión de que la vida en Castle Crannoch acababa de volverse un poco más difícil. Y después de los desgraciados incidentes de la mañana, aquella conclusión no hizo sino inquietarla aún más.

Capítulo 16

Beatrice acabó de vestirse y ladeó el espejo que estaba sobre la cómoda para mirarse una última vez. Como Rowena había regresado al castillo, aquélla iba a ser su primera cena en familia. Lo cierto era que hubiese preferido que le llevasen otra bandeja a la habitación.

Cerró la puerta sin hacer ruido y se dirigió por el pasillo hacia la habitación del duque. Como institutriz de Robert, era de su incumbencia garantizar que los modales del duque iban a ser intachables durante la cena. Quizá no estaría fuera de lugar que charlaran un poco antes de dirigirse al comedor.

Nadie respondió a la puerta. Giró el pomo despacio y entreabrió la puerta. La habitación estaba vacía. Esperaba que Robert hubiese bajado antes a cenar, porque no tenía energía suficiente para ponerse a buscarlo.

En las escaleras, a medio camino, le hizo una señal a una criada justo cuando ésta se deslizaba tras un panel oculto.

—¿Dónde está el comedor?

—En el primer piso, tercera habitación del ala este.

Le hizo una reverencia y desapareció de su vista, cosa que a Beatrice no le desagradó. Las indicaciones eran escasas, pero aun así halló la estancia que buscaba.

El comedor principal de Castle Crannoch era un monumento a la historia de la familia. No se parecía al lugar en el que habían desayunado antes. Había espadas escocesas, escudos, telas de cuadros, banderas que colgaban del techo y de las paredes y que se entremezclaban con escenas de caza o retratos de canes y de caballos. Era la más extraordinaria y horrorosa yuxtaposición de obras de arte que jamás había visto.

Comprobó aliviada que Robert ya se había sentado. No ocupaba el lugar principal y se había colocado a la izquierda de su tío. Rowena estaba a la derecha de Cameron. Había otro lugar que ocupar en el extremo izquierdo de la mesa y lo suficientemente lejos como para considerarlo un insulto. Se sentó sin mediar palabra, saludando a la familia con la cabeza. La única respuesta que obtuvo fue la sonrisa de Robert.

La cena resultó ser un tanto singular. Robert se comportó de modo raro y se reía por cualquier tontería. Cabía señalar, sin embargo, que el joven duque había tenido en cuenta sus modales sin que Beatrice le dijera nada.

Rowena Gordon la ignoró durante toda la velada. Cada vez que Cameron hacía algún comentario en su dirección, Rowena se ponía a observar el candelabro de pared que pendía de la pared más lejana, midiendo sin duda si la amplitud y altura de la vela habían variado desde la última vez.

¿Estaba acaso celosa de cualquier mujer que estuviese en Castle Crannoch? ¿La odiaba porque era nueva o porque no habían contado con su consentimiento antes de darle el puesto?

—¿Ha pasado usted mucho tiempo en Londres, señora Gordon? —preguntó ella.

Una vez más, Rowena se puso a estudiar el candelabro de pared. ¿Iba a contestarle o pensaba menospreciarla de nuevo? Vergüenza e irritación a partes iguales le hicieron desear a Beatrice no haber preguntado nada.

—No mucho. Pero lo suficiente, quizá.

—Dos meses, señorita Sinclair —dijo Cameron.

—¿Fue Londres de su agrado?

—Sí, en gran parte porque pude disfrutarlo, ya que fui sin mi marido.

—Dicen que, tarde o temprano, todo el mundo acaba yendo a Londres.

145

—¿Ah, sí? —Rowena sonrió, ausente, con aquel gesto exasperado que ponen las mujeres bellas cuando no quieren molestarse en curvar los labios. Quizá el esfuerzo era demasiado agotador y necesitaban ahorrar energía para poder coquetear con la mirada o abanicarse.

Quizá no debería intentar entablar conversación con la mujer. Sin embargo, la cortesía hacía que por lo menos lo intentara. Rowena estaba logrando que cada vez fuera más difícil ser educada.

Al fin la mujer la miró directamente por primera vez en toda la cena.

—¿Qué requisitos ha cumplido usted para ser la institutriz del duque de Brechin, señorita Sinclair? ¿Viene usted recomendada por alguien?

No tenía referencias.

Beatrice miró a Cameron Gordon, quien la observaba con una expresión inescrutable en el rostro. Le pareció un gato que miraba un ratón. ¿Por qué no la ayudaba? ¿Quizá porque se había enfrentado a él aquella misma mañana?

De nuevo pensó que lo mejor que podía hacer era desandar el camino y marcharse montaña abajo. Ya encontraría trabajo. Incluso podría irse a Edimburgo con Devlen en el próximo viaje que emprendiera éste. Seguro que en Edimburgo encontraría trabajo con una familia normal.

Pero, de momento, tenía que contestarle a Rowena.

—Si bien es cierto que tejiendo no soy demasiado hábil —dijo tranquila—, leo en tres lenguas diferentes, hablo francés, italiano y alemán y puedo mantener conversaciones de temática variada, ya sea secular o religiosa. He ayudado a algunos jóvenes con el latín y poseo una sólida formación en matemáticas, geografía y economía.

—Parece que posee usted talento para muchas cosas, señorita Sinclair. Sin embargo, le aconsejaría que no se limitara únicamente a ser institutriz. Podría usted desempeñar otras labores; quizá de camarera o de ayudante en una sombrerería, por ejemplo.

—No me interesan los sombreros en lo más mínimo y, si bien no repruebo con ningún juicio moral la ingesta de licor, lo cierto es que no puedo soportar el olor de la cerveza. Curiosamente, el tabernero ante quien me presenté pensó que era demasiado fea y vieja para trabajar de camarera.

Miró a Rowena a los ojos.

—Me alegra saber que no piensa usted lo mismo.

No dijo que no había tenido elección sobre qué hacer. De no haber logrado trabajo, habría tenido que vender su cuerpo a cambio de un plato caliente. La palabra «virtud» sólo tenía significado para quienes estaban bien alimentados, tenían cobijo y estaban a salvo.

¿Acaso había cambiado unos problemas por otros? Quizá, pero lo cierto era que los problemas que tenía en el presente venían acompañados de una despensa bien abastecida y un sueldo que, aunque sólo mencionado de soslayo, le había dejado con la boca abierta.

Forzó una sonrisa y siguió cenando mientras deseaba que Rowena Gordon se hubiese quedado en Londres.

La cena estaba exquisita. Había carne de res asada y pato joven en una salsa cremosa, verdura y un delicioso pastel dulce tan ligero que casi flotaba en el plato. Beatrice no podía evitar preguntarse si el comer era motivo suficiente para sobrellevar una vida furtiva entre gente que sospechaba cosas horribles de los demás.

Comprendió entonces por qué Robert no quería que Cameron supiera lo que había pasado en el bosque. Los dos, niño e institutriz, se miraron. Ella sonrió, cómplice, y prometió guardarle el secreto.

—No esperaba que regresara tan pronto, señor. —Saunders retrocedió para colocar los dedos alrededor del cuello de la cálida chaqueta de Devlen y ayudarle a quitársela.

—Si te digo la verdad —le dijo Devlen al otro hombre—, tampoco yo esperaba regresar tan pronto.

Se dirigió hacia la biblioteca, satisfecho al ver que el servicio había encendido todas las velas de los candelabros de pared así como los quinqués de la repisa y del escritorio.

—¿No ha sido la reunión de su agrado, señor? Tengo entendido que algunos miembros de la familia real estaban presentes.

—Sí, es verdad, Saunders. La alta sociedad de Edimburgo ha gozado de la presencia de primos endogámicos y de un gran despilfarre de títulos nobiliarios que a buen seguro se hubiesen canjeado gustosamente por alguna que otra fortuna. ¿Por qué será, Saunders, que cuanto más arriba llega alguien en la escala social, más finge que no necesita dinero cuando en realidad más quiere tener?

—No lo sé, señor.

—Puedes irte. —Acompañó sus palabras de un movimiento rápido de la mano. Saunders desapareció de la habitación con un suspiro de alivio.

Devlen estaba acostumbrado a estar solo. Sin embargo en aquella última semana había echado en falta algo de compañía. No le gustaban los misterios, especialmente si tenían que ver con él. ¿Por qué estaba tan intranquilo?

Le sorprendió que llamaran a la puerta. Se giró y esperó.

Saunders se asomó a la habitación. El desconcierto teñía su habitual expresión afable.

—Señor, tiene usted una visita.

—¿A estas horas? —Miró el reloj de la repisa. Eran las nueve; pronto para retirarse todavía pero demasiado tarde para una cita de negocios.

—Es un tal Martin. Dice que es de vital importancia que hable con usted.

Martin era el dueño de una empresa que pensaba adquirir. El hombre había creado un tipo de pólvora que había despertado su interés. Sin embargo, no sabía llevar bien las riendas de la empresa. Estaba sumida en un caos organizativo y financiero. La ruina se cerniría sobre Martin a menos que Devlen comprara la tambaleante empresa y la pólvora que había inventado el hombre.

Devlen estaba sentado tras el escritorio. Le hizo un gesto con la cabeza a Saunders.

Una vez se le hubo acompañado hasta la biblioteca, Devlen le indicó dónde debía sentarse.

Martin se sentó. Agarraba con fuerza el sombrero entre las manos.

—¿Ha pensado usted en mi propuesta? —preguntó Devlen.

—Sí. No quiero vender. Pero no tengo más alternativas, ¿no?

—Siempre hay otras alternativas. Después no quiero que me diga que le intimidé para que tomara una decisión.

Se puso de pie y le ofreció al hombre un vaso de whisky. Martin lo aceptó, se lo bebió demasiado deprisa y lo volvió a colocar en el borde del escritorio. Devlen cogió el suyo y regresó a su silla.

—Quiero que seamos socios en vez de dárselo todo. Le vendo la mitad.

Devlen alzó la ceja.

—¿Y qué beneficios me reporta a mí la mitad de una empresa?

Martin no contestó.

Devlen se reclinó en la silla, esperando una respuesta.

Porque conozco mejor el negocio que usted, porque haré que gane mucho dinero, porque a menos que acceda a lo que le pido no le venderé la pólvora... Devlen esperaba que el hombre que estaba sentado enfrente de él le diera alguna de aquellas razones.

Sin embargo Martin se quedó callado y mirando el sombrero.

Devlen no tenía paciencia con la gente que no podía expresar con claridad lo que quería. Un hombre debía ser siempre capaz de verbalizar sus objetivos y sus metas.

—¿Y bien?

El hombre seguía sin mirarle.

—¿Por qué debería resultarme beneficioso poseer la mitad de la empresa? No acostumbro a asociarme. Prefiero ser el dueño de todo directamente.

Martin alzó la vista. A Devlen le horrorizó ver que tenía lágrimas en los ojos.

—Es todo lo que tengo.

Devlen se puso de pie y se dirigió a la ventana.

Un hombre más compasivo se hubiera rendido en aquel momento. Pero él no lo era. Astuto, sí. Sensato, desde luego. Dogmático, apasionado y ambicioso. Aceptaba las etiquetas que la sociedad le otorgaba.

—¿Está usted casado, señor Martin? —No se volvió a mirarle mientras formulaba la pregunta.

—Sí, desde hace veinte años.

—¿Quiere usted a su mujer?

—¿Señor?

Devlen se volvió para mirarle.

—Es una pregunta curiosa, pero, por favor, sígame la corriente. ¿Quiere usted a su mujer?

Martin dijo que sí con la cabeza.

—¿Cómo se dio cuenta de que la amaba?

El otro hombre parecía confuso; cosa que no era de extrañar.

—Bueno, fue un matrimonio de conveniencia, señor. Su padre conocía al mío.

—¿Así que se dio cuenta de que la amaba ya transcurridos los años?

Martin sonrió.

—Transcurridas sólo unas semanas. Era una cosita tan linda, con el pelo rubio y los ojos más bonitos del mundo. De color miel, aunque cuando llevaba un vestido azul se volvían azules. Tiene un vestido verde que se pone para las ocasiones especiales y podría pasarme horas mirándola a los ojos. Me recuerdan a lagos o a estanques. —Agitó la cabeza y volvió a mirarse los zapatos.

—¿La ama usted por su aspecto, señor Martin?

Negó rápidamente con la cabeza, sin apartar la vista de los zapatos.

—Es la mujer más buena que he conocido nunca. Salvaría a cualquier persona e incluso a un perro callejero, señor Gordon. Se podría decir que a mí también me ha salvado.

150

—Entonces su empresa no es lo único que tiene, señor Martin. Ni siquiera es lo más importante en su vida.

Martin alzó la vista y le miró, curioso.

—¿Cree usted que el matrimonio es más importante que cualquier negocio, señor? Entonces, ¿por qué no se ha casado?

Devlen regresó al escritorio.

—Sigue sin ofrecerme una buena respuesta, señor Martin. ¿Por qué debería asociarme con usted?

Martin no había sabido llevar las riendas de su empresa y había dejado que una gran idea languideciera. A pesar de todo aquello, si el hombre hubiese sido capaz de decirle algo o incluso de hacerle una propuesta, él le hubiese dado el dinero que necesitara en aras de la experimentación a pesar de que salía perdiendo.

—Lo que le ofrezco es más de lo que vale la empresa, señor Martin.

—Pero es mía.

—Entonces quédese con ella —se reclinó en la silla—. Fue usted quien acudió a mí en un primer momento. Me pidió que le comprara la empresa. ¿Ha cambiado de parecer?

—Si no la compra, estoy en la ruina. Si la compra, lo habré perdido todo.

—Entonces me parece que todavía tiene que tomar una decisión.

Se levantó y cogió la campanilla que había sobre el escritorio. Cuando la puerta se abrió y apareció Saunders, Devlen miró de nuevo al visitante.

—Acompañe al señor Martin a la puerta.

Antes de que el hombre abandonara la habitación, se volvió para mirar a Devlen.

—¿Por qué me ha hecho esas preguntas sobre mi mujer?

—Por simple curiosidad.

Martin no parecía convencido. Mientras se giraba para marcharse, Devlen le dirigió unas palabras.

—Le doy cinco días, señor Martin. Cuando pasen, compraré su empresa o rescindiré mi oferta.

Cuando el hombre se hubo ido, volvió a su asiento.

Martin no era el único que debía tomar una decisión.

No quería ponerse a trabajar, ni tampoco retirarse a su habitación a leer o a pensar. Estaba inquieto y disgustado; tenía los nervios de punta. No era habitual en él tanta vacilación. Siempre tenía cosas importantes que hacer; esto es, que contribuyesen a la expansión de su imperio. Le gustaba el dinero y lo que con él se podía hacer. Le agradaba el poder y el hecho de que lo que la sociedad valorase de él fuese su saldo bancario y no su personalidad.

Muchos le situaban entre los solteros más codiciados de Escocia.

Nunca tenía mala conciencia. Antes de tomar una decisión, la analizaba a fondo, estudiaba cada ángulo y cada consecuencia que se derivaría de ella. Su opinión podía ser a veces cruel, pero nunca mentía ni a socios ni a quienes podría calificar de enemigos. No parecía que sufriera por las derrotas ni se alegrara por las victorias porque templaba sus ánimos de tal modo que no dejaba traslucir sus emociones ni se recreaba en ellas.

¿Es usted muy rico? ¿Ser rico trae la felicidad?

Beatrice Sinclair. ¿Por qué se acordaba tanto de ella?

Nunca antes había conocido a una mujer que hablase con tanta franqueza. Más que el argumento en sí, lo que a él de veras le agradaba era ver la cara de Beatrice cuando se daba cuenta de que había dicho algo especialmente mordaz.

Parecía que no le importara nada lo que él pensara de ella.

¿Y qué era lo que pensaba de ella?

Natural de Kilbridden Village, era la institutriz de su primo y empleada de la familia. Una mujer enigmática.

Volvió al escritorio y empezó a redactar una lista con lo que debía hacer al día siguiente. Hacía lo mismo cada noche. Meditaba sobre las obligaciones que se había fijado para la mañana siguiente. Devlen tenía la capacidad de dedicarse en cuerpo y alma a una tarea hasta que la finalizaba. Nada ni nadie era capaz de distraer su atención.

152

La consecución de los objetivos era lo que le daba sentido a su vida.

Tenía muy claro lo que quería desde que había abandonado la escuela: ser más rico que nadie, tener más propiedades que cualquiera de sus conocidos escoceses y levantar un imperio. Había peleado cada día de su vida para conseguirlo.

Sin embargo no podía decirse que no le gustara disfrutar de la vida. Sabía que tomarse un respiro y distraerse un poco le ayudaba a ser más hábil y firme en un encuentro de negocios o en un acto similar. Su disfrute personal ocupaba una parte importante del día; gustaba de montar a caballo, jugar a cartas o recibir las atenciones de su amante predilecta.

Hacía ya bastantes días que no montaba a caballo, no tenía ganas de jugar a cartas ni llamaba a Felicia. Que no hiciera lo último era especialmente alarmante porque evidenciaba cuál era la razón de su irritación y enojo.

Beatrice Sinclair.

¿Por qué precisamente ella? ¿Y por qué la tenía metida en la cabeza como si fuera un zumbido?

Era un poco pálida y flacucha para su gusto. Se preguntó qué aspecto tendría tras pasar un mes en Castle Crannoch. Seguramente ganaría peso y lustre en el cabello. ¿Pero desaparecería acaso la aflicción de sus ojos?

No era común que sintiera instinto paternal. Era un amante exigente pero generoso también. Cada vez que decidía que una relación con una mujer había tocado a su fin, le regalaba a esta algo bonito y caro; un regalo para que se acordase de él.

Cada vez que veía a antiguas queridas del brazo de otros hombres en alguna de aquellas veladas que le aburrían hasta la saciedad, veía relucir también aquellos broches, pulseras o finísimos collares de diamantes que había comprado en Amsterdam. Él asentía con la cabeza y la querida la inclinaba. Los dos se comportaban educadamente e intentaban olvidar que en su último encuentro el rostro de ella había enrojecido de tanto llorar después de saber que el idilio se había acabado.

153

Caminó hacia la ventana para contemplar la vista nocturna. Quizá debía dejar a su amante y poner a otra persona en su lugar.

¿A Beatrice Sinclair?

No tendría a una mujer así por amante. Le gustaba demasiado discutir y era muy… inteligente, quizá. No hablaba de sombreros ni le había preguntado si le gustaba su vestido como excusa velada para que él le hiciera un cumplido. Claro que él tampoco le había hecho ninguno porque sus vestidos estaban raídos y tenía las manos estropeadas y llenas de callosidades. Se notaba que había necesitado emplear su fuerza física antes de llegar a Castle Crannoch.

Era una mujercita orgullosa que siempre andaba con una sonrisa en la cara. Sin embargo los ojos la delataban. Deseaba oírla reír alto y fuerte, con ganas. Comprarle chocolate y ver cómo se lo comía con gusto. Comprarle un vestido rojo o algo que la favoreciera e hiciera brillar aquellos cautivadores ojos claros que tenía.

Quería hablar con ella otra vez. La curiosidad nunca le había hecho sentirse tan irritado.

Se obligó a regresar al escritorio para continuar con la lista. Acababa de comprar un astillero y dos barcos en Leith. Dos navíos rápidos más para comerciar en China.

No era una mujer la responsable de su enojo, sino la inactividad.

Él no era como Martin. Él sí era capaz de decidir lo que quería.

Aunque estaba demasiado claro que a quien quería era a Beatrice Sinclair.

Diablos.

Capítulo 17

La biblioteca era uno de los espacios predilectos de Cameron Gordon, le había dicho Robert. A Beatrice no le apetecía en absoluto estar cerca de aquel hombre y mucho menos de Rowena Gordon.

Decidió que aquella semana se verían en el aula que habían acondicionado en el desván. Daba las clases confiando en su memoria. Lo que más le apetecía a Robert era estudiar geografía, así que la primera lección que preparó versó sobre el Imperio británico. A Beatrice le apasionaba la antigüedad y no tardaron en hablar de Egipto y de los recientes descubrimientos que sobre aquella desconocida civilización se habían llevado a cabo.

Sin embargo había llegado el momento de invadir la biblioteca de Cameron. Así que decidió ir una mañana muy temprano a la biblioteca para inspeccionar las estanterías en busca de libros que pudiesen resultar provechosos para la educación del niño. Se dio cuenta de que Robert tenía unos sólidos conocimientos básicos gracias a su padre. Con un poco de literatura, latín e historia, el niño podría poseer ya una buena base de conocimiento.

Se sentía culpable por no haberle explicado a nadie lo que había sucedido en el bosque. Todavía se sentía peor cuando veía que en el castillo nadie se preocupaba de verdad por el niño. Rowena era muy fría; Cameron, muy crítico. Devlen era el único que había mostrado un poco de cariño por Robert. Si regresara pronto, quizá le relataría lo sucedido.

La puerta de la biblioteca parecía ser de la misma época de la construcción del castillo. Los gusanos habían carcomido la madera de roble y el acero de los remaches estaba magullado y rayado. Empujó el tirador y abrió la puerta con cuidado, temiendo que Cameron estuviera allí. Afortunadamente no se le veía por ninguna parte.

Beatrice atravesó el umbral y contuvo la respiración. Esperaba hallar algunos tomos en una habitación tan vieja y maltrecha como la puerta y, sin embargo, lo que vio la maravilló. Aquella biblioteca tan bien conservada era el corazón de Castle Crannoch y era la más majestuosa de todas las habitaciones.

El burdeos predominaba sobre los demás colores. Las sillas tapizadas de delante del escritorio y de la chimenea eran de ese color. Las cortinas que flanqueaban los dos grandes ventanales situados a los lados de la chimenea eran de terciopelo burdeos, como también lo eran los bastidores que llevaban bordados en oro el blasón del duque de Brechin.

Detrás del escritorio quedaba un espacio vacío. Se dio cuenta de que faltaba una silla, sin duda para que Cameron pudiese llegar hasta allí con la silla de ruedas. Altas estanterías repletas de volúmenes con tapas de cuero y letras doradas cubrían las otras paredes.

Entre las estanterías colgaban discretos los candelabros de pared. Dos candiles de metal reposaban a los lados del secafirmas de cuero de color borgoña que había en el escritorio. Beatrice se dirigió al escritorio y encendió uno de los candiles con la vela que llevaba en la mano. La tenue luz le bastaba para leer los lomos de los libros.

Una escalera estrecha descansaba sobre una de las estanterías. Rodeó el escritorio y sujetó la base de la escalera. Tiró un poco de ella para que su ascenso fuese un poco más seguro. Se obligó a subir. A pesar de que no le gustaban las alturas y estaba temblando, logró recuperar la estabilidad.

No podía dejar que sus miedos condicionaran su existencia. Estudiaba uno a uno cada volumen. Lo abría, lo miraba y lo elegía o lo descartaba siguiendo una lógica que sólo la mente de Robert alcanzaría a comprender.

Quería combinar dos aspectos que debía tratar con Robert: hablar de sus padres y su educación. De ahí que seleccionara volúmenes que le recordarían a su padre o que le habrían agradado al antiguo duque. Eligió *Ivanhoe* porque una historia así avivaría la imaginación de un niño de siete años. También eligió a los poetas franceses porque pensó que le gustarían por su madre. Cuando hubo acabado vio que había escogido seis libros; más que suficientes para continuar con las clases.

Descendió despacio y, una vez llegó a suelo firme, agitó la cabeza. Cómo podía ser tan tonta… Pensaba que la distancia era mucho mayor y sólo había estado a unos centímetros del suelo.

Alargó la mano para coger los libros que había dejado sobre un escalón. Los tomó en los brazos y ya se disponía a salir de la biblioteca cuando vio algo.

Devlen Gordon estaba allí de pie, observándola.

Quizá otra mujer habría dejado escapar una risita tonta o un grito de sorpresa. Habría dicho «no te había visto» o «¿cuándo has entrado?».

Sin embargo parecía que ella le hubiera estado esperando o que él le hubiera dicho que iba a regresar pronto en una lengua que no era consciente de que hablaba y entendía. Ella le había estado esperando y había contado las horas, los minutos y los segundos que habían transcurrido hasta que había vuelto a aparecer como por arte de magia.

Cogió los libros con más fuerza y sonrió abiertamente. Qué ridículo era haberle estado esperando y no querer que él lo supiera.

Devlen, en cambio, no sonrió. Su gesto era solemne y su mirada, penetrante. La miró como si nunca antes la hubiera visto; o tal vez como si la conociera demasiado bien e intentara compararla con la idea que de ella tenía en su cabeza.

Beatrice colocó despacio uno de los libros sobre el escritorio que estaba detrás de ella.

Se sentía más segura con los libros en los brazos porque sin ellos, habría sentido la tentación de acercarse a él, colocarle los brazos alrededor de la cintura, reposar la cabeza contra su pecho y esperar que él la abrazara fuerte y quedarse así, inmóvil y protegida.

Cogió otro de los libros que sostenía en los brazos y lo colocó sobre el anterior.

Devlen no había dicho nada. Seguía allí de pie, con los brazos cruzados y una pierna cruzada delante de la otra. Una pose indiferente de no ser porque le delataba el músculo tenso de la mejilla y un porte rígido que intentaba pasar por relajado. Cruzaba los brazos con tensión y no sonreía.

Puso otro libro sobre la mesa. Ahora ya sólo le quedaban tres en los brazos.

—Por usted casi asfixio a mis caballos.

Otro libro más.

—Últimamente he pasado demasiado tiempo recorriendo la distancia que hay entre Castle Crannoch y Edimburgo. Durante el trayecto, he tenido tiempo para pensar. He llegado a la conclusión de que usted es una mujer a la que debo evitar.

Devlen se apartó de la puerta y rodeó el escritorio, fingiendo estudiar los volúmenes de una de las estanterías. Cogió primero uno que era delgado y después tomó uno más grande. Lo abrió para contemplar sus grabados.

¿Qué podía ella contestarle? El ambiente estaba cargado y se habían quedado en silencio. Parecía que un ritmo procedente del cielo medía la cadencia de su desacuerdo.

Devlen se volvió bruscamente y la miró. El libro se había convertido ya en un accesorio que intentaba justificar su presencia en la biblioteca.

Amanecía y el mundo se preparaba para recibir el nuevo día. Traería placer y esplendor a algunos lugares. A otros, sólo dolor y pena. Las circunstancias variaban según el escenario. Seguro que alguien marcaría aquel día en el calendario como el día en el que perdió a su ser amado o como el día en el que nació aquél. Más allá de aquellas paredes, en un mundo regido por la costumbre, empezaba un nuevo día en las miserables, decentes, caóticas o acomodadas vidas de las personas.

Sin embargo, allí el tiempo no tenía ningún valor porque todo iba más despacio.

Beatrice colocó otro libro sobre la mesa. Ahora ya estaban igualados. Los dos sostenían un libro en las manos. Devlen caminó por detrás del escritorio en dirección a ella con una mirada fiera e implacable en los ojos. Ella se volvió y dio un paso hacia él, decidida y sin miedo.

—Ha estado fuera nueve días —dijo ella.

—Y ha estado pensando en mí a cada momento, ¿a que sí?

Beatrice alargó su mano hacia él. Con la otra todavía sostenía el libro. Él se lo quitó y lo colocó sobre el montón que había en el escritorio antes de hacer lo propio con el suyo. Sus manos se encontraron y sus dedos se entrelazaron.

—¿Acaso eres el diablo hecho carne, Devlen Gordon? —le preguntó mientras se daba cuenta con asombro de lo mucho que había pensado en él.

—Muchos dirían que sí —dijo él, sonriendo por vez primera—. Aunque no creo que exista. Ya tenemos nuestro propio infierno aquí. ¿Para qué necesitamos a Satán?

La arrastró hacia él con suma delicadeza, aunque ella sospechaba que no habría sido tan considerado si ella hubiese opuesto resistencia. Beatrice dio dos pasos más hacia él. Lo único que los unía eran sus dedos entrelazados. O quizá su voluntad por enfrentarse a las convenciones.

Se preguntaba si su mirada sería tan ardiente como la de él o si, por el contrario, dejaba entrever un asomo de incertidumbre. ¿Lo había visto también en los ojos de Devlen?

Él parecía invulnerable. No tenía ninguna debilidad. Beatrice sintió ganas de reír al pensarlo, pues es sabido que todo hombre o mujer sobre la faz de la tierra tiene sus propios miedos. El sabio los conoce bien y por eso compensa su efecto, mientras que el necio finge no tenerle miedo a nada.

¿De qué clase era Devlen?

Era inteligente, encantador, firme y enérgico. No sabía si también era un necio porque parecía no tenerle miedo a lo que estaba pasando entre ellos. Los sentimientos brotaban con una intensidad fuera de lo común.

Beatrice oía a lo lejos cómo el viento golpeaba con fuerza el castillo. Sobre sus cabezas las nubes corrían para esconder al sol. Iba a ser un día de tormenta, casi tan tempestuoso como aquel momento.

Devlen dio un paso atrás y dejó caer el brazo. Sólo dio un paso. Ella sabía que se trataba de una prueba, así como también sabía que iba a recorrer la distancia que los separaba.

Beatrice dio un paso adelante y colocó su mano derecha sobre el abrigo de Devlen. El tejido era tan grueso que no podía sentir los latidos de su corazón ni el calor que desprendía su cuerpo. Deseaba esquivar aquellas capas de tejido para poder sentir el tacto de su piel.

Estaba perdida. Condenada quizá a aquel infierno que, como había dicho antes Devlen, el hombre mismo había creado. Si aquello era verdad, aceptaba padecer tal fin de buen grado. Qué singular le parecía morir de placer.

Él no se movió ni dijo nada cuando Beatrice dio un último paso. Su pie se deslizó hasta situarse entre los de él. Le puso la mano izquierda sobre el pecho y jugueteó con la tela de su abrigo.

Devlen colocó sus manos sobre las de ella y la arrastró hacia él con cuidado. Inclinó la cabeza y le besó la sien. Beatrice sintió la suavidad y la calidez de sus labios; pero también un fuerte sentimiento de culpa.

—Quiero llevarte a la cama. Quiero verte desnuda e impaciente.

Sintió un escalofrío. Le parecía que un bloque de hielo se le deslizaba por la columna hasta ir a parar al estómago. Había llegado el momento de temblar y de sentir miedo. Sin embargo el hielo se derretía y el escalofrío se convertía en un suspiro de ilusión, como si dentro de ella hubiera habitado siempre un demonio esperando salir y hacer notar su presencia. Ella era Perséfone y él era Hades; y sin embargo no había más razón para que ella se rindiera que el puro placer de rendirse.

Sentía un dolor extraño que la desconcertaba.

Devlen respiraba contra su oído. Ella se volvió y apretó los labios contra su mejilla. Raspaba. Había viajado toda la noche para estar con ella. Viajaba por la noche, cuando estaba oscuro, como si fuera un demonio que, al alba, le ofreciese un poco de perversión.

Y ella se moría de ganas.

Sus labios recorrieron la mejilla de Devlen hasta alcanzar el lóbulo de la oreja. Lamió la punta con la lengua y Devlen respondió con un movimiento brusco. Se apartó de ella y la miró con sonrisita burlona.

—¿Es usted virgen, señorita Sinclair?

Sus dedos se deslizaron por la cintura de Beatrice sin darse cuenta de lo apretados que estaban sus pechos bajo la tela. El dedo de Devlen dibujó una *te* sobre su canesú, justo a la altura del cuello. Parecía que delimitara la zona que iba a tocar a continuación.

Estaba provocándola intencionadamente.

¿Qué quería que dijese ella? «¿Tócame?». Ella se le acercó más y se atrevió a colocarle la mano de modo que reposara sobre su pecho izquierdo.

La sonrisa de Devlen se acentuó.

—Soy virgen, señor Gordon.

—Pero creo que está usted impaciente. ¿Le gustaría alterar su estado?

—¿Y ser como la chica de la canción?

—¿De qué canción? —Movió la mano levemente para que su mano abarcara todo el pecho. Con el pulgar le acariciaba el pezón, que se endureció. Era una zona muy sensible.

—En mi pueblo había una muchacha llamada Gabriela. Empezó siendo virgen y acabó siendo mujerzuela.

—Ah, vaya, la virtud. Otro invento de los mismos que crearon el infierno, creo.

—¿Los sacerdotes y el clero? ¿O la gente de bien?

—Por Dios santo —dijo con voz grave—. ¿Se incluye usted en esa lista?

Un estremecimiento la sacudió.

—En la situación en la que me encuentro ahora no puedo incluirme. Me está usted tocando el pecho con la mano.

—Y te gusta.

—Fui educada para ser una mujer decente.

—Ya lo sé.

—Lo digo de verdad.

—Ya lo sé. Pobre Beatrice.

Tomó el pezón entre sus dedos. Aquella sensación la dominaba y le hacía sentir escalofríos.

—Ven conmigo a la cama.

—No.

—Ven y te convenceré para que hagas cosas que nunca habrías pensado que se pueden hacer.

—Seguro que me convencerías.

—Y le gustará, señorita Sinclair. Quizá grite de placer.

Cerró los ojos y se obligó a dar un paso atrás.

—Quiero verla desnuda, señorita Sinclair. Hasta que llegue la hora de la cena nos provocaremos y esperaremos a que llegue el postre para celebrar nuestro festín.

Dio otro paso atrás con la respiración entrecortada y la sangre alterada.

Y entonces, antes de que Devlen pudiese derrotar a la parte buena de su naturaleza, cogió los libros y salió de la habitación como si hubiese visto al mismísimo diablo.

Capítulo 18

Beatrice se dirigió al aula de estudio. Cuando llegó al descansillo del tercer piso las manos habían dejado ya de temblarle y dio las gracias al cielo. Sin embargo lo que ella sentía no había desaparecido. El fuego se avivaba en su interior y las llamas le devoraban cada centímetro de su piel.

Quería que la besaran. Quería que Devlen le susurrara cosas indecentes e inmorales al oído y sentir su respiración cerca o que deslizara los pulgares por su garganta, hacia abajo.

¿Por qué de repente le costaba tanto tragar?

Puso los libros que había cogido de la biblioteca sobre la mesa, se arregló la falda y el canesú y se atusó el pelo. Ojalá nadie notara lo azorada que se sentía.

Robert no tardaría en llegar. Le dedicarían todo el día al estudio. Si hiciera buen día podrían salir e ir a dar un paseo después de comer. Aunque lo más adecuado era que se quedaran en el aula todo el día, si lo que quería era comportarse como una institutriz irreprochable. Una mujer que seguía un estricto código de conducta desde la cuna y que actuaba sin tacha en cualquier ocasión excepto cuando Devlen Gordon estaba cerca.

¿Qué debía estar haciendo ahora? ¿Regresaría otra vez a Edimburgo? ¿Acaso había acudido a Castle Crannoch sólo para seducirla?

Se encaminó a la ventana y se tocó los labios con los dedos. Estaban hinchados como si hubiesen pasado horas besando a Devlen.

Beatrice sonrió al recordar que de pequeña solía besar a su almohada por la noche. Aquello no se lo había dicho nunca a nadie; ni siquiera a Sally.

Apretó las manos contra la ventana y sintió un frío en las palmas que contrastaba con el calor que ella sentía dentro. El hielo se derretía al otro lado del cristal y se deslizaba lentamente hacia la repisa de la ventana.

Le había toqueteado los pechos y el pezón. Se puso la palma de la mano en el mismo lugar en el que Devlen la habría tocado si no hubiese huido. Sintió un hormigueo entre las piernas.

Habían olvidado completamente que estaban en la biblioteca. A Devlen no parecía haberle preocupado que aquélla fuese precisamente la guarida de su padre. Cameron Gordon podría haber entrado allí. Aunque a ella tampoco le preocupó en aquel momento.

¿En qué clase de criatura lasciva se estaba convirtiendo? Se moría por sentir el roce de un hombre. Su naturaleza carnal estaba saliendo a la luz.

Volvió a la mesa y se sentó para poner un poco de orden en su cabeza. Meditar sobre lo que había pasado no hacía más que avivar su anhelo.

Lo mejor era desear que él se marchara. Antes que anhelar su propia perdición.

Colocaba los libros y, acto seguido, los volvía a cambiar de lugar. Intentaba decidir por dónde iba a empezar la clase. Quizá por la poesía francesa. ¿O era mejor empezar con un poco de geografía o de religión? Tal vez lo más adecuado era centrarse en las lecturas de Robert.

Se puso a hojear las poesías en francés y su interés se despertó. Empezó a leer en voz alta. Antes de llegar a Castle Crannoch llevaba mucho tiempo sin practicar el francés. El poema en el que se había detenido parecía tener un significado especial, como si el destino mismo le pidiera que aspirara a otras cosas en la vida que no fueran pensar en Devlen Gordon.

Ainsi je déplorais la perte
des erreurs de mes premiers ans;
et mon âme, aux désirs ouverte,
regrettait ses égarements.

¿Cómo podía ella arrepentirse de algo que no había hecho?

Además, ya no quería ser buena, pura o virtuosa. Lo único que quería era tener un poco de tranquilidad en su vida. Despertarse por la mañana y saber que no la esperaba un día amenazador, que tenía comida suficiente y que no iba a pasar frío. Tenía ropa, un empleo y también algunos momentos de entretenimiento en aquella vida que ella imaginaba. Tendría también una meta, aunque sólo fuese la de vivir sin sufrir o padecer necesidades. Aquellas cosas simples eran las únicas que deseaba.

Si Devlen tenía razón y el hombre efectivamente creaba su propio infierno, ¿lo hacía para que la humanidad se contuviese y fuera decente? ¿Si el infierno no existía, tampoco existiría el cielo ni las virtudes que se requerían para llegar hasta él? Decencia, amabilidad, pureza… ¿eran acaso falsas virtudes?

¿O quizá lo que simplemente sucedía era que estaba buscando excusas que justificaran su perversión?

¿Quién era ella para alterar el orden del universo y para poner en duda todo cuanto le habían enseñado?

Se puso de pie y empezó a caminar alrededor de la mesa. Iba de la ventana a la puerta una y otra vez, inquieta. Primero, con las manos entrelazadas delante. Después, con las manos a la espalda. Cuando se dirigía otra vez a la puerta, esta vez con los brazos cruzados, vio que entraba Robert.

—Buenos días, señorita Sinclair —dijo y se sentó en la mesa con modales exquisitos.

Beatrice inclinó la cabeza, le miró y meditó sobre el hecho de que, mientras los modales del niño mejoraban con creces, la cordura de la profesora se desvanecía por momentos.

Se sentó también ella. Decidió en aquel mismo instante con qué libro iba a empezar las clases. Le dio a Robert un pequeño volumen que tenía en la cubierta un complicado dibujo de Castle Crannoch.

—¿Sabías que tu padre escribió un libro?

Asintió con la cabeza y lo cogió. Lo sostuvo entre las manos y lo observó como si fuera el tesoro más maravilloso que jamás hubiera imaginado. Se quedó callado largo rato y, cuando por fin lo hizo, le temblaba la voz.

—Es la historia de Castle Crannoch —dijo—. Me dijo que le llevó muchos años escribirla.

—¿Te gustaría empezar a leerla?

Asintió con la cabeza y abrió el libro por la primera página.

—En voz alta, por favor.

Al principio se paraba con frecuencia, cosa que le hizo pensar que debían dedicarle más tiempo a la lectura. Pero poco a poco fue perdiendo el tono vacilante y se involucró en la historia.

—Castle Crannoch —leía él— fue construido hace cuatrocientos años por el tercer duque de Brechin. Lo que antes había sido un montículo de tierra se acabó convirtiendo a lo largo de dos décadas en un castillo grande y amplio. Aunque de la estructura original sólo subsiste la torre sur, basta para mostrar lo avanzadas a su época que eran las técnicas de construcción empleadas.

Siguió con la lectura. Su voz era joven pero dejaba entrever el orgullo que sentía no sólo por lo que había heredado, sino también hacia el hombre que había escrito aquellas palabras. Beatrice se reclinó en el asiento y le miró mientras se preguntaba qué era lo que Robert tenía para que se hubiese encariñado con él. La primera vez que lo vio lo habría estrangulado.

Cuando el niño hubo acabado con la lectura, ella lo felicitó.

—Mi padre fue quien me enseñó —dijo él—; leo desde que era pequeño.

Beatrice quería decirle que todavía era pequeño, pero se dio cuenta de que era una tontería. La pena había hecho que Robert creciera más deprisa.

Pero, aunque parecía mayor, sólo tenía siete años. Había un gran trecho entre las responsabilidades que asumiría en el futuro y el niño que era en aquel momento. Era una criatura todavía, a pesar de haber heredado un título y que todos se dirigiesen a él como a «Su Excelencia».

Beatrice se dio cuenta de que sus obligaciones consistirían en proteger a Robert, más que en aleccionarle, especialmente tras el percance de los disparos. ¡Qué poco preparada estaba!

Pasaron lo que quedaba de la mañana resolviendo problemas de matemáticas. Se le daban tan bien como la lectura. Estaban memorizando las tablas de multiplicar cuando les interrumpió un golpe en la puerta.

Sintió primero emoción y después, un escalofrío. Quería ver a Devlen pero a la vez no quería; necesitaba verle, aunque sabía que era una necedad.

No fue Devlen quien abrió la puerta sino una doncella. Colocó con cuidado una bandeja en la mesa, entre los dos.

—Le traigo la comida, señorita.

—¿Tan tarde es?

—El resto de la familia ya ha comido. El señor Cameron dijo que usted estaría tan ocupada con las clases que habría olvidado la hora que era.

La muchacha le dedicó una perfecta reverencia a Robert y salió de la habitación, cerrando la puerta tras de sí.

Robert saltó de la silla, se apoyó en la mesa y miró lo que había bajo uno de los manteles.

—Jo, otra vez sopa. No me gusta nada.

—Lo dices porque nunca has pasado hambre de verdad —dijo Beatrice, molesta—. De lo contrario, te comerías con gusto cualquier cosa que vieras en el plato.

—Yo soy el duque de Brechin y nunca pasaré hambre.

No cabía la menor duda de que su pupilo necesitaba una educación que trascendiera la que pudieran ofrecerle los libros.

—Podrías pasar hambre si una sequía secara tus prósperos terrenos, si tus vacas y ovejas enfermaran, si el cólera matase a todos tus trabajadores o si el castillo se desmoronara. Ahora eres un joven afortunado y seguro que tu suerte no te abandonará.

Pero es una imprudencia creer que tu título te protegerá ante cualquier desventura. Acabas de descubrir lo que significa perder a alguien, Robert; aprende algo de esta enseñanza. Es necesario que seas lo más inteligente posible para poder cuidar de tus propiedades y protegerlas de todos aquellos que vayan detrás de ellas.

Permaneció callado unos instantes. Cuando por fin habló, lo que dijo le sorprendió.

—Mi padre me dijo una vez exactamente lo mismo.

—¿De verdad? Pues seguro que estaría orgulloso de lo que has hecho hoy. Eres un estudiante muy aplicado.

—Pues claro, señorita Sinclair. Soy el duque de Brechin. *Aquel que mucho recibe, mucho ofrece.*

—¿Eso lo dijo tu padre?

El niño se rió al fin.

—No, señorita Sinclair. Santo Tomás de Aquino.

Se escondió bajo el segundo mantel, dándole tiempo a ella a sentirse avergonzada por no conocer la cita.

—La cocinera nos ha traído galletas de canela. Me encantan.

Además de dos platos de sopa hirviendo y las adoradas galletas, la cocinera había traído pan crujiente y té, que hacía las funciones tanto de bebida como de reconstituyente.

Beatrice despejó de libros una parte de la mesa, movió su silla e invitó a Robert a que hiciera lo mismo. Durante un rato estuvieron ocupados comiendo. Corrigió los modales de Robert sólo en un par de ocasiones. En ambas, el niño mostró su desagrado con las amonestaciones y ella le correspondió con una amplia sonrisa.

Quizá tras la cena podría hablar de arrogancia con el joven duque.

Se acomodó en la silla y miró el pan. Consideró que prefería las galletas y tomó una cuya punta mordisqueó. La cocinera se había superado. Cerró los ojos para saborearla mejor. Cuando los abrió, descubrió que el resto de galletas había desaparecido del plato.

Robert sonrió, inocente.

Pero no le tomó el pelo.

—¿No estarás guardando las galletas para más tarde y así tomar un tentempié antes de irte a dormir? —preguntó ella.

Su sonrisa no varió un ápice.

—¿O vas a comértelas todas ahora?

Él asintió.

—Tendría que confiscártelas. O darte una cuando hayas repasado la lección de geografía. Pero lo has hecho tan bien esta mañana que voy a pasar por alto que las galletas han desaparecido.

Su sonrisa se volvió menos angelical pero más auténtica.

—Usted me cae bien —dijo.

—¿Porque dejo que comas dulces?

—En parte, sí. Pero también porque deja que hable de mis padres y porque sabe guardar secretos.

Antes de que ella pudiese reaccionar a tan pasmosa declaración, él se levantó, agarró el pan y se dirigió a la ventana. Colocó el pan en la repisa y abrió la ventana.

—¡Robert! ¡Hace mucho frío!

De puntillas, miró hacia afuera, buscando algo. Asintió, como si lo hubiera encontrado, cogió de nuevo el pan y lo desmenuzó.

—Y los pájaros tienen frío, señorita Sinclair. Mi padre les daba de comer todos los días. Él siempre decía que Dios cuidaba de los gorriones y que nosotros también debíamos hacerlo.

¿Era lo suficientemente mayor para saber lo que era la manipulación? ¿Podía un niño de siete años instintivamente saber cómo llegarle al corazón? Cada vez que se enfadaba con él, Robert Gordon hacía algo que le inducía a echarse a llorar.

De puntillas, seguía arrojando el pan por la ventana, dándole de comer a los pájaros en memoria de su padre.

Si ella tuviera el poder que tiene Dios, si hubiera sido bendecida con la capacidad de devolverle la vida a los muertos, requeriría urgentemente la presencia de los padres de Robert en Castle Crannoch. Se les quitó la vida demasiado pronto y su hijo estaba destrozado. Pero ella no era Dios ni tenía tanto poder. Lo único que podía hacer era, dentro de sus limitadas posibilidades, ofrecerle aquella educación que ella una vez recibió y proteger al niño con todas sus fuerzas.

—Venga, retomemos la clase —dijo, tras acercarse a él, cerrar la ventana y limpiar las migajas—. Ya les has dado todo el pan. Si pueden volar después de este banquete será un milagro.

—Seguro que vuelan moviendo la cola así —dijo, colocando divertido las manos bajo las axilas e imitando el movimiento de las alas con los codos—. Cuando vio que ella se reía, infló la barriga y caminó arqueando los dedos de los pies hacia adentro.

—Una excelente demostración, señorita Sinclair. ¿Puedo atreverme a desear que las próximas lecciones sean más apropiadas?

Robert se quedó helado. Beatrice se volvió hacia la puerta y vio a Cameron Gordon. Se había deslizado hasta allí, silencioso, en sus ruedas forradas de cuero.

—Señor Gordon.

No cabía la menor posibilidad de que Cameron Gordon comprendiera que habían estado disfrutando de un rato tonto. Aquella era la primera vez que había visto a Robert comportarse como un niño de su edad.

El tío de Robert arqueó una ceja y la miró fijamente. Él y su hijo se parecían mucho. Mirando a Cameron podía ver qué aspecto tendría Devlen en unos veinte o treinta años. Pero, ¿sentiría Devlen también tanta amargura? Seguramente, si su vida se viese profundamente trastocada por un accidente, sí. Sin embargo, ella no podía evitar pensar que si eso sucediera, Devlen hallaría la manera de hacer de esa situación una ventaja.

—Ahora mismo estábamos acabando de comer, señor Gordon. Gracias por acordarse de nosotros.

No le contestó.

—Robert, en cuanto te sientes, seguiremos con la clase.

Miró a Cameron.

170

—¿Quiere usted quedarse, señor? —preguntó, abriendo más la puerta.

En vez de entrar en la estancia, Cameron se volvió hacia el recibidor.

¿Cómo había llegado al tercer piso? Por la cara que tenía Robert, debía estar pensando lo mismo. El santuario que habían hallado ya no era inexpugnable.

—No, señorita Sinclair. Pero espero informes semanales de los progresos de mi sobrino. Me gustaría saber qué cosas, además de tonterías, aprende mi sobrino.

—Su Excelencia sólo tiene siete años, señor. Un poco de tontería no va a hacerle ningún mal. De hecho, fortalecerá su personalidad.

—Es usted una mujer chocante, señorita Sinclair.

Y una que iba a ser despedida por lo que se desprendía de que él clavara con fuerza sus manos en los brazos de la silla. Aquel comentario le había molestado claramente.

—Lo único que me preocupa es el bienestar de Robert.

—Alabo su fidelidad, señorita Sinclair. Y su diligencia. El tiempo será el único que pueda demostrar si me equivoqué o no al ofrecerle este puesto.

Dicho lo cual, se deslizó hacia el vestíbulo y chasqueó los dedos. Apareció entonces Gaston, quien colocó las manos en los agarraderos de la silla.

Una vez se hubo cerrado la puerta, suspiró.

—¿Nos hemos metido en un lío, señorita Sinclair?

—Me temo que sí —dijo, espantando sus temores de que algo malo iba a suceder.

171

Capítulo 19

Devlen se dio cuenta de lo necio de su comportamiento al regresar tan pronto a Castle Crannoch después de su partida.

Podía haber acudido a una docena de mujeres en Edimburgo si se hubiese cansado de Felicia. Cualquiera de ellas estaría encantada de verle. Algunas le habrían pedido que se quedara con ellas hasta la mañana siguiente. Sin embargo, él había viajado toda la noche para encontrarse con una joven señorita que le despertaba una gran curiosidad cada vez que la veía.

¿Cómo lo conseguía?

Con una determinación que él hallaba curiosamente erótica. Él no era un sátiro, pero tampoco alguien inexperto en aquellos lances. Beatrice Sinclair hacía que se sintiera como un híbrido de los dos.

Ella era una distracción que no necesitaba. Podía complicarle la existencia. De hecho, *ya* se la había complicado.

Pero entonces, ¿por qué deseaba como un niño que llegara la hora de la cena? ¿Por qué le daba ahora tanta importancia a su aspecto? ¿Por qué había ido a ver a su sastre para asegurarse de que su traje más nuevo estaba acabado? No era por satisfacer ni a su padre ni a su madrastra ni a sí mismo.

Quería deslumbrar a la señorita Beatrice Sinclair. Quería que supiera que otras mujeres le veían y le admiraban. Por lo menos, debía darse cuenta de que era un gran privilegio y un gran honor que le dedicara sus atenciones.

No tenía derecho a seducir a una institutriz, ni siquiera a soñar con ella. Era mejor dejar que se quedase con sus libros, con su pluma y con ese ceño fruncido y estudioso que tenía. No quería volver a recordar la confusión primera que le despertó su sonrisa.

Se miró las manos y pensó que su voluntad le ponía a prueba porque todavía podía sentirla. El perfume que llevaba estaba hecho de azucenas o rosas o de algo que era propio de Beatrice Sinclair.

Su sastre le había dicho que la lana azul de su abrigo le quedaba que ni pintada. Él, por toda respuesta, le había mirado y se había sentido incómodo ante la cara de admiración del sastre.

En aquel preciso momento había pensado en Beatrice y se preguntaba si ella pensaría tal vez lo mismo.

No la conocía. Sus encuentros con ella habían sido raros. A pesar de eso, cada vez que había estado en su compañía había sentido mayor vitalidad y una extraña excitación, incluso cuando ella intentaba apaciguar su lujuria y azuzarle con el intelecto.

Ella no era de aquellas mujeres con las que pasar un buen rato, pero tampoco alguien que pudiese atormentarle de aquella manera. Acuéstate con ella y termina con este asunto. Ve a su habitación y hazle el amor toda la noche. Dale aquello a lo que ella te invita con ese pestañeo y esa sonrisita sabia. Cánsate de ella y que ella se canse de ti. Así el hechizo o la pérdida del sentido común será más llevadera.

La visión de aquella situación exacta le causó una cierta incomodidad mientras se estaba ajustando los pantalones. La cena iba a ser de lo más interesante, especialmente si ella iba a dedicarle aquellas miradas de reojo suyas. No sabía si podría aguantar toda la cena.

Ella era virgen. No era su estilo acostarse con vírgenes, acarreaban demasiados problemas. La primera vez no solía ser satisfactoria y él no quería ocasionarle dolor a ninguna mujer.

Las vírgenes estaban para casarse y no para divertirse con ellas. El matrimonio podía esperar. No tenía ganas de aliarse con otra familia ni de consumar la unión y luego festejarlo. No, las vírgenes eran para más tarde, cuando no quedase más remedio que casarse con una.

Debería haberse quedado en Edimburgo. Debería haberse dedicado a asuntos de trabajo como el contrato de compra de la empresa de Martin, si es que éste se decidía a venderla.

Si no pudiese evitar aquella necesidad mucho más tiempo, llamaría a su amante. Felicia decía que la visitaba poco últimamente. Quizá le iría mejor con otro.

Otra vez había vuelto a pensar en Beatrice Sinclair. Ahora ya no quería bajar a cenar. Quizá era más inteligente darse la vuelta y volver a Edimburgo con el mismo entusiasmo que había mostrado en el viaje de ida.

Devlen sacudió la cabeza después de aquel razonamiento, se puso el pañuelo en su lugar, se ajustó las solapas otra vez e inspeccionó sus zapatos encerados e inmaculados. Era el perfecto retrato de un hombre rico. Gracias a Dios, la imagen que daba no dejaba traslucir la confusión ni el súbito enojo que sentía.

Necesitaba acabar con aquella situación. Saciar su curiosidad, eso era. Una vez la conociese un poco mejor, pasaría a ser una más del montón.

Una hora antes de la cena, Beatrice acababa de vestirse y tomaba una decisión. Caminó con determinación por el pasillo hasta la habitación del duque, golpeó la puerta con los nudillos y esperó a escuchar la voz de Robert antes de entrar en la habitación.

Todos los candiles de la habitación tenían una vela encendida parpadeando contra la oscuridad. Robert estaba sentado sobre una alfombra circular en el suelo, enfrente de la cama. Delante de él, ordenados, había un centenar de soldaditos de plomo. Una de las sábanas de la cama estaba arrugada en uno de sus extremos, formando una cordillera.

El niño no le hizo ningún caso y ella hizo la vista gorda ante aquella muestra de mala educación.

—No es muy normal que un niño de tu edad esté con adultos todas las noches. Si no fueras duque, cenarías conmigo en la clase. ¿Te gustaría que cenáramos ahí esta noche? Nos traerían una bandeja a la clase o a tu habitación.

Sin mirarla, Robert dijo:

—Lo que te pasa es que no quieres estar cerca de mi tío.

—Ya veo que estás creciendo muy deprisa —dijo, agitando la cabeza—. Cada vez que pienso que eres un niño, vas y dices algo muy sabio y de persona mayor.

Robert alzó la vista.

—A mí me pasa lo mismo. Se me hace un nudo en el estómago cada vez que tengo que bajar a cenar. A veces preferiría decir que estoy enfermo.

—Como has sido sincero conmigo, no me queda más remedio que serlo también contigo. Pareces muy cansado y has estado todo el día siguiendo las clases. No voy a insistir para que bajes conmigo a cenar si prefieres quedarte aquí dormido en la silla.

Asintió y una sonrisa se le dibujó en la cara.

—Estoy muy muy muy cansado, señorita Sinclair. Pero también tengo mucha mucha mucha hambre.

—Muy bien Su Excelencia, si insiste —dijo, suspirando de modo teatral— haré que nos traigan una bandeja.

—¿Y podrían traer, quizá, más galletas de canela de la cocinera?

—De acuerdo —dijo—. Se dio la vuelta y salió de la habitación, agradecida por no tener que sufrir por una vez las miradas desairadas de Rowena ni tampoco las de Cameron. Y eso sin tener en cuenta que a quien deliberadamente quería evitar era a Devlen Gordon, o por lo menos eso era lo que intentaba lograr.

Menos de una hora después, estaban sentados en el salón adjunto al dormitorio del duque, en una gran mesa circular colocada en el centro de la estancia, junto al fuego. Los estores estaban todavía alzados y mostraban el cielo nocturno, sin nubes y profundo, con estrellas que parpadeaban como las ventanas de Kilbridden Village. Las tardes eran los momentos más agradables que pasaba en Castle Crannoch.

Una vez hubieron cenado, ella y Robert intentaron repartir de modo justo las galletas de canela que les había enviado la cocinera.

—Si comes demasiado, no dormirás —dijo Beatrice—. No podrás dormir.

—Igualmente no duermo mucho —dijo Robert, ecuánime—. Alcanzó dos galletas y se las puso en su plato, sin disculparse. —Pero si usted come muchas galletas, señorita Sinclair, no le cabrán los vestidos.

Beatrice se cruzó de brazos sobre la mesa mientras miraba a su pupilo. Él sonrió y mordió el dulce que había robado.

—Se supone que no te fijas en el atuendo de una mujer —dijo, con vergüenza—. Por lo menos no con siete años.

—Ya se dará cuenta de que, en lo que respecta a las mujeres, los Gordon somos un prodigio. En mi familia, ya desde pequeños nos fijamos en las mujeres.

Retiró los brazos de la mesa y se acomodó en la silla, sin mirar hacia la puerta. La voz de Devlen era parecida a la de su padre pero más grave, casi como un ronroneo.

—¡Devlen!

Robert abandonó su postre, se levantó de la mesa y se abalanzó sobre Devlen con una exuberancia que sólo pueden demostrar los niños pequeños. Ella se volvió para ser testigo del reencuentro y sonrió por la excitación del niño. Devlen se inclinó y elevó a Robert sin esfuerzo hasta que estuvieron frente a frente.

—He estado fuera menos de quince días y ya te ha maltratado tanto la señorita Sinclair? De haberlo sabido hubiese vuelto mucho antes. —La miró, pero no con una mirada provocadora. En vez de eso, sus ojos brillaron. Tenía una mirada que recordaba que aquella mañana casi se habían besado.

—Hemos encontrado un lugar para dar clase, Devlen. Hemos limpiado y limpiado y allí hacemos clase ahora.

—¿Ah, sí? ¿Así que se acabó estar en el salón, jovencito?

Robert negó con la cabeza.

176

—Te he echado de menos en la cena —dijo, sin mirar hacia ella. Aquel comentario se dirigía a Robert y no a ella; pero sin embargo no pudo evitar sentir un escalofrío de placer.

—Si hubiera sabido que estabas aquí, Devlen —dijo Robert—, habríamos bajado a cenar. —Miró a Beatrice—. ¿Sabía usted que Devlen había regresado, señorita Sinclair?

—Sí —dijo ella—, sí que lo sabía.

Robert frunció el ceño.

—Tendrías que habérmelo dicho.

—Lo haré de ahora en adelante —dijo mientras acariciaba suavemente la servilleta que descansaba sobre su regazo.

Deseó en aquel momento tener el don de la adivinación del pensamiento. Robert la miraba en ese instante de modo inescrutable. No tenía ni idea de lo que debía estar pensando.

—¿Estás enfadado conmigo, Robert?

Él seguía callado.

—Muy bien, Robert, cada vez que tu primo llegue a Castle Crannoch —prometió— me aseguraré de que seas el primero en enterarte.

Robert asintió, claramente complacido.

Devlen se giró y dirigió sus comentarios a Robert.

—Saca de esta situación una enseñanza sobre las mujeres, Robert. De vez en cuando tergiversan la verdad. La omisión es un pecado tan grande como la mentira.

—¿Le está usted dando una lección sobre la virtud, señor Gordon?

—No, señorita Sinclair, solamente sobre las mujeres. Como especie, no es la más fácilmente predecible.

Se puso de pie frente a él.

—¿Le ha herido alguna mujer en el pasado?

Arqueó la ceja y movió la comisura del labio.

—Que yo sepa, no.

—¿Algún amor no correspondido?

—Por supuesto que no.

—¿Le dejaron plantado en el altar?

—Sería algo imposible, ya que nunca le he hecho ninguna proposición a ninguna mujer.

—¿Le ha robado alguna vez algo una mujer?

—Lo único que me ha robado ha sido mi tiempo.

—¿Y su buen nombre? ¿Ha sido alguna vez cuestionado por una mujer?

—¿No es eso acaso lo que les sucede a las mujeres, señorita Sinclair?

—¿Por qué entonces esa antipatía? Antes de que le dé más lecciones a Robert, quizá sería más inteligente por su parte recordar que no fue una mujer quien traicionó a Jesús con un beso.

—Aquí tienes otra enseñanza, Robert —dijo, sin desviar la vista de la cara de Beatrice—. No debes discutir con una mujer hermosa e inteligente. Vas a perder el tiempo. Cuando deberías estar buscando una réplica ingeniosa, verás que, en realidad, estarás pensando en lo encantadora que está a la luz de las velas. O a la luz del amanecer, a tal efecto.

—Y si te apetece saber algo sobre tu propia especie, Robert, ten por favor en cuenta que en ocasiones a los hombres les gobiernan los bajos instintos y no los más elevados. Es necesario obedecer a la mente, pero en demasiadas ocasiones son los órganos los que gobiernan al hombre.

—Dicho por una mujer del todo inconsciente de su capacidad de agitarlos —dijo Devlen, sonriendo con mueca lobuna.

Aquél era un tema de conversación de lo más inapropiado, especialmente porque Robert miraba a uno y a otro como si estuviese disfrutando de lo lindo aquel combate.

Mientras se alisaba la falda con las manos pensó que lo mejor era retirarse rápidamente y cuanto antes a su habitación. Y mejor antes de que Devlen Gordon se le acercase más.

Tenía un aspecto magnífico. Iba vestido de un azul tan oscuro que casi parecía negro. Tenía arrugas a los lados de los ojos como si hubiera pasado mucho tiempo sonriendo. Sus dientes eran blancos y perfectos. Su cuello. Dejó de pensar. ¿Por qué se fijaba ahora en el cuello de un hombre? Porque incluso su cuello, aquella parte que aparecía sobre la gorguera estaba magníficamente formada. Todo en él era glorioso: los hombros que se estrechaban en una fina cintura y unas largas piernas tan musculosas cuya forma podía adivinar bajo el tejido de sus pantalones. Y no era del todo justo que un hombre tuviese un trasero tan atractivo.

Nunca había hablado con su amiga Sally de que un hombre pudiese resultar tan atractivo por detrás como por delante.

Cuanto más tiempo pasaba con él en la misma habitación, más violenta se volvía su agitación. No había podido dejar de pensar en él durante todo el día. Verle allí, tan bien vestido, tan hermoso y profundamente encantador le garantizaba que tampoco aquella noche podría dormir bien.

Quizá ella y Robert deberían hacerse compañía mutua aquella noche. Jugaría aquella larga noche con el crío, haría cualquier cosa para evitar sentir aquel enfermizo deseo por Devlen Gordon.

Tócame. Aquella necesidad era tan fuerte que casi se le escapan las palabras. Aquel deseo estaba en la fuerza con la que juntaba las manos a la altura de la cintura, en la certeza de que no podía alzar la vista hacia él y sólo podía mirar a los dibujos de la alfombra que estaba bajo sus pies.

Tendría que pasar a su lado para salir de la habitación, pero acercarse demasiado a él era tan peligroso como provocar a las llamas del hogar con sus enaguas.

Era alto, grande y poderoso. Además olía, como la otra vez, a aquel perfume de especias que le hacía imaginar lugares exóticos. Nunca antes ella se había fijado en cómo olía un hombre. Tampoco nunca antes había deseado tanto tocar a alguien o que alguien la tocara como entonces. Tan sólo la punta del dedo, por favor, recorriéndole la mandíbula o dibujando la curva de sus labios.

O quizá, aunque aquello podía ser demasiado pedir, que la besara. Sólo un beso y ella ya se daría por satisfecha hasta el siguiente sueño o hasta la siguiente vez que lo viera o hasta la siguiente vez que se sintiera sola.

Devlen Gordon era un hombre peligroso.

—¿Nos abandona?

—Sí, tengo que concentrarme en el plan de clase de mañana. Tengo que admitir —añadió, sonriéndole a Robert— que no esperaba encontrarme con un pupilo tan avanzado en tantos aspectos. Lo que quiere decir que tendré que volver a decidir qué plan voy a seguir en sus clases.

—Por supuesto. ¿Le ocupará tanto tiempo ese plan de clase como para irse ahora?

—¿Qué quiere decir con eso, señor Gordon?

—Cada vez que nos vemos, usted parece ansiosa por irse. ¿La he ofendido de algún modo?

Él sabía que no se trataba de eso.

—¿Puedo verla mañana en la clase?

—No, por favor —dijo, demasiado rápido como para no resultar grosera—. Preferiría que no viniese. Interrumpe el proceso de aprendizaje —dijo y sonrió satisfecha de verdad por haber hallado alguna explicación plausible.

—¿Cuándo podré verla otra vez?

—¿Por qué es eso necesario?

—Quizá esté preocupado por la educación que recibe mi sobrino.

—No.

—¿No?

—No es conveniente.

—No me gusta que me digan lo que es conveniente o no, señorita Sinclair. Cuando me conozca mejor, se dará cuenta de que me está retando y no soy de aquellos que se da por vencido ante un reto.

—Ni yo soy una mujer que los evite, señor Gordon. Pero no se tome esto como un desafío. Tómelo como una súplica.

—No puedo.

Inclinó hacia atrás la cabeza y por fin le miró a la cara.

—He venido hasta aquí desde tan lejos. Qué pena que el viaje no haya servido para nada.

Robert estaba muy callado y descaradamente interesado en la conversación. Cuanto menos, tenía que pensar en él. Pasó al lado de Devlen y salió al recibidor. Desafortunadamente, Devlen la siguió.

—¿Cuándo regresará a Edimburgo?

—Todavía no lo sé. Cuánto me quede aquí depende sólo de mi capricho.

—Pero sin duda tendrá usted asuntos pendientes en Edimburgo.

—¿Y ninguno aquí? Creo que se equivoca, señorita Sinclair. Creo que hay cuestiones importantes en Castle Crannoch.

—¿Tiene usted alguna amante?

Él sonrió, como si su grosería le hubiera cautivado.

—Sí. Se llama Felicia. Una mujer preciosa y con gran talento en muchos sentidos.

—Entonces regrese junto a ella. Sin duda echará muchísimo de menos su presencia allí.

—¿Y usted no?

—No, yo no, señor Gordon.

—Creo que miente, señorita Sinclair. Una institutriz debe ser parangón de aquellas virtudes que desea inculcar en sus pupilos, ¿no cree usted? ¿Cómo va a enseñarle a Robert a ser un hombre honesto si usted miente?

—Tengo que irme —dijo, escuchando cómo su voz se quebraba y sintiendo rabia por ello. No sólo porque revelase una incertidumbre temblorosa, sino porque además, cada vez que estaba cerca de él, la fascinación que sentía iba en aumento. Él lo sabía, estaba segura.

—Tengo que irme —repitió y aquella vez él adelantó la mano para tocarla cuando pasó por su lado. La punta de sus dedos le rozó la mano a la altura de la cintura.

Ella se detuvo un momento e intercambiaron otra mirada. Él retiró poco a poco los dedos y dejó en libertad su mano.

—No voy a retenerla, señorita Sinclair. Espero que duerma bien y descanse.

La cara que puso no casaba con la amabilidad que residía en sus palabras. Lo que parecía desearle era una noche en vela y sueños desapacibles. Ella no le dijo que era probable que su mudo deseo se hiciese realidad.

—Pareces decepcionado por la ausencia en la cena de tu querida institutriz —dijo Rowena desde el umbral de la puerta de la habitación de Cameron.

Le sorprendió que fuera él mismo quien abriese la puerta o que Gaston no anduviese cerca. ¿Quería aquello decir que su actitud hacia ella se había suavizado? Cameron se desplazó al otro lado de la estancia y Rowena cerró la puerta tras de sí.

¿Podía ser que se sintiera solo?

—Todo lo contrario, querida esposa, mi hijo ha sido quien se ha sentido abandonado. ¿No te diste cuenta? Cualquier interés que yo pueda mostrar hacia la señorita Sinclair es mera preocupación por el bienestar de mi sobrino Robert.

—Y por nadie más.

No dijo nada y, sentado, la examinó. En aquellos seis meses que habían transcurrido, no había perdido ni un ápice de su atractivo. De haberlo hecho, quizá hubiera sido más fácil soportar aquel deseo que sentía por él.

—Debo admitir que es preciosa, pero no es tu tipo. Siempre he creído que te iba un tipo de mujer más intensa.

—¿Como tú, Rowena?

Ella sonrió.

—Como yo, queridísimo Cameron. Aunque, claro está, no has dado muestra alguna de que te guste mi aspecto últimamente. Qué raro. Pensaba que lo que no te funcionaba eran las piernas; no la hombría.

La miró, asombrado por su crudeza. Nunca antes se había enfrentado verbalmente a él. Había intentado seducirle, insinuar

182

lo sola que se sentía y, como nada había resultado, se había ido a Londres; donde se había dado cuenta de que la única manera de seducirle era mediante un ataque frontal y directo.

No iba a dejar que alguien como Beatrice Sinclair desviase ni un segundo la atención de Cameron.

—Te tiene miedo, sabes. No sé si es por la silla o porque sencillamente no le gustas.

—¿Cómo has llegado a esa conclusión?

—¿Acaso no te evita a toda costa?

—Lo que la señorita Sinclair sienta o deje de sentir por mí no es asunto mío, Rowena.

—Claro que yo podía haberle dicho que eras mucho más amable cuando podías caminar. Has cambiado, Cameron. Tienes muy mal genio, estás amargado y enfadado con la vida.

—¿A qué viene toda esta letanía de pecados, Rowena?

—Siempre te ha gustado mi sentido del humor, Cameron. En una ocasión elogiaste también mi intelecto. Quizá ahora admires también mi crudeza.

Se acercó a él pero de repente cambió de idea. Se encaminó hacia la puerta y la cerró con llave.

Se dibujaba en el rostro de Cameron una sonrisita que la puso furiosa. Quería castigarle por todas aquellas veces que la había evitado, por aquellas noches que había pasado en vela y desesperada esperando que la tocara. Pero todavía no había llegado aquel momento.

Cogió una silla y se sentó delante de él. Se desaflojó su batín. No llevaba nada debajo y el frío había puesto duros sus pezones. Estaban duros y erectos como si estuviera excitada.

No era necesario que él supiera que, en aquel preciso instante, estaba muerta de miedo ante un posible rechazo. Alcanzó la mano de Cameron, tiró de ella y colocó la palma sobre su pezón.

—Cómo te gustaban mis pechos, Cameron. Te encantaba tocarlos, estirarme los pezones y saborearme.

La necesidad que sentía ella era más fuerte que el enfado de Cameron y no pudo retirar la mano a pesar de sus intentos. Entonces Rowena tomó dos de sus dedos aprisionados y empezó a acariciarse con ellos.

—¿Te acuerdas de cuando estabas dentro de mí, Cameron? ¿Te acuerdas de que solíamos acabar exhaustos después de estar juntos?

Antes de que pudiese responderle, antes de que pudiese apartarse y renunciar a ella con palabras que sin duda le harían daño y la herirían, ella le agarró entre las piernas con la mano izquierda.

—Te la he puesto dura. ¿Qué haces por las noches? ¿Te lo intentas quitar de la cabeza? ¿O piensas en la señorita Sinclair hasta que llegas a satisfacerte?

—En algunas cosas soy animal —dijo, liberando su mano—; ver a una bella mujer, a cualquiera, me basta para que se me ponga dura.

Ella se echó hacia atrás.

—¿Por qué me odias?

—Ya conoces la respuesta, querida. No podría expresarla mejor ni con mis propias palabras.

—Sólo llevamos cinco años de casados. Cinco años. ¿Voy a tener que vivir así el resto de mi vida?

—Regresa a Londres, Rowena. Búscate un amante.

Se deslizó hasta la puerta y la abrió.

—O engatusa a alguien del servicio para que vaya a tu cama. Me da igual. Pero no vuelvas por aquí.

Ella se levantó y se colocó el batín afectando una calma que no sentía en absoluto.

No le dijo ni una palabra mientras ella abandonaba la estancia.

Capítulo 20

Beatrice durmió bien, asombrosamente. Se despertó al amanecer, como solía hacer. Aquella mañana era distinta a todas las que se habían sucedido en los últimos tres meses. En realidad, desde que estaba en Castle Crannoch todo era muy diferente. No se despertaba ni con terribles dolores de cabeza, ni con el estómago vacío ni tampoco preocupada por la comida.

Le hubiese apetecido comerse alguna galleta de las de la noche anterior. Pero era del todo improbable que Robert hubiese dejado alguna. No importaba, seguro que encontraría otra cosa.

Vestirse no le llevó más de quince minutos. Lo que sí le ocupó media hora fue hablar consigo misma con firmeza.

No vas a coquetear con Devlen Gordon.

Ni siquiera vas a mirarle.

No vas a desear nigún tipo de emoción. Ni de aventura.Ya has tenido suficiente desde que llegaste a Castle Crannoch.

Una vida plácida y una rutina repetitiva tiene muchas cosas buenas. Pero, ay, aquel tipo de vida no incluía a personas como Devlen Gordon, tan bello y peligroso. Suspiró.

Empleó un poco más de tiempo asegurándose de que su peinado y su vestimenta eran los adecuados para una institutriz. También lo necesitó para lavarse la cara y mirarse en el espejo hasta que se le rebajaron los colores del rostro. Los ojos le brillaban demasiado; aunque dudaba que hubiese algo que ella pudiese hacer a tal respecto. Intentó pensar en cosas serias, pero su cabeza tampoco quería cooperar.

Una hora más tarde se levantó y caminó por el recibidor en busca de su pupilo.

Le daba tiempo de dar un paseo rápido antes del desayuno. Sin duda le haría sentirse mejor y sería más fácil también estar horas sentada durante las clases.

Cuando se lo comentó a Robert, la miró, sorprendido ante la sugerencia.

—Pero, señorita Sinclair, ¿cree usted que es seguro?

Hasta entonces no había vuelto a recordar el incidente de los disparos. ¿Qué clase de institutriz podía olvidar un hecho tan espantoso?

—No iremos lejos del castillo —dijo—. Necesitamos que nos dé un poco el aire. Además, aunque hace frío, parece que el día va a ser bonito.

Nada más lejos de la realidad. El cielo estaba lleno de nubarrones y parecía que iba a nevar. Ella estaba tan animada que podría haberse dicho que hacía un día de verano.

Le enfundó a Robert su abrigo y ella se puso su capa azul oscura. Cuando ya habían salido del castillo, se volvió hacia Robert.

—¿Vas a decirle a tu primo lo que nos pasó?

El niño miró al frente, y ella se preguntó si iba a contestar a su pregunta. Tras unos instantes en silencio, él suspiró.

—¿Crees que debería?

Caminaron algunos minutos más, rodeando la parte frontal del castillo.

No esperaba que le consultase su opinión. Le devolvió la pregunta.

—¿Crees que no?

Se detuvo en seco y se quedó pensativo. Cuando hubo transcurrido un rato, se dio cuenta de que Robert estaba temblando.

—¡Robert! ¿Qué te pasa?

Alzó el brazo y señaló con el dedo tembloroso.

—Mire, señorita Sinclair. Los pájaros.

Siguió su mirada y se le adelantó mientras miraba fijamente a la docena —o más— de pájaros que yacían muertos en el suelo con el cuerpo grisáceo y abotargado rodeado de pedazos de pan congelados.

—Ve a buscar a Devlen —dijo Beatrice lo más serena que pudo.

Robert no preguntó nada más. La obedeció y corrió.

Puso las manos rápidamente en su capa e intentó asumir un aura de tranquilidad, de calma aparente. Sin embargo por dentro estaba sumida en el pánico. Juntó las manos y se quedó mirando a los pájaros muertos. Sobre ellos estaba el aula donde estudiaban. Echó la cabeza hacia atrás y vio la ventana desde la que Robert, tan animado, había dado de comer a los pájaros el día anterior. Si decía lo que pensaba en aquel momento, se pondría histérica. O se iría corriendo lo más lejos que pudiera de Castle Crannoch.

Pero ninguna de las dos acciones iba a solucionar nada.

A pesar de su resolución no podía evitar sentir los primeros indicios de miedo. Había alguien que quería hacerle daño a Robert. Primero, los disparos. Ella había intentado creer que era un accidente. Y ahora los pájaros. Aquello era todavía más desagradable. Había alguien que le había puesto veneno en la comida. Ese alguien estaba en Castle Crannoch y quería que el niño muriese.

¿Quién podía ser?

¿Tan amargado estaba Cameron Gordon como para querer matar a Robert porque el niño de siete años iba a quitarle la herencia?

Otro escalofrío de miedo le recorrió la espalda. Ella también podría haberse comido aquel pan.

De no ser por el niño, hubiese presentado su despido al instante. A pesar de la pobreza, de que tendría que tragarse el orgullo y pasar hambre se quedaría en su pueblo natal. Por lo menos sobreviviría y nadie se molestaría por ella ni para desear que se muriera.

Beatrice oyó pasos apresurados y sintió cómo aquel curioso miedo que la inmovilizaba se calmaba. Volvió la cabeza y vio que Devlen y Robert estaban llegando al claro.

Devlen no saludó y tampoco le preguntó cómo estaba. Miró a los pájaros inertes y después a la ventana que estaba justo encima. Después se arrodilló para recoger un pedazo de pan.

—¿He sido yo quien les ha envenenado, Devlen? —preguntó Robert con una voz de niño desprovista de la bravuconería a la que estaban acostumbrados.

Era un niño muy despierto. Demasiado, quizá. Seguro que ella podía encontrar algo que decirle para que no se preocupase y se distrajera. Pero la verdad era que no sabía mentir bien. No había modo de protegerle ni de ocultarle de la verdad. Se le acercó de todos modos y lo abrazó, presionando la mejilla del niño contra su cintura.

Le habló como una madre, diciéndole *no pasa nada, no pasa nada*. Palabras sin sentido, en realidad, porque no estaba nada segura de que las cosas fueran a solucionarse. Él no le dijo nada más; lo único que hizo fue agarrársele a la cintura con las dos manos, como si ella se hubiese convertido de repente en su soporte.

Aunque el abrigo de Robert era de lana muy gruesa, podía sentir cómo temblaba. De repente, el miedo del niño la hizo sentirse muy enfadada.

Ella alzó la vista y miró a Devlen con los ojos secos y furiosos.

—No está bien —dijo ella—, cualquiera que sea el motivo por el que alguien haya hecho esto, no está nada bien —miró al niño—. Díselo, Robert —le urgió.

La miró a ella y después a Devlen.

—Se enfadará muchísimo.

—Ya verás como no.

—¿Se puede saber por qué estáis hablando como si yo no estuviera? —dijo Devlen—. ¿Por qué motivo se supone que me voy a enfadar tanto, Robert?

—No se enfadará, Robert. Te lo prometo —añadió ella mientras miraba con detenimiento a Devlen.

Él asintió.

Robert le explicó lo que había sucedido con los disparos. A

medida que el relato avanzaba, veía que Devlen se iba poniendo más y más rígido. Parecía que su espina dorsal se había vuelto de acero.

—Vaya a recoger sus cosas —dijo.

Ella se aferró todavía más a Robert.

—No puedes echarme, no tienes ese derecho. No pienso irme.

—Su lealtad es admirable —le dijo, repitiendo inconscientemente aquellas palabras que había pronunciado su padre anteriormente—. Sin embargo, no tengo ninguna intención de echarla. Recoja las cosas de Robert también. Se viene a Edimburgo conmigo.

Robert estaba en peligro y también ella a pesar de no ser el objetivo principal en aquella ocasión. Intercambiaron una mirada y ella se dio plena cuenta de que si iba a Edimburgo con él su vida podía correr peligro.

—¿Viene? —preguntó, con voz grave, peligrosa y suave.

No tenía alternativa y a la vez tenía muchas.

—Sí —dijo, obedeciendo a su mala cabeza.

Devlen se volvió hacia su sobrino.

—¿Te gustaría ir a Edimburgo, Robert?

Robert se echó hacia atrás y soltó la cintura de Beatrice.

Asintió. Tenía los ojos enrojecidos y las mejillas húmedas de haber llorado. Beatrice le acarició el pelo y le puso la palma de la mano en la mejilla. Sentía una infinita ternura hacia el joven duque.

—Bueno, pues vayamos a hacer las maletas —dijo—. ¿Hacemos una competición para ver quien acaba antes?

—Usted, señorita Sinclair. Yo tengo muchísimas más cosas que usted. Piense que tengo que llevarme a mis soldados.

—No te lleves muchas cosas, Robert —dijo Devlen sonriendo—. Apiádate de mis caballos.

Forzó una sonrisa como respuesta y le dio la mano a Robert. A veces los adultos debían hacer ver que sentían algo hasta que aquella emoción se volvía real. Pero en aquel instante Beatrice se encontraba en la curiosa situación de tener que esconder lo que sentía.

—No sé si deberíais ir ya hacia el carruaje, sin hacer las maletas. Estoy indeciso. ¿Cuánto tiempo vais a tardar en estar listos?

—Un cuarto de hora —dijo Beatrice, reduciendo el volumen de tiempo que necesitaba a la mitad—.

Quería irse de Castle Crannoch cuanto antes, sin importarle que para conseguirlo tuviese que hacer la maleta a todo correr o arrugar la ropa.

—En ese caso, haced las maletas —dijo—. Haré que me traigan el carruaje.

Caminó con Robert hacia la parte delantera del castillo mientras pensaba que podría haber dejado todo lo que tenía en la habitación. Ya no se sentía segura en Castle Crannoch. Algo inquietante sucedía en aquel lugar. La maldad se filtraba a través de los mismos ladrillos.

De repente quiso recuperar su vida anterior. No tal y como había sido hacía un mes, sino hacía un año, con sus padres vivos y ella feliz, aunque un poco intranquila.

Deseaba que algo pasara y vive Dios que pasó, pero no como ella esperaba. ¿Se tomaba Dios las cosas al pie de la letra? ¿Tendría que ser más prudente con lo que decía en sus oraciones?

Que le dejase cambiarlo, entonces. Lo que quería era sentir paz por la mañana y felicidad durante el día. Quería que en su corazón cupiese la risa y también la diversión, además de muchas otras emociones placenteras.

—Señorita Sinclair, ¿las cosas se arreglarán?

—Pues claro que sí —dijo con una voz tan clara que no dejaba entrever ni duda ni incertidumbre. Robert no debía conocer sus miedos.

Menos de media hora más tarde salieron de Castle Crannoch. Robert y ella caminaron juntos, despacio, hacia el carruaje. Durante todo el camino, Beatrice esperaba oír a alguien llamándola por su nombre. Pero Cameron Gordon no gritó para que regresara con su pupilo. Nadie sabía que se iban.

Abrió ella misma la puerta del carruaje y desplegó los peldaños, instando a Robert a que subiese al vehículo. Le siguió y se sentó a su lado, le cogió la mano y la colocó entre las suyas, desnudas. Hacía frío y se adivinaba que nevaría. Sin embargo alguien había pensado en colocar un brasero y allí estaba, en el suelo del carruaje, alimentado de carbón reluciente e irradiando calor desde dentro de aquella vasija de metal perforada.

—Creo que alguien quiere matarme, señorita Sinclair.

—No seas tonto —dijo con voz de institutriz.

—Lo que pasó en el bosque fue por culpa de un cazador y los pobres pájaros que estaban cerca del aula de estudio se murieron de frío. Fíjate qué día hace hoy.

Robert no parecía convencido.

Al final, accedió. Era demasiado inteligente y ella no le había prestado atención.

—No sé qué pasa, Robert. Pero no me gusta nada.

Robert asintió, dando por buena su honestidad.

Corrió las cortinas.

—Creo que va a nevar pronto, Robert. Quizá nieve durante el trayecto a Edimburgo.

Asintió y miró por la ventana. La verdad era que prefería al Robert que conoció por primera vez y que actuaba como un pequeño aristócrata snob que a aquel silencioso huérfano desamparado.

—¿Te gusta la nieve, Robert?

Encogió los hombros pero no le contestó.

—A mí me gusta mucho la nieve. —Era consciente de que hablaba como una mujer de su pueblo que siempre tenía cosas que decir sobre cualquier tema. La pobre mujer no tenía ni un momento de descanso en todo el día—. Creo que es muy bonito ver nevar, especialmente cuando la nieve se queda colgada de las ramas de los árboles. Cuando nieva por la noche es como si hubiese luna llena. La noche no parece tan oscura, ¿a que no? Parece que la nieve brille en la oscuridad.

Un pensamiento teñido de horror la asaltó. ¿Habían intentado matar a Robert mientras dormía? ¿Era ésa la razón por la que Robert no podía dormir bien?

Creo que alguien entra en mi habitación por la noche
Dios mío.

—Creo que no he visto nevar por la noche nunca, señorita Sinclair —dijo interesado.

—Pues eso tendremos que solucionarlo, ¿no?

—Mi padre solía decir que la naturaleza no puede controlarse. Si pudiéramos hacer que lloviese cuando lo necesitásemos, los granjeros serían hombres acaudalados.

—Creo que tu padre me hubiese caído muy bien.

El onceavo duque de Brechin parecía haber sido un hombre muy pragmático y de espíritu generoso, un padre que adoraba a su hijo.

La portezuela se abrió y Devlen entró en el carruaje. En aquel momento parecía que empezaba a hacer más calor y que el vehículo se había vuelto más pequeño.

Sus dedos la rozaron al pasar y se le erizó el dorado y fino vello de sus brazos.

Ella se apartó suavemente, molesta por aquel contacto. En realidad no le molestaba que la tocase; lo que le disgustaba era aquella sensación de vulnerabilidad que sentía cada vez que se le acercaba tanto.

Se sentía débil y femenina por su culpa, hacía que se sintiese como si necesitara su fuerza y su hombría. Deseaba que la rodeara con su brazo y que la abrazara fuerte, que le diese cobijo y la protegiese. Nunca antes había pensado en esas cosas.

Devlen le hizo una señal al cochero y el carruaje empezó a moverse. Afortunadamente él estaba absorto en el paisaje y en la fina nieve que empezaba a caer.

—¿Todavía tienes aquellas pistolas aquí? —preguntó Robert de repente.

Devlen sonrió.

—Claro. Siempre las llevo conmigo.

—Es por si le roban —le dijo Robert a Beatrice—. A veces Devlen lleva mucho oro consigo.

—¿De verdad?

—Sólo las llevo para protegerme. —Se inclinó y empujó una de las paredes del carruaje. De inmediato apareció un cubículo con dos relucientes pistolas en su interior—. No me gusta que me pillen desprevenido.

—¿Las has usado alguna vez?

—Una.

—Confío en que no tengas que hacerlo durante este trayecto.

—Protegeré lo que para mí es valioso.

¿Qué quería decir con aquello? ¿A qué se refería o a quién? Seguro que a su sobrino. ¿Y a ella? Una mujer con la que había discutido, una pueblerina cuya amplia educación provenía de los libros y con muy poca experiencia vital. ¿Podía ella de algún modo serle valiosa?

Devlen le dijo algo a Robert y éste le sonrió. Era un momento compartido de aquellos amigos, confidentes y casi hermanos.

Se dio cuenta, complacida, de que estaban descendiendo por la montaña con cautela. No era necesario correr a pesar de que deseaba estar lo más lejos posible de Castle Crannoch y cuanto antes, mejor.

Miró a Robert. Estaba bostezando.

—No dormiste bien ayer.

El niño asintió por toda respuesta.

Robert se acomodó en el asiento y echó hacia atrás la cabeza para poder apoyarla en un cojín. Ella le cubrió las piernas con una manta.

—Pon los pies aquí si quieres —le ofreció ella—, así podrás estirarte un poco más.

—No es de buena educación —dijo, comportándose una vez más como un correcto joven duque.

Beatrice sonrió divertida. Robert oscilaba entre la cortesía anticuada y la arrogancia autocrática.

Dio un par de palmadas contra su regazo y finalmente le convenció para que colocase los pies sobre la manta. Colocó otra de las mantas tras de sí como almohada precaria y se enterró bajo otra de modo que sólo se le veía la nariz.

Se durmió en cuestión de segundos.

En aquel acogedor carruaje, con el brasero calentándole los pies y las piernas ya calientes gracias a la manta que ella y Robert compartían, resultaba difícil pensar que estuvieran en peligro.

Fingió estar interesada en la creciente nevada, pero lo que en realidad estaba haciendo era estudiar a Devlen.

Al fin y al cabo, tenía una cara llamativa y que atraía su atención una y otra vez. ¿Era acaso la única mujer que se sentía tan atraída por él o bien Devlen Gordon causaba aquel efecto en todas las mujeres que estaban a su alrededor? Cuando él se presentaba en alguna sala de baile abarrotada, ¿volverían la cabeza todas las mujeres para mirarle? ¿Serían discretas sus miradas? ¿O mostrarían descaradamente la fascinación que sentirían por él?

La miró, como si tuviera el don de comprender la confusión y la curiosidad que sentía. Movió la comisura del labio hacia arriba como burla a su atenta observación.

—¿Qué deberá estar pensando ahora, señorita Sinclair?

—Estaba pensando en que usted debe fascinar a las mujeres —afirmó, diciendo lo que pensaba sin dudarlo.

Aquello le desconcertó unos momentos. Se prometió a sí misma que a partir de entonces siempre sería directa con él. Así los dos irían a la par. Era evidente que no trataba con quienes decían la verdad, mientras que ella tampoco lo hacía con quienes decían falsedades.

—Nunca me falta compañía, si es eso lo que me está preguntando.

—Pues no, no era eso. Ya me había hablado de Felicia. ¿Está fanfarroneando? ¿O es que simplemente quiere que sepa con cuantas mujeres se acuesta?

—Usted tiene demasiados prejuicios, señorita Sinclair.

—¿Ah, sí?

—Nunca he visto a ninguna mujer con tantos prejuicios como usted.

—¿Es ése, a su juicio, un pecado tan grande como el de maquillar la verdad?

—Es un rasgo que me incumbe, aunque parezca extraño.

Puso los puños sobre su regazo y le miró.

—¿Y eso por qué?

—Usted parece demasiado imperturbable. Nunca la he visto enfadarse; aunque le haya dado motivos de sobra. Seguro que está asustada, pero no lo parece.

—¿Por qué debería exagerar?

—¿Quién le ha hecho daño, señorita Sinclair?

Lo único que pudo hacer en aquel instante fue mirarle, perpleja.

—¿Ha sido la vida misma? ¿Demasiado sufrimiento inesperado? ¿Demasiadas decepciones?

—¿Es usted siempre tan grosero con todas las mujeres que conoce?

—La mayoría de las mujeres no incita mi curiosidad. En vez de eso, me aburre. Pero usted, señorita Sinclair, es otra cosa.

—¿Debería rezar para ser aburrida, señor Gordon?

—Creo que ahora es demasiado tarde. Ya siento mucha curiosidad.

Miró cómo caía la nieve a través de la ventana. El paisaje invernal era bello en su austeridad. No había razón alguna para emocionarse hasta las lágrimas, pero de repente sintió ganas de llorar. O, peor todavía, de confiarle qué le había pasado el año anterior, cómo era la vida en su casita después de haber enterrado a sus padres y a sus amigos, uno detrás de otro mientras esperaba que el cólera se la llevase a ella también.

A lo largo de los años había estado preparándose; así que cada vez que las emociones persistían, les cedía cierta libertad hasta que finalmente las controlaba y las colocaba en el lugar adecuado. Incluso a la pena la había controlado así. Lo que necesitaba era concentrarse en vivir el presente.

Ella era, al fin y al cabo, pragmática y práctica; una superviviente.

Volvió el rostro hacia él.

—¿No debería estar más preocupado por lo que pueda sucederle a Robert?

Lo del bosque y lo de los pájaros bastaba para estar preocupado. Y mucho.

—Voy a cuidar de Robert. No tiene por qué preocuparse. Y además, señorita Sinclair, cuidaré de usted.

—¿Físicamente, señor Gordon? ¿O moralmente?

El desafío estaba allí, claro y a la vista.

Él sonrió por toda respuesta.

La primera vez que vio a Devlen se había sentido aterrorizada. Le sobrevino una visión de aquel carruaje entrando con gran estruendo por los campos, totalmente negro, levemente iluminado por los candiles que tenía en el exterior.

Habría sido una inconsciente si no se hubiese sentido aterrorizada. Qué extraño era no sentirse ya así. La emoción que la invadía no se parecía en nada al miedo.

—Para no gustarle la oscuridad, lo cierto es que la aprovecha usted bastante bien.

—No duermo mucho. Como máximo, tres horas. ¿Para qué perder el tiempo?

Beatrice no tenía respuesta para aquella pregunta.

La nieve caía en copos, como plumas balanceándose en la fría brisa. Se aferraban a cualquier superficie; árboles, arbustos o hierba. El mundo se había transformado en un blanco mundo de hadas; un lugar tan delicado y etéreo que le hizo contener la respiración.

Le brillaban los ojos por las lágrimas contenidas. Era un momento muy inapropiado para ponerse a llorar. O quizá el más apropiado, al fin y al cabo. Había tanto amor en el mundo… y a la vez, en aquel mismo lugar había también tanto horror. Una paradoja en la que se veían forzados a vivir.

Sintió que quería algo. Algo que no podía definir ni tampoco explicar. Algo que podía calmar aquella inquietud que sentía en su interior. Estaba hambrienta o quizá se sentía sola o muy triste o

196

curiosa por identificar totalmente lo que sentía. Quizá era porque a lo largo de todo aquel tiempo ella se había encerrado en sí misma para protegerse de la pena y del miedo; emociones demasiado dolorosas como para sentirlas a diario.

Quizá lo que pasaba era que no podía sentir su propio dolor, como cuando uno se golpea repetidamente un dedo y no se da cuenta hasta que pasan unas horas. ¿Estaba ahora dándose cuenta del auténtico alcance de su propia soledad?

Devlen Gordon hacía muy difícil que no sintiera nada. Cada vez que estaba con él se sentía tan diferente… como si estuviera viva. Como si, de algún modo, él pudiera azuzarla o despertarla.

Era muy difícil no darse cuenta de que tenía una personalidad muy fuerte. Tampoco podía obviarse que era un macho en su quintaesencia. En ocasiones como aquélla quería acercarse a él y tocarle para ver si aquellos músculos que se adivinaban bajo las mangas de su camisa eran de verdad.

Su mirada se detuvo en sus pantalones. Incluso sus pies, calzados en unas botas altas que le llegaban hasta las rodillas. Su pecho era tan ancho que no parecía del todo real; de repente le asaltó la burda y desagradable idea de que llevaba relleno bajo la ropa.

No; no podía ser. Devlen Gordon no era de aquella clase de hombre. Él era natural y no gustaba del artificio. No le importaría que la sociedad le juzgase por lo que realmente era; ya fuese hermoso o feo, bajo o alto, rico o pobre.

Y la verdad es que era hermoso, alto, rico y pariente de un duque. No era de extrañar que fuese tan popular en Edimburgo.

—¿Por qué no se ha casado?

—¿Es eso asunto suyo, señorita Sinclair?

—En absoluto.

—Es usted muy curiosa. En eso nos parecemos. Si le contesto, ¿me permitirá que le haga yo una pregunta?

Se quedó callada unos instantes.

—¿Tiene usted miedo?

—No —dijo—. Intento actuar correctamente.

—Tal vez le pregunte algo inapropiado.

—Eso es lo que espero.

—¿Entonces por qué dudaba? —preguntó Devlen.

—Intento decidir si le contestaré o no.

Él sonrió.

—¿Puedo empezar ya? La respuesta a su pregunta, señorita Sinclair, es que no he podido disponer de tiempo para casarme.

—¿Qué quiere decir?

—Quiero decir que nunca he tenido ganas de dedicarle tiempo al cortejo de una mujer. Y créame que se necesita mucho.

—Por no hablar de sus sentimientos.

—Eso también es cierto.

—¿Ha estado enamorado alguna vez?

—Pensaba que sólo podía hacerme una pregunta. Me toca a mí preguntar ahora. ¿Ha estado alguna vez enamorada, señorita Sinclair? Ya ve que no es una pregunta tan inapropiada como esperaba.

—No, nunca.

—Es una pena. Por lo visto es un sentimiento muy fuerte.

—¿De verdad?

—He oído decir que el amor hace de nosotros unos necios, señorita Sinclair.

—¿Eso ha oído decir?

—¿Me imagina usted en ese estado, señorita Sinclair?

—Sólo si le reporta algún beneficio, señor Gordon.

Sonrió con más ganas.

—¿Cree usted que soy un cínico?

—Ah, pero, ¿acaso no lo es?

—«Cinismo» es otra palabra para «sabiduría».

—Así que es usted demasiado sabio como para enamorarse —dijo ella.

—No creo que el amor tenga que ver con la sabiduría. Creo que aparece cuando tiene que aparecer.

—¿Como un rayo?

—¿Cree usted en el amor a primera vista, señorita Sinclair?

—No.

Se rió.

—¿Quién es el cínico ahora?

—¿Cómo se puede uno enamorar del aspecto de alguien? Enfermamos o nos hacemos mayores. La personalidad es mucho más importante que el aspecto, señor Gordon. El ingenio, la inteligencia, la amabilidad… Todo eso importa mucho más que la apariencia.

—Entonces usted podría enamorarse después de conversar con alguien.

—Quizá.

—¿Cuánto tiempo pasaría?

—¿Conversando?

Su sonrisa la castigó.

—No, hasta que se enamorara.

—Pero, ¿cómo voy a saberlo si nunca me ha pasado?

—Quizá deberíamos pasar más tiempo hablando y conversar más a menudo, señorita Sinclair.

Apartó la mirada de ella y fue un alivio porque no habría sabido qué decirle.

Capítulo 21

El tiempo estaba empeorando. La nieve formaba una cortina entre ellos y el resto del mundo. Ya no podía ver los árboles ni los arbustos que delimitaban el camino y era obvio que el cochero tenía problemas porque la velocidad de los caballos había aminorado considerablemente. El cochero había golpeado dos veces en el ventanuco que le separaba de los pasajeros y dos veces Devlen le había asegurado que no era necesario apresurarse.

—Con calma, Peter —le había dicho la segunda vez—. Pronto llegaremos a alguna posada.

—¿Vamos a dormir por el camino? —dijo Beatrice.

Él se acomodó en el asiento y la observó con indiferencia.

—Con este tiempo es imposible continuar nuestro viaje.

—¿Es apropiado que nos quedemos?

—Usted y yo en una posada, juntos, teniendo como carabina a mi primo de siete años. Puede sacar sus propias conclusiones, señorita Sinclair.

—Siempre dice mi nombre con un punto de sarcasmo y no estoy segura de que eso me guste.

—Le presento mis disculpas, señorita Sinclair. No quería ofenderla.

Ella se encogió de hombros.

—A menos que durmamos en la misma habitación, creo que su reputación seguirá tan intacta como hasta ahora. Aunque quizá presupongo demasiado. ¿Tiene alguna mancha su reputación?

Le miró, bastante ofendida.

—Por supuesto que no.

—Entonces preocúpese por otras cosas más importantes, señorita Sinclair. Su reputación no debe ser una de ellas.

—Seguramente porque usted no teme que la suya se manche —le dijo.

La miró, divertido por aquel comentario.

—Si eso es lo que piensa de mí, acaba de unirse a un amplio grupo de gente. Me pregunto que será lo que haga que desde el primer momento la gente me catalogue de pecador.

La miró.

—¿Tiene usted mucha experiencia en reconocer pecadores, señorita Sinclair?

—Mi padre era maestro; no sacerdote. Sin embargo, lo que me parece es que con su afición por los carruajes oscuros y por viajar de noche hace que la gente piense lo peor de usted.

—Sólo porque odio perder el tiempo se me trata como a un maleante. Qué curioso.

—Quizá la gente le tenga miedo. A menudo definen como malo aquello que no entienden.

—Entonces, para contrarrestar esa opinión, ¿debería esforzarme para que se me comprendiera mejor?

—Tal vez.

—La verdad, señorita Sinclair, es que no me importa lo que la mayoría de la gente piense de mí. ¿Le sorprende mi actitud?

—En lo más mínimo.

—Sin embargo, sí que valoro lo que algunas personas piensen de mí. ¿Le sorprendería saber que forma parte de este pequeño y selecto grupo?

—Mucho —dijo, sosteniendo la mirada de Devlen con dificultad.

—Pues resulta que me importa lo que usted piensa. No soy en absoluto el tipo libidinoso que mi padre cree que soy.

—Sólo he hablado de usted con su padre en contadas ocasiones.

—Pero lo ha hecho. Qué inusual es hallar a una mujer honesta.

—No es la primera vez que dice que la honestidad no es un rasgo femenino. Seguro que hay tantos hombres deshonestos como mujeres.

—Mi experiencia indica todo lo contrario. Las mujeres sólo dicen la verdad si de este modo pueden lograr su propósito.

—Entonces, como representante de mi especie, debería sentirme agraviada.

—Pero no lo está y no sé por qué. De hecho, usted rara vez se enfada, señorita Sinclair. ¿Llora usted alguna vez?

—Me parece que ésa es una pregunta muy personal, ¿no? Debería ofrecerme algo a cambio.

—De acuerdo. Pero responda primero.

—No, no acostumbro a llorar.

—¿Por qué no? Y antes de que proteste, señorita Sinclair, esta pregunta forma parte de la anterior. Es una clarificación, si se quiere ver así.

—Porque no creo que valga la pena derramar lágrimas. Llorar no ayuda a soportar mejor las situaciones adversas.

—¿Siente usted alguna vez emociones intensas como la alegría o el enfado?

—Ahora me toca a mí preguntar.

Reclinó la espalda en la silla y cruzó los brazos, esperando.

—¿Por qué tiene usted una opinión tan mala de las mujeres? ¿Quién le hizo daño?

Sonrió.

—Siento decepcionarla, señorita Sinclair, pero nadie me ha hecho daño. Si tengo una perspectiva negativa de las mujeres es porque sólo las considero compañía nocturna. No tengo ninguna amiga y rara vez he pasado tiempo con mujeres a menos que no esperase una recompensa amorosa.

—Pues debería usted dedicarles más tiempo. Se daría cuenta de que no utilizan su honestidad ni sus mentiras para manipular a los demás, como usted cree.

—No está usted bien informada, señorita Sinclair, porque

podría presentarle a cinco o seis mujeres sólo en Edimburgo que poseen la rara capacidad de hacer eso.

A pesar de lo que había dicho, tenía la certeza de que alguien le había hecho daño en el pasado. Aunque por Devlen Gordon no se debía sentir ni compasión ni pena. En primer lugar, porque le parecería divertido. En segundo lugar, porque dudaba que aquellas pobres mujeres pudieran haberle roto el corazón. Era más probable que fuese a la inversa.

El carruaje aminoró aún más la velocidad. Apartó con un dedo la cortina y observó con detenimiento el blanco mundo que había más allá del interior del carruaje.

—Hace mucho más frío que antes —dijo, mirando el cielo azul grisáceo.

—Me temo que se avecina una ventisca, señor —dijo el cochero, asomándose otra vez por el ventanuco.

—¿Una ventisca? —miró a Devlen— ¿Quiere decir que no vamos a poder viajar a Edimburgo?

—Lo que quiere decir, señorita Sinclair, es que necesitamos refugiarnos y esperar a que pase la tormenta. —Se dirigió a Peter—: Los caballos deben estar congelándose de frío. Párate en la siguiente posada.

—Sí, señor.

Miró a Devlen, asombrada ante aquella compasión que sentía por las criaturas cuadrúpedas y ninguna por las mujeres.

Él sonrió, como si adivinase lo que estaba pensando. Tendría que intentar disimular mejor la próxima vez.

Menos de un cuarto de hora más tarde, un alto edificio gris apareció en la blanca mancha de nieve. Había luz en las ventanas que parecía que les diese la bienvenida.

Beatrice se reclinó hacia atrás entre los cojines, agradecida por haber encontrado refugio.

Desvió la vista hacia el niño que dormía y alargó la mano para acariciarle la mejilla con delicadeza.

—Robert —dijo con voz suave—. Tienes que despertarte.

—Deja que duerma —dijo Devlen— ya lo llevaré yo en brazos.

En su cara se había dibujado una expresión de ternura que no había visto nunca antes y que no casaba con él.

No le contestó. Lo único que hizo fue colocar la manta sobre los hombros de Robert y doblarla para que le quedase la cara resguardada.

El carruaje se detuvo y la portezuela se abrió. El cochero estaba cubierto de nieve y tenía las mejillas coloradas. Se apoyaba en un pie y después en el otro, sucesivamente, para mantener el calor.

—Una vez hayas acabado, Peter —le dijo Devlen al cochero—, entra. No es necesario que te quedes esta noche con los caballos.

El hombre parecía asombrado; Beatrice se preguntaba si tenía como costumbre dormir en los establos. Aquella suposición cobró fuerza cuando vio que Devlen alargaba la mano y le daba una bolsita para su sorpresa.

—Cómprate algo caliente para beber —dijo—. Te lo has ganado trayéndonos hasta aquí sanos y salvos.

—Gracias, señor. —La taciturna cara del cochero se transformó y una sonrisa se le dibujó en el rostro—. Gracias, señor Gordon. Eso mismo haré.

Devlen fue el primero en apearse y la ayudó a bajar. Una vez ella puso los pies sobre la tierra congelada, él volvió a subir y, al rato, emergió del carruaje con Robert en sus brazos. La manta le cubría media cara y le protegía de la nieve.

—¿Podremos viajar por la mañana?

La sonrisa de Devlen parecía muy cálida a pesar de que casi no podía verle a través de la cortina de nieve.

—¿Por qué no dejamos que la nieve decida? No lo sabremos hasta mañana.

Hasta que llegase la mañana. Tendría que superar aquella larga noche.

A pesar de que la posada era muy grande, no parecía especialmente próspera. El recibimiento que les dio el dueño fue tan fastuoso que le hizo preguntarse si el hombre creía que pertenecían a la realeza. El tiempo había espantado a su clientela habitual y el bar estaba vacío a excepción de un hombre que se acurrucaba ante el fuego.

—Las mejores habitaciones —dijo Devlen, moviendo a Robert en sus brazos para equilibrar el peso. Se comportaba como si estuviese acostumbrado a que se le obedeciese con rapidez.

El posadero hizo una reverencia, sonriendo todavía.

—Por supuesto, señor. ¿Cuántas habitaciones desea? —Miró a Beatrice y después a Devlen.

—Dos —dijo—. Si es que no le resulta inconveniente quedarse con Robert —le dijo en un aparte—. Preferiría que alguien estuviera con él, especialmente visto lo que sucedió con los pájaros.

—No creerá que... —No acabó la frase porque vio que él movía la cabeza ligeramente. No era aquélla la mejor ocasión para hacer preguntas sobre la seguridad de Robert, con el posadero escuchándoles—. No, no me molesta —dijo.

El niño le serviría de carabina.

El dueño de la posada hizo un gesto hacia las escaleras. Ella subió mientras escuchaba tras ella la conversación que mantenían los dos hombres.

No sabía si detenerse en el rellano y el posadero la adelantó, conduciéndola a una habitación que estaba al final del recibidor. La segunda habitación estaba al lado. Demasiado cerca.

El posadero abrió la puerta y le hizo una reverencia a Devlen; sin embargo gesticuló para que ella le precediera. La estancia estaba fría. El posadero se apresuró a prender el fuego mientras comentaba lo mal que estaba el tiempo.

—Esta habitación es mayor —dijo Devlen—. Usted puede quedarse aquí con Robert.

Beatrice se acercó a la ventana para ver el campo cubierto de nieve. Los carámbanos colgaban de las ramas de los árboles como lágrimas congeladas. Los arbustos estaban tan cargados de capas de nieve que parecían grandes figuras contraídas por el viento. La carretera parecía un espejo; los candiles se reflejaban en la superficie de hielo.

La nieve había dejado de caer y el cielo se había aclarado, dejando ver una luna que colgaba como una bola de nieve en el cielo. La nieve brillaba y el hielo relucía. Su aliento empañó el cristal y se retiró de la corriente.

En aquella fría noche era imposible estar bien fuera de la posada. Dentro, en cambio, el fuego daba calor, la cama tenía un grueso colchón y había muchas mantas.

Devlen puso a Robert sobre la alta cama y le quitó los zapatos antes de arroparle bajo las sábanas.

La habitación que les había correspondido a ella y a Robert era sin duda la mejor de la posada. Una enorme cama con dosel ocupaba la mayoría del espacio. El resto lo ocupaba un lavamanos, un biombo y una silla con el asiento tan hendido que parecía que la hubiesen sacado del bar de abajo.

El posadero se esfumó tras haberle enseñado a Devlen su habitación, alentado por la moneda que éste le había dado. Instantes después se fue también la doncella. Beatrice se acordó entonces de cuando no consiguió trabajo en La Espada y el Dragón. ¿Qué habría sido de su vida en aquellas dos últimas semanas?

Para empezar, no estaría de pie al lado de la ventana, tampoco estaría mirando disimuladamente a Devlen de vez en cuando ni tampoco estaría preguntándose por qué él se acercaba hacia donde estaba ella. No habrían sucedido tantas cosas, por no hablar de la emoción que sintió cuando le cogió la mano.

—¿Está asustada?

—¿Debería estarlo?

Sonrió.

—Nunca contesta a ninguna de mis preguntas directamente.

—De acuerdo. Sí, usted me asusta. A veces lo que me asusta es mi propia reacción ante usted.

Una respuesta franca, sin evasivas.

—¿Por qué tiene usted miedo de mí?

Ella se volvió y miró a través de la ventana.

—Porque usted me tienta a hacer lo que no debo. Porque la

atracción que usted despierta no está hecha para doncellas como yo, Devlen Gordon.

—Normalmente renuncio a las doncellas, señorita Sinclair. Las evito con rapidez además y me he prometido a mí mismo no prestarles atención. Traen demasiados problemas, sabe, y yo soy consciente de lo que valgo y de lo que vale también mi tiempo.

—O sea que las doncellas son una pérdida de tiempo.

—Sí, esa es la conclusión a la que he llegado.

—Entonces debería sentirme a salvo, ¿no?

—¿Y es así como se siente?

—La verdad es que no.

—¿Acaso no recuerda que he prometido protegerla? Yo siempre cumplo mis promesas.

—¿Y que pasaría si yo no quisiera su protección?

Le respondió con una sonrisa.

—Iré a ver si el posadero puede traernos algo para comer —dijo mientras cerraba la puerta tras de sí. La habitación de repente parecía más pequeña.

—¿Le gusta mi primo, verdad señorita Sinclair?

Sonrió en la dirección de Robert. No le sorprendió ver que se había hecho el dormido.

—Sí, ¿es eso aceptable para Su Excelencia?

Sonrió, adormilado.

—Es muy bueno cuando quiere pero también puede ser cruel.

Aquélla no era una palabra propia de un niño de siete años para describir a un adulto.

—¿A quién le has oído decir eso?

Se sentó y se frotó los ojos.

—A mi tío. Pero no creo que él aprecie demasiado a Devlen porque es muy rico.

—Lo que para unos puede ser crueldad, para otros puede ser firmeza.

El niño se incorporó y miró a su alrededor.

—Este sitio no es muy grande, ¿no?

—Pero tenemos mucha suerte de habernos librado de la tormenta.

—Devlen no hubiera dejado que les sucediera nada a sus caballos. Se ha gastado una fortuna en ellos.

—Bueno, entonces tenemos que sentirnos afortunados de que se preocupe tantísimo por sus caballos. Nos ha protegido por defecto.

—No, señorita Sinclair. Estoy seguro de que no habría permitido que nada malo me sucediera.

—Por supuesto, eres el duque de Brechin.

Asintió.

—Además él me quiere.

El buen juicio del niño silenció lo que iba a decir.

—¿Te acuerdas de lo que dijimos de cuando nieva por la noche?

Robert dijo que sí con la cabeza.

—Acércate y mira.

Se deslizó hacia el suelo y se acercó a la ventana. Momentos después, le sonrió.

—Parece que pueda comerse, señorita Sinclair. Como si la cocinera hubiese espolvoreado la escarcha por todo el mundo.

Beatrice sonrió.

—Sí que lo parece, sí.

Minutos más tarde, Devlen apareció en la puerta seguido de la criada. La muchacha le hizo una difícil reverencia; proeza considerable teniendo en cuenta que a la vez balanceaba una bandeja rebosante de comida.

La dejó sobre la mesa que hacía las funciones de lavamanos e hizo otra reverencia. No a Beatrice, bastante desacostumbrada a tales gestos, sino a Devlen, quien desconcertó a la chica con su sonrisa.

—La verdad es que no debería hacer eso —le dijo una vez la muchacha se hubo ido.

—¿Hacer qué?

—Sonreír de ese modo a las jovencitas. Las desconcierta. Ya

me di cuenta en Castle Crannoch de que usted hacía que las criadas se quedaran sin habla. Como si se les hubiera quedado la cabeza hueca.

—Está usted exagerando.

—Lo único que estoy haciendo es decir la verdad —dijo, divertida por su sonrojo.

¿Era posible que Devlen Gordon se sintiera incómodo? ¿O acaso estaba desconcertado porque ella había mencionado que deslumbraba al sexo femenino con gran habilidad?

—Mi primo siempre tiene ese efecto en las mujeres.

—¿Pero alguna vez hablas como un niño de tu edad? —le preguntó Beatrice—. A veces me da la sensación de que en realidad tienes veinte años y vas disfrazado de niño.

—Piensa eso porque soy muy inteligente.

Devlen y ella se miraron. No pudo evitar preguntarse si él se sentiría a menudo tan perplejo ante los comentarios de Robert como ella.

Le produjo una grata alegría ver que en los siguientes minutos Robert volvió a comportarse como alguien de su edad. Daba botes en la cama e insistía en hacer un picnic allí mismo y extender el mantel en medio de la cama.

—Usted se sienta ahí —le dijo a Beatrice, señalando la esquina opuesta de la cama—, y tú, allí —le dijo a Devlen mientras señalaba con el dedo las almohadas que había en la cabecera de la cama—. Haremos ver que estamos sentados bajo un árbol de Castle Crannoch.

Ella hubiera preferido otro lugar más seguro.

—Creo que deberíamos imaginarnos otro paisaje —dijo Beatrice—. Algún lugar donde no hayamos estado jamás.

—El páramo que hay a las afueras de Edimburgo —contribuyó Devlen—. Bajo un gran roble.

—Un pino —respondió Beatrice—. Los pinos huelen mucho mejor.

—No sabía que los robles oliesen a algo.

—Cosa que todavía me da más la razón.

Acercó la mano a uno de los panecillos crujientes a la vez que Devlen. Sus dedos se encontraron y se tocaron. Ella retiró la mano a regañadientes.

Robert se acercó a la canasta, cogió un panecillo y se lo dio.

—Aquí tiene, señorita Sinclair.

—Mi trovador. Muchas gracias, Robert.

Estuvo un buen rato cortando rodajas y poniéndoles jamón. Cualquier cosa valía para no mirar a Devlen. En el fondo era tan tonta como cualquiera de las criadas. Su mera presencia le ponía nerviosa. No era necesario ni que sonriera. Incluso cuando fruncía el ceño la cautivaba.

—¿Verdad, señorita Sinclair? —decía Robert.

Miró al niño.

—Perdona, pero estaba sumida en mis pensamientos. ¿Qué me habías preguntado?

—Estaba diciendo que tal vez nos tengamos que quedar aquí muchos días.

—Bueno, por lo menos tenemos comida —dijo, señalando la copiosa cena que Devlen les había procurado— y no vamos a pasar frío. —Por muy poco. A pesar de que se había encendido el fuego todavía el ambiente estaba frío.

—Y los caballos de Devlen están en la cuadra —añadió Robert—. Pero quiero ir a Edimburgo otra vez. Quiero ver la casa de Devlen. Es el sitio más maravilloso del mundo, señorita Sinclair. Nunca ha visto nada igual. Tiene tres pisos y los muebles y las habitaciones son maravillosas. Hay escaleras secretas como en Castle Crannoch y un pasadizo secreto que va de la librería a los establos.

Miró a Devlen y vio que estaba sonriéndole a Robert con cariño.

—Y se suponía que algunas de estas cosas eran un secreto entre tú y yo —le dijo, sonriendo.

Robert le miró avergonzado, pero enseguida se animó.

—Pero ella no sabe dónde están los pasadizos secretos, Devlen.

—¿Por qué ha construido un pasadizo secreto en su propia casa?

—No lo hice yo —dijo—. Cuando compré la casa ya estaba. Edimburgo es de sobras conocida por sus intrigas; es bastante evidente que el anterior dueño debía tener alguna relación con la corte. Debió pensar, sin duda, que lo más apropiado era encontrar para él y su familia alguna vía de escape.

—¿La utilizó alguna vez?

—No estoy seguro. Decidí no inmiscuirme demasiado en la historia de la familia cuando compré la propiedad.

El resto de la cena fue agradable; la conversación, inofensiva y rozando lo insípido. Parecía que los dos eran conscientes de la presencia de un niño inocente.

Asimismo, evitaron cuidadosamente mencionar los intentos de acabar con la vida de Robert.

Cuando hubieron acabado, Devlen cogió la bandeja y apiló los platos en ella.

—Usted me sorprende —le dijo.

La miró y siguió con su tarea.

—¿Y eso por qué? ¿Porque no necesito que un criado cumpla mis órdenes o porque no tengo miedo de cumplirlas yo mismo?

—Las dos cosas, quizá.

Dejó la bandeja en el suelo, abrió la puerta y cogió la bandeja de nuevo.

—Las cosas no son siempre lo que parecen, señorita Sinclair. Tampoco las personas.

Miró a Robert.

—Mañana decidiremos qué hacer con el viaje.

Ella asintió. Devlen se marchó instantes después.

—Tienes que lavarte, Robert —le dijo, dándole una jarrita de cerámica que había cogido de su maleta.

El niño no armó ningún escándalo e hizo lo que ella le había dicho. Se enjabonó la cara y las manos e hizo ver que tiritaba mientras se aclaraba. Ella le dio una toallita que llevaba bordado el blasón de los Brechin. Se secó y se puso la camisa de dormir detrás del biombo después de hacerle prometer a ella que no iba a mirarle.

Beatrice sonrió y se lo prometió. Prendió uno de los candiles y, por el tamaño de la estancia, no se molestó en prender el otro.

—Hace mucho frío, señorita Sinclair —dijo Robert mientras aparecía de detrás del biombo.

—Métete en la cama y acurrúcate. Entrarás en calor enseguida.

—Cuéntame alguna historia —dijo con la arrogancia de un duque ya adulto.

—Si es una orden, no.

—Eres mi empleada.

—Y tú eres mi pupilo.

—Soy el duque de Brechin.

—Lo que eres es un niño de siete años.

Beatrice se sentó en el borde de la cama.

—¿Tú crees que tu padre se sentiría orgulloso de oírte hablar así? Por lo que me has contado, tu padre tenía muy en cuenta los sentimientos de los demás.

Robert abrió más los ojos pero no contestó.

—¿Crees que le gustaría que estuvieras siempre diciendo quién eres y qué titulo tienes? A mí me parece que él debía ser un hombre modesto, alguien empeñado en hacer el bien y no en sembrar el miedo.

Se quedó absolutamente aterrorizada. El niño había empezado a llorar. Unos lagrimones le resbalaban mejillas abajo. La situación era todavía peor porque Robert no emitía ningún sonido. Turbada, se acercó a él y lo rodeó con sus brazos.

Nunca había pensado que tuviese instintos maternales. Cuando un niño nacía en el pueblo, ella no era de las que se agolpaba a su alrededor y le hacía carantoñas o decía que se parecía más a la madre que al padre. Pero en aquel instante, cuando empezó a mecerse hacia delante y atrás en un intento de calmar al niño, sintió que estaba siendo muy protectora.

¿Quién era capaz de hacerle daño a una criatura?

Le sobrevino tan rápido este pensamiento y era tan intenso que se quedó turbada. No estaba de vacaciones. Aquello no era una aventura. La única razón por la que iban a Edimburgo era para proteger a Robert.

Alguien quería matarlo.

—Voy a contarle una historia, mi joven duque —dijo y le besó la tibia frente. Olía al jabón que había utilizado antes de meterse en la cama.

»Había una vez un pavo real que tenía una cola bellísima. En una ocasión vio a una fea grulla que pasaba por allí y el pavo real se rió de su gris plumaje. "Yo voy vestido como un rey —dijo—, mis colores son el dorado y el violeta y también todos los del arco iris. Tus alas no tienen ningún color".

»Entonces el pavo real empezó a exhibirse delante de la grulla, mostrando ostentoso las plumas de su cola y desplegándolas bajo la brillante luz del sol. La verdad es que eran magníficas y tenían reflejos rojizos, azulados y verdes.

»La grulla no dijo nada. Sus andares eran torpes y era bien cierto que sus plumas carecían de color. Como había dicho el pavo real, era más bien fea.

»El pavo real se reía de ella junto a otros de su especie. Entonces, de repente, la grulla dobló las patas, agitó las alas y empezó a correr para perderse instantes después en el cielo ante el asombro y la estupefacción de los pavos reales.

»Voló y voló por las nubes hasta que le vio la cara al sol.

»Los pavos reales apenas oían la voz de la grulla a medida que subía más y más por el cielo. "Es verdad que eres bello, mucho más bello que yo. Pero yo vuelo hasta las alturas del paraíso y les hablo a las estrellas. Lo único que tú puedes hacer es caminar entre los pájaros del estercolero".

»¿Cuál es la moraleja de esta historia? Pues que el hábito no hace al monje».

—¿Todas las fábulas de Esopo contienen una enseñanza, señorita Sinclair?

—Todas y cada una de ellas.

—¿Hay alguna que sea interesante?

Ella movió la cabeza y lo arropó, asegurándose de que no pasaba frío.

Una vez arropado, Robert se durmió sin dificultad. Se sentó y lo observó, segura de que aquella noche no tendría pesadillas. La habitación podía ser pequeña, pero aquella posada tenía un ambiente agradable que no existía en Castle Crannoch.

Media hora más tarde se puso de pie y se desvistió para ponerse el camisón y el batín.

Estaba a punto de hacer una tontería. Incluso Sally le advertiría que no lo hiciera. Pero el año pasado por lo menos había aprendido algo. La vida era breve y podían arrebatársela en cualquier momento, sin aviso previo.

No quería desperdiciar ni un solo segundo del tiempo que tenía. No quería fingir que tendría tiempo suficiente para comportarse de modo inteligente y sensato o para encontrar el amor.

Amor. La palabra describía acciones pasionales extraordinarias que la humanidad era capaz de realizar. Sacrificios, actos lógicos e ilógicos. Amor. Sabía muy bien que lo que iba a hacer no tenía nada que ver con el amor. Lo que sentía por Devlen Gordon era curiosidad y fascinación. Su sonrisa hacía que sintiera cómo el deseo erizaba la base de su columna vertebral y extendía su sedosa cola por todo su cuerpo. Pero no era amor lo que sentía.

Tampoco el tiempo era algo estable. Lo único que sabía era que disponía de ese momento preciso.

Aun así, dudó cuando estuvo frente a la puerta, con la mano en el pomo. Sentía avaricia por la vida del mismo modo que se había sentido hambrienta de comida; como si todos aquellos años le hubiesen faltado muchas experiencias. Aquella hambre que sentía pronto silenció el susurro de su conciencia.

Salió de la habitación y cerró la puerta suavemente tras de sí.

Capítulo 22

Beatrice estuvo delante de la habitación de Devlen un minuto entero antes de reunir el coraje suficiente para llamar a la puerta.

Todo estaba en silencio y los golpes resonaron demasiado. Su eco llegó hasta el recibidor y dio la vuelta. Oyó sus pasos tras la puerta. Él dudó, como preguntándose si debía abrir o no.

No volvió a llamar, pero tampoco se dio la vuelta para regresar a su habitación. En vez de eso, se quedó allí con las manos enlazadas, esperando.

Finalmente la puerta se abrió y apareció él, semidesnudo. Su pañuelo estaba ladeado y su camisa desabrochada. Pero no se disculpó por su aspecto. Tampoco le preguntó qué hacía allí.

—¿Quién cree que ha intentado hacerle daño a Robert?

Era una pregunta apropiada que era necesario preguntar y responder. Pero ella no estaba allí por eso; los dos lo sabían.

Se acercó a ella y la arrastró hacia la habitación mientras cerraba la puerta.

—No le gustará, señorita Sinclair. Por la mañana se preguntará por qué renunció a su virtud tan fácilmente.

—¿Usted cree?

—Se preguntará por qué dio tanto para recibir tan poco a cambio.

—Vaya, parece que sabe lo que dicen las vírgenes cuando se arrepienten.

—No, no lo sé. Y no quiero saberlo. Vuelva a su habitación.

215

Su voz era tan armoniosa y su sonrisa, tan serena que ella hubiese dicho que su presencia no le había afectado en lo más mínimo de no ser porque había metido las manos con fuerza en los bolsillos y notaba cómo el pulso le latía con fuerza en el cuello, haciendo que la piel se le moviera furiosamente y con la misma cadencia frenética con la que a ella le latía el corazón.

—¿Devlen? —Ella acercó la mano y colocó los dedos sobre su mejilla. Él se apartó.

—Está usted tentando a la suerte, señorita Sinclair.

—Beatrice —dijo ella suavemente—. ¿No hemos avanzado nada en ese terreno, por lo menos? Yo te llamaré Devlen, porque así te nombro ya en mis pensamientos, y tú puedes llamarme Beatrice.

—Mejor te llamaré necia o imprudente, Beatrice Sinclair. Y sin pizca de sentido común.

—Me has estado provocando desde hace días e incluso semanas. Me has tentado para que venga a tu cama. Y ahora me pides que me vaya.

—Alguien tenía que advertirte.

—No quiero que me aconsejes. Lo que quiero es que seas mi amante.

Su sonrisa se borró de repente.

—¿No valora usted su vida, Beatrice Sinclair? ¿Acaso no se da cuenta de que no es prudente provocar al lobo?

—¿Es eso lo que estoy haciendo? —Qué extraño. El pulso le latía tan fuerte que podía notarlo en los labios. Los párpados le temblaban. Todo su cuerpo vibraba.

Se miró las palmas de las manos. Estaban húmedas.

—¿Tan terrible es que esté aquí, Devlen?

—Has dejado solo a Robert.

—Sí, es verdad.

Ella se giró para irse, furiosa. Había nombrado la única cosa que podía forzarla a marcharse. Cuando ya casi había salido, la mano de Devlen se posó en su brazo y la detuvo.

—Seguro que está bien.

—No, no. Hizo usted muy bien recordándome mi deber. Soy una empleada, al fin y al cabo. Una institutriz.

—Una mujer.

Su voz era grave y la mano que reposaba sobre su muñeca desprendía calor. Ella no se volvió a mirarle a pesar de que quería hacerlo. Cuando él se puso todavía más cerca de ella, contuvo la respiración para después liberarla muy lentamente.

—Nunca había conocido a nadie como tú, Beatrice Sinclair. ¿Qué clase de mujer eres?

—Una que está descuidando su deber, señor Gordon, tal y como usted me recordó antes. Por favor, déjeme marchar.

—Mañana, tal vez. Cuando salga el sol.

Con suavidad hizo que ella se girase.

Le acarició suavemente el labio inferior con un dedo.

—Me asustas un poco, sabes.

—¿Sí?

—Mi conciencia me dice que te marches a toda prisa de esta habitación. No olvides que he prometido protegerte. Sin embargo, mi curiosidad y mi deseo piden que te quedes.

—Entonces protégeme esta noche. Protégeme de la soledad y de la pena. De cuestionar constantemente lo que hago, de tener frío.

—Beatrice.

—No puedo expresar lo que siento porque nunca antes lo había sentido. No puedo describir las sensaciones que habitan en mi cuerpo ni tampoco transmitirlas. Quizá podría escribirlo en un poema o componer una sinfonía. La música me ayudaría a expresar lo que no puedo decir con palabras.

—Maldita sea, Beatrice.

—Dime qué puedo hacer para librarme de estos sentimientos y lo haré. No te causaré más molestias. ¿Existe algún brebaje? ¿O algún ingrediente? ¿Dormir me ayudaría?

—Acaríciate.

—¿Cómo? —Le miró, asombrada.

—Acaríciate y piensa en mí. Coge tu pecho y di para tus aden-

217

tros que Devlen te lo tocaría exactamente de esa manera. Acaríciate el pezón e imagina que es mi lengua. Deja que tus manos vaguen por tu cuerpo hasta que te convenzas de que son mis manos.

—¿Y si después sigo necesitando que me toques?

Él se movió, abrió la puerta y abandonó bruscamente la habitación. Beatrice se quedó allí.

¿Debía esperar? ¿O regresar a su habitación?

Después de haber decidido ir a su encuentro, no estaba dispuesta a marcharse. Caminó hacia la cama, se quitó el batín, subió los peldaños y se deslizó entre las frías sábanas.

Ya la calentaría Devlen.

¿Qué hacía allí? ¿Se sentía sola? ¿Estaba allí porque él le había ofrecido algo que había atraído su curiosidad? Seguramente eran las dos cosas. O quizá ninguna.

Su cuerpo podía reunir tantas sensaciones maravillosas. Desde despertarse por la mañana y estirarse hasta sentir el calor del sol en sus brazos o caminar descalza por la hierba en primavera. Si cerraba los ojos, podía sentir la brisa estival en su mejilla o el tacto del lino en su piel mientras se vestía.

¿Qué sería lo que recordaría mañana por la mañana?

La habitación estaba fría y en silencio. Lo único que se oía era el viento repicar en los cristales y el chasquido del fuego. Sus pies entraban en calor y se enterró todavía más bajo los edredones. Miró al techo y se preguntó si debía sentir inquietud por lo que iba a suceder en breve.

La puerta se abrió y ella dejó de hacerse preguntas. Devlen la cerró con cuidado y se quedó allí de espaldas a la puerta examinando a Beatrice con mirada sombría.

—Todavía estás a tiempo de salir de mi cama, Beatrice Sinclair —le dijo—. Pero te lo advierto: si no te has ido antes de que yo llegue a ella, no podrás escapar.

—¿Acaso te parece que estoy intentando escapar? —dijo ella, incorporándose y apoyándose sobre el codo.

—Eso es lo que tendrías que hacer. Deberías temer por tu vida. ¿Eres consciente de que no te ofrezco nada?

—Sí. Ya lo sé.

El silencio se hacía cada vez mayor.

—¿Dónde has ido?

—Le encargué a la doncella que se quedase delante de la habitación de Robert toda la noche. Vendrá a buscarme si se despierta.

—Le proteges mucho mejor que yo, Devlen Gordon.

En vez de contestar, se acercó a la cama, apartó los edredones y le ofreció su mano. Ella se sentó, curiosa, y después se apoyó sobre sus rodillas.

Le quitó el camisón con dos rápidos movimientos.

—Al final resultará que sí tienes alguna experiencia en estas lides —dijo ella, sorprendida por la rapidez con la que le había quitado la ropa.

—Ahora no es el momento de hablar de mi experiencia.

—Te pido entonces que recuerdes que tú sí hablaste de mi falta de experiencia.

—Ah, es verdad, eres virgen. Las vírgenes son unas criaturas muy especiales.

—Estas haciendo que me sienta como si fuera un unicornio. ¿De verdad soy una criatura tan extraordinaria?

—Sí que lo eres en mi cama.

No debería haber sentido aquel escalofrío de placer al escuchar aquellas palabras porque él no le había hecho ningún cumplido.

—Así que soy tu primera virgen.

—No hace falta que te alegres tanto —le dijo mientras se sentaba en la cama.

—¿Y por qué no? A las mujeres nos gusta pensar que somos especiales para un hombre en un sentido u otro. Lo que recordarás de mí es que era virgen.

Él movió la cabeza y ella no pudo evitar sonreír. Le encantaba trastocar a Devlen Gordon.

—¿No has pensado en tu futuro?

—¿En tener niños, quieres decir?

El ambiente cambió por completo en la habitación. Ya no era un refugio apartado ni un cálido oasis. El frío de la noche invernal se filtraba por las ventanas. A Beatrice no le habría extrañado ver mucha nieve apilada alrededor de la cama.

Devlen se levantó de la cama y se dirigió hacia donde el posadero había colocado su baúl.

—No pensé que llegaríamos a hacer esto —dijo—. Pero afortunadamente no viajo desprevenido.

Regresó al lecho llevando algo en la mano. En vez de enseñárselo, lo escondió bajo la almohada.

—Son *les redingotes anglaises.*

—¿Capuchas inglesas?

—Exactamente. Para evitar que te quedes embarazada.

—Ya veo que he escogido bien —dijo—, si alguien tenía que desflorarme ha sido muy acertado escoger a un vividor, alguien versado en la materia. ¿Los llevas siempre cerca de tus candiles y de tus pistolas?

—¿Te has enfadado?

—No, de verdad que no. Bueno, vale; sí. Quiero sentirme protegida pero a la vez no quiero saberlo.

—Lo que tú quieres es que te ame un vividor que sea virgen.

—¿Qué raro resulta, verdad?

—Es mejor que regreses a tu habitación. Así no tendremos que hablar de preservativos ni de evitar embarazos.

—Sí —dijo ella—, mejor me voy. De repente hacía mucho frío y ella lo notó. Antes no se había dado cuenta de que estaba desnuda y de que sus pezones estaban duros por el frío.

La miraba intensamente. Ella deseaba que no lo hiciera. Se sentía muy frágil en aquel momento, a diferencia de antes. Se sentía ridícula también porque había sido sorprendida en su atrevimiento.

Alzó el brazo para cubrirse pero en aquel preciso instante él se le acercó para evitarlo.

—Si me niegas tu compañía esta noche deja que por lo menos te mire hasta que tenga suficiente. Esta visión alimentará mis sueños.

¿Cómo podía ser capaz de conseguir con unas palabras que volviera a entrar en calor?

Él se le acercó más y le cogió la mano. Ella se incorporó sobre sus rodillas, le puso las manos en los hombros y le besó suavemente en la mejilla.

—Ya sé que estar aquí es una insensatez —le musitó al oído—. Pero es que yo rara vez cometo una insensatez, Devlen.

—Lo que quieres es saborear el pecado.

Ella dijo que sí con la cabeza.

—¿Y si luego no puedes casarte?

—No tengo títulos, no tengo dinero y además, dudo que a alguien le importe eso si me caso. Mi marido deberá tomarme tal como soy o de lo contrario, nada.

—¿Vas a quebrantar las reglas, Beatrice? ¿Te vas a enfrentar a la sociedad?

—Cosa que sospecho que tú ya has hecho, Devlen Gordon.

—Pero para un hombre es diferente.

—Porque nosotras somos recipientes. Es un comentario curioso sobre las mujeres, ¿no crees?

—Me parece que yo nunca antes había pensado que una mujer podía ser un continente, Beatrice.

—Ya lo creo que sí —dijo, echándose hacia atrás—. De no haberlo hecho, ¿por qué llevarías capuchas inglesas en tu baúl?

—¿Por qué te sientes satisfecha de no recibir nada a cambio?

—¿A cambio de qué?

—Del regalo de tu virginidad.

—¿Es un regalo? ¿O un lastre?

—No vas a disfrutar, ya lo verás.

Le miró largo rato.

—¿Acaso eres mal amante, Devlen? Qué curioso, no había pensado en eso.

Lo único que mantenía la sonrisa en su rostro era la ligera emoción que sentía. Deseaba quizá que ella dejase de ponerle en duda. O pensaba que debía aceptar sumiso lo que ella había decidido sobre su destino.

Se sentó de cuclillas y miró a Devlen.

Él sostuvo la mirada y no parecía incómodo.

En vez de eso, se quitó lentamente el pañuelo que llevaba alrededor del cuello para que ella pudiese casi sentir el lento descenso del tejido sobre su piel. Después se desabotonó el chaleco con aquellos dedos grandes y largos hasta que cayó al suelo sin que a Devlen le importara.

—Tu criado no está, Devlen —le dijo divertida.

—Quizá tú podrías ocuparte de mí.

—Ya tengo a alguien de quien ocuparme y no tengo prisa por atender a nadie más.

Qué cosa tan tonta que quisiera sonreír en aquel momento. No era momento de hacer bromas ni para sentir aquella ligereza en el pecho. Pero se sentía absurdamente feliz viendo cómo Devlen se desvestía con la mirada puesta en ella y en la sonrisa que despuntaba en su rostro.

—Veo que te gusta, ¿no?

—¿Ver cómo te desvistes? Sí, mucho. Tengo que admitir, sin embargo, que nunca antes he visto a un hombre desnudo. —Se corrigió de inmediato—: Bueno, a uno que estuviese vivo, no.

Se detuvo justo cuando estaba desabrochándose los pantalones.

—¿A uno que estuviese vivo?

—Durante la epidemia todos tuvimos que ayudar como podíamos a enterrar a los muertos, Devlen. Y a mí se me daba muy bien coser mortajas.

—Tienes la desconcertante habilidad de asombrarme continuamente, Beatrice Sinclair.

—No tienes por qué decir mi nombre y mi apellido. Llámame Beatrice. O por mi segundo nombre, si prefieres.

—¿Angelica?

—No, no es un nombre tan irónico. Ángel y demonio —sonrió—. Anne. Como ves, es mucho más prosaico.

—A primera vista no parece que seas el ángel en esa combinación. Más bien parece que seas la parte más demoníaca.

—¿Ah, sí? —Beatrice estaba encantada con aquel comentario.

Se sentó en el borde de la cama, se quitó las botas y las medias y, finalmente, hizo que los pantalones se deslizaran por aquellas piernas larguísimas.

—Dios mío —dijo ella y de inmediato se quedó en silencio, interrumpido sólo por el ruido del viento contra los cristales—, ¿siempre la has tenido tan larga?

Una sonora carcajada hizo que Beatrice apartara la vista y le mirara de nuevo a la cara.

—Nunca me habían preguntado eso antes —admitió—. No creo que de niño tuviera este tamaño, la verdad.

—¿Es la práctica la que hace que crezca? ¿Crece a medida que la usas?

—¿Pero de dónde has sacado esas preguntas?

—Lo digo por curiosidad. Siempre he sido muy curiosa.

—Me resulta un poco desconcertante que me preguntes sobre mis experiencias sexuales.

—¿Has tenido alguna, entonces?

Le sorprendió que saltara hacia el extremo de la cama.

—Ya es suficiente, Beatrice Sinclair. Hablas como el mismísimo diablo.

—Gracias —dijo ella, sorprendida al ver que nacía una sonrisa en la cara de Devlen.

—¿Gracias por qué?

—Por no agasajarme con historias de tus conquistas.

—Eso no sería muy acertado por mi parte, ¿no crees, Beatrice? —Se inclinó sobre ella y la besó en la nariz. Aquel beso le confundió.

Se arrodilló delante de ella para que pudiera mirarle bien.

Quizá debería haberse dado la vuelta. Para empezar, no debería ni haber ido a su habitación. En vez de girarse, detuvo la vista en sus musculosos hombros, en su pecho, tallado a martillo como una coraza de un soldado romano, en sus delgados labios y en otros lugares más interesantes.

—Me atrevería a decir que te has quedado embelesada.

223

—Nunca había tenido la oportunidad de ver a un hombre desnudo tan de cerca.

—Uno que estuviera vivo, quieres decir.

Asintió con la cabeza.

—Confío en que des tu aprobación a lo que ves.

—Eres muy hermoso. ¿Te lo dicen muchas mujeres?

—Visto lo visto, creo que es mejor que no hablemos de otras mujeres.

—Eso es que sí —dijo alargando la mano. Antes de que pudiera tocarle se detuvo y colocó los dedos sobre su muslo. Vio cómo su hombría crecía mientras ella miraba. Se alargaba como una serpiente dormida—. Dios mío.

Le cogió la mano y se la puso encima.

—Estás muy caliente —dijo con voz ronca cuando logró recobrar el habla—. Casi ardiendo —añadió.

Su piel le quemaba. Rozó su muslo con el reverso de la mano y observó cómo los ojos de Devlen se entrecerraban. Parecía un gato al que podía mimar. Un gato calentito que había estado descansando al sol en la repisa de la ventana. El fino y oscuro vello que tenía sobre su piel no era tan distinto a un pelaje. Pero ahí detuvo sus comentarios sobre las semejanzas con aquel animal doméstico. Devlen no era un manso gatito, a pesar de que estuviera allí sentado y esperando sus caricias. Sus músculos eran firmes y su expresión escondía un civismo que estaba a punto de desbordarse.

Cerró la palma de la mano y se desplazó para poder descansar sobre el pecho de Beatrice. Parecía tan pequeño, blanco e indefenso contra aquella mano… Quería decirle que la tratase bien. Estaba desnuda y temblaba, aunque era ya demasiado salvaje para seguir siendo doncella.

Su dedo pulgar le acarició el pezón con un movimiento oscilatorio. Ella cerró los ojos. De sus labios brotó un sonido que hasta entonces había estado escondido. Un suave quejido o quizá un suspiro.

De repente ella estaba de espaldas y él, sobre ella.

—Por última vez, Beatrice o unicornio o como quieras que te llame.

—Me gustaría que insistieras tanto para que me quedara como insistes para que huya.

—Lo único que pretendo es ser justo y advertirte.

—Seguro que no es algo tan desagradable, Devlen; de lo contrario la gente no lo tendría en tan alta estima ni tampoco los sacerdotes elaborarían sermones en los que hablarían de la perdición o de los infiernos. ¿Es que sólo disfrutan los hombres?

—Me temo que la primera vez, sí.

—¿Podemos entonces despachar este asunto lo más rápido posible? No te echaré la culpa si no me gusta.

—No es un purgativo, Beatrice.

—Como me dices tantas cosas, creo que es todavía peor que un purgativo

Se inclinó para besarla y ya no hubo más advertencias. Si hacía alguna más, no estaría dispuesta a escuchar. Sus besos eran cálidos y actuaban sobre ella como un narcótico que la conducía a un estado que nunca antes había experimentado, gobernado sólo por las sensaciones. El tacto de su lengua contra la de ella, el dulce quejido que emitía él cuando la besaba más apasionadamente o su sabor eran algunas de las cosas de las que se daba cuenta con la pequeñísima parte de la mente que no estaba perdida en la maravilla. El resto de ella estaba encendido, curvándose bajo sus dedos o bajo las palmas de sus manos; la piel en llamas de tanto sentir. Ni siquiera los dedos de los pies estaban exentos de sensaciones porque sentía cosquillas cuando rozaban el largo y tieso vello de las piernas de Devlen.

Se ondulaba como una salvaje, arqueándose y disfrutando cada caricia. Tenía las manos en sus pechos, y ella estaba maravillada porque nunca antes había sentido tantas cosas. Con el pulgar y el índice le acariciaba los pezones y entonces ella supo que a partir de aquel momento sería consciente de su capacidad de gozar plenamente.

Cuando sus dedos la exploraron de modo más íntimo en sus

pliegues hinchados y entrando en ella, parecía que él le estuviera descubriendo el cuerpo en el que había habitado todos aquellos años. El dedo pulgar se detuvo y sus dedos se curvaron dentro de ella. Arqueó la espalda en un intento por acercarse todavía más a él. Rodearle los hombros con sus brazos y presionar sus labios contra el lóbulo de su oreja no le parecía suficiente. Todavía podía estar más cerca.

Sus dedos se movían dentro de ella. Estaba atrapada en una espiral, en un torbellino que la arrastraba más y más hacia arriba. Él le dijo algo al oído, pero eran palabras que no tenían sentido porque ella había perdido ya la capacidad de escuchar nada. Estaba extasiada por aquella magia que él había creado con sus caricias.

Alargó una mano y la colocó con fuerza sobre los dedos de Devlen con una ansiedad que no podía describir. Él dijo algo más, aunque lo único que ella pudo advertir fue el tono divertido de su voz.

Lo que ella estaba sintiendo en aquel momento no tenía nada de divertido.

Insertó otro dedo en ella. Esta vez el murmullo no parecía tan divertido pero sí más mimoso. El dedo pulgar no se detenía e investigaba. Era mágico. De repente su mente se quedó en blanco y sintió una emoción plateada que la dejó sin respiración. Se quedó suspendida en el aire y exhaló un suspiro. Flotaba de regreso a la tierra lentamente, sobre una corriente de dicha.

Devlen deslizó la mano bajo la almohada. Se apartó de ella y, cuando hubo regresado, la penetró con un suave movimiento.

Rápidamente, el éxtasis que había sentido se tornó en incomodidad.

—No.

Él se detuvo mientras la miraba y se agarraba con fuerza a la almohada que estaba bajo la cabeza de Beatrice.

—¿No?

Ella dijo que sí con la cabeza.

—Por amor de Dios, Beatrice, ¡no me puedes decir que no ahora!

—No cabe, Devlen. Sé que tu crees que sí, pero es obvio que no.

Suspiró y se puso al mismo nivel que Beatrice, reposando su frente sobre la de ella.

—Deja que te lo demuestre. ¿Recuerdas que te dije que no sería demasiado agradable?

Ella asintió de nuevo.

—Bueno, pues ahora viene esa parte. Pero te prometo que seré muy cuidadoso.

—¿Todavía soy una mujer virgen?

—Sólo la mitad.

—Entonces acaba, por favor.

—¿Estás segura?

Dijo que sí por tercera vez y él la recompensó con una expresión decidida.

Se retiró y la penetró de nuevo. Inmediatamente quiso gritarle que no había sido nada delicado. Se sentía ensanchada y él le quemaba dentro. Pero él volvió a echarse hacia atrás y esta vez sí que gritó, aunque sólo un poco, cuando él entró en ella totalmente.

Ella cerró los ojos e intentó distanciarse de lo que estaba sintiendo.

—¿Beatrice?

—¿Sí?

—¿Estás llorando?

—Sólo un poco.

—Lo siento mucho, pero ya te lo advertí.

—¿Tener la razón te hace sentirte mejor, Devlen?

—No especialmente.

—¿Estás disfrutando tú?

—No, ahora mismo, no.

—Ya no creo que sea virgen, ¿verdad?

—No, ya no lo eres.

—Bueno, pues ya está.

Pasaron unos instantes y ella se dio cuenta de que él seguía estando duro dentro de ella y de que aquello no debía ser lo adecuado. Quería decirle que se apresurara y acabara pero no sabía qué debía hacer una virgen en aquella situación.

—¿Devlen?

—¿Sí, Beatrice?

—¿A qué estás esperando?

—A que te acostumbres a mí.

—No creo que eso pase nunca, Devlen. No hace falta que esperes más.

—Nunca me han dicho que me marche con tanta elegancia, Beatrice.

No tenía nada que contestar a eso, así que se quedó en silencio.

—Es bastante larga.

—Gracias por el cumplido.

—Yo en cambio me siento muy pequeña.

—Se supone que tienes que serlo. Eres virgen.

Flexionó sus músculos internos para intentar calmar el dolor. Él la miró y sonrió.

—Eso parece interesante, Beatrice.

—¿Puedes sentirlo?

—Sí, y tú también.

Lo repitió y él cerró los ojos.

—Beatrice.

Otra vez lo hizo y él se movió, elevándose sobre sus antebrazos y mirándola a la vez. Aquella vez no sintió tanto malestar.

Una, dos, tres veces la penetró y cada vez que lo hacía ella flexionaba sus músculos. Transcurrieron así algunos minutos. La incomodidad que ella había sentido había cesado ya. La de Devlen, obviamente, no.

La expresión que se dibujaba en la cara de Devlen era casi de dolor, tenía los ojos cerrados y sus movimientos eran cada vez más enérgicos y menos contenidos. Ella se movía también con cada sacudida hasta que puso las manos en el cabecero de la cama con las palmas hacia arriba, preparándose para recibir la sacudida.

De repente emitió un sonido y se desmoronó sobre ella, con

228

la respiración agitada y el corazón latiendo con tanta violencia que hizo que temiese por él.

Enseguida levantó la cabeza. Tenía las mejillas sonrojadas y los ojos le brillaban con fiereza.

—Te estarás diciendo a ti misma que qué demonios has hecho.

—Tenías razón. No ha sido demasiado agradable. Bueno, la verdad es que ha habido un momento…

—En resumen, preferirías no haberlo hecho.

Ella asintió.

—Lo lamento muchísimo, Beatrice. Tendré que hacer que cambies de opinión.

Negó con la cabeza. No quería volver a hacerlo. Nunca más.

Se sentó a su lado y la abrazó. La calidez de aquel gesto no contrarrestó el dolor ni la incomodidad persistente que sentía.

Sin embargo, no podía pasar toda la noche regañándose; así que se rindió, suspiró hondo y finalmente el sueño la venció.

Capítulo 23

Lo primero que vio Beatrice al despertarse al día siguiente fue a Devlen levantándose de la cama. Se dirigió hacia la ventana de guillotina y la abrió. Cogió nieve del alféizar y formó una bola con ella. Cerró la ventana con el codo y regresó a la cama para hacer algo sorprendente: colocó la bola de nieve entre las piernas de Beatrice y presionó con fuerza.

Casi se cayó de la cama.

—¡Devlen! ¿Pero se puede saber qué estás haciendo?

—Quédate quieta —le dijo—. Intenta aguantar así todo lo que puedas. La nieve ayudará a rebajar la hinchazón.

Se hundió entre los cojines.

—Estarás dolorida; pero me temo que no puedo hacer nada al respecto.

—Creo que no siento nada —dijo ella—. ¿Será que no ha pasado suficiente tiempo?

Devlen retiró la nieve un instante. Cuando ella pensaba que sus atenciones ya habían cesado, volvió a presionar la nieve contra ella.

—Para ser alguien que nunca antes ha estado con una mujer virgen, debo decir que sabes mucho sobre cómo cuidarlas y alimentarlas.

—Unicornios —dijo él, sonriendo.

No podía hacer nada más que reclinarse y disfrutar de sus cuidados, aunque fuesen un tanto íntimos. Su actitud y su comportamiento en general hacía que todo fuese tan natural que no pudo evitar sentirse agradecida.

Cuando acabó y casi toda la nieve se hubo derretido, tiró lo que quedaba en la palangana y colocó en su lugar una toalla, apretándola contra Beatrice. La verdad es que ya se sentía mucho mejor.

—Debería irme ya —dijo ella, mirando por la ventana. El amanecer ya empezaba a aclarar el cielo.

Él asintió y se puso de pie, dirigiéndose de nuevo hacia la ventana.

—Lleva ya varias horas sin nevar. Creo que hoy ya podremos viajar.

Se incorporó y la toalla que había colocado debajo de ella se movió. El silencio que se cernía sobre ellos era tan extraño que parecía lleno de frases que no se atrevían a decir.

Ella quería agradecerle sus cuidados y su honestidad. Explicarle también por qué había acudido a su habitación, qué era lo que buscaba exactamente. Él había apaciguado su soledad y había saciado la curiosidad que sentía; pero, al hacerlo, había hecho que ella quisiera preguntar muchas otras cosas.

Si le formulaba alguna pregunta, ¿le diría él la verdad?

¿Por qué sólo podían sentir placer los hombres? ¿Era porque las mujeres tenían una mayor bendición: dar a luz? ¿Era extraño que ella quisiera experimentar la misma dicha que Devlen había sentido?

Se deslizó hacia el extremo de la cama y se puso primero el camisón y después el batín. Él no se apartó de la ventana, insensible al frío o al hecho de que cualquiera que alzase la vista podía verle desnudo.

Y vaya vista de la que gozarían.

—Me voy —dijo ella y sólo entonces él se volvió.

Su mirada era sombría. No quedaba nada de aquella chispa que había visto antes en sus ojos. Parecía que nunca antes hubiese sonreído y que su rostro estuviese esculpido en mármol por lo duro e inalcanzable que parecía en aquel momento. Si fuese aquella la primera vez que le veía, la hubiese hecho vacilar. Habría sentido miedo o cautela, cuanto menos. Sin embargo, habían compartido sus cuerpos la noche anterior y hacía sólo unos instantes él le había ofrecido sus atenciones.

—Deja que me vaya y echa a la doncella. Aunque a ti te traiga sin cuidado tu reputación, a mí sí me preocupa la mía.

Se acercó pero no la miró.

—Ve y despierta a Robert. Dile que quiero que nos vayamos temprano.

Ella asintió.

—Desayunaremos por el camino. Haré que el posadero nos prepare una canasta.

Una vez más ella asintió, como una perfecta criada.

Abrió la puerta y miró una vez más; él ya se había vuelto otra vez hacia la ventana. Se ajustó el batín al cuello en un intento por ocultar aquellos lugares de su cuerpo donde las manos de Devlen habían dejado mella, donde su vello le había raspado y sus labios y su lengua, tocado.

Pero no dijo nada mientras cerraba la puerta y sentía que el arrepentimiento pesaba sobre ella.

* * *

El sol se reflejaba con tanta fuerza en los montículos de nieve que Beatrice tuvo que protegerse los ojos de aquel resplandor.

Robert se estuvo quejando desde que abandonaron la posada hasta que llegaron al carruaje. Ella no hizo ningún caso de sus quejas sobre lo temprano que era, sobre su apetito, frío o cansancio.

—No sirve de nada quejarse y quejarse. No te ayuda a soportar mejor las dificultades.

Para su sorpresa, el niño se hundió en el asiento, cruzó los brazos y se quedó en silencio hasta que llegó Devlen.

—¿Cuánto falta para que lleguemos a Edimburgo, Devlen?

Devlen cerró tras de sí la portezuela y eligió sentarse junto a Beatrice. Nunca antes se había sentado a su lado. Beatrice se colocó la falda bien dos veces antes de darse cuenta de lo que estaba haciendo.

232

—Si el tiempo acompaña, Robert, estaremos allí en unas horas. Pero con estas ventiscas, la verdad es que no lo sé. Si la carretera está impracticable tendremos que darnos la vuelta y regresar.

—Pero es que yo quiero ir a Edimburgo.

Beatrice se puso a su nivel y le miró, casi atreviéndose a enrabietarse en aquel preciso instante. No estaba de humor para aguantar a duques petulantes ni a niños maleducados.

Lo cierto era que Robert leyó lo que pensaba con acierto, porque de nuevo se hundió en el asiento sin mediar palabra.

Devlen dio dos golpes sobre el techo del carruaje como señal para el cochero. El carruaje se empezó a mover. Los caballos estaban inquietos y con ganas de mostrar su valía.

Por culpa del hielo tuvieron que detenerse en dos ocasiones. El cochero y Devlen colocaron en el suelo una capa de la paja que este último le había comprado al posadero y que estaba sobre el techo del carruaje en caso de necesitarse. Pero, a excepción de aquello, el viaje fue tranquilo. A medida que transcurría el día y hacía más calor, la nieve se iba derritiendo. El peligro era entonces que se quedaran atrapados en algún lodazal.

Beatrice había oído hablar de Edimburgo toda su vida. Su padre estaba enamorado de la ciudad y, en una ocasión, pudieron reunir dinero suficiente para viajar hasta allí. Tenía que consultar algunos asuntos con un amigo del ámbito académico, así que se hospedaron en una diminuta estancia sin ventilación de su estrecha casucha. La incomodidad no le preocupaba en absoluto a su padre, quien obsequió a Beatrice con una visita guiada a cada monumento histórico de la ciudad.

Mientras entraban en la ciudad, Beatrice sintió una honda pena. A su padre le hubiese gustado tanto regresar allí. A medida que miraba a su alrededor podía casi oírle exclamar cuánto había cambiado la ciudad desde que ella era una quinceañera de ojos despiertos.

Recordaba que la ciudad estaba dividida en dos, conocidas como la parte vieja y la parte nueva. No le sorprendió demasiado ver que el carruaje se dirigía a la parte nueva de la ciudad. Se detuvieron frente a unas puertas de hierro y esperaron hasta que dos hombres las abrieron hacia dentro.

Devlen encontró su mano bajo los pliegues de su falda. La apretó para reconfortarla como a una niña asustada por la oscuridad.

Se volvió a mirarle, pero él estaba mirando por la ventana. Hizo lo mismo ella, fingiendo más interés en el paisaje que en la calidez que sentía por los dedos entrelazados.

Parecía que en la ciudad no había nevado tan copiosamente, aunque sobre la carretera y los árboles yaciese todavía un reluciente manto. El carruaje giró y avanzó sobre un camino de conchas aplastadas. Momentos después vio la casa por primera vez. Era una mansión de grandes proporciones, seguramente tan grande como Castle Crannoch, situada en medio de un parque.

Había escuchado decir que Devlen era rico y sabía que tenía negocios entre manos, pero hasta aquel momento no se había preguntado quién podía ser en realidad Devlen Gordon. Mientras miraba la casa, se decía que se había equivocado con él.

—¿A qué tipo de negocios te dedicas?

Se giró y la miró.

—¿Quieres saber en qué sectores o prefieres que te haga una lista de los negocios que me pertenecen?

—¿Qué es más corto?

Sonrió.

—Los sectores. Mi lista de negocios ocupa dos páginas en mi libro mayor. Tengo negocios en el sector naviero y textil. Importo y exporto. Además también construyo cosas y hago jabón.

—¿Jabón?

—Lo del jabón es una nueva osadía, debo admitir. He puesto diferentes tipos de esencias en los jabones.

—¿Por eso siempre hueles tan bien?

Su sonrisa se atenuó y miró a Robert. ¿Qué habría hecho de no estar el niño en el carruaje? No le dio tiempo a imaginarse la respuesta porque siguió con su letanía.

—Hago muchísimas cosas. Uñas, por ejemplo. Y algodón. Estoy probando un nuevo telar. No olvides tampoco, te lo ruego, que fabrico barcos y artesanía de cristal. Además estoy ahora en negociaciones con una empresa que fabrica pólvora.

—No tenía ni idea.

—¿Creías que era un hedonista?

Dijo que no con la cabeza. No había imaginado que fuese un emprendedor, un hombre interesado en la elaboración del cristal y de la munición. Cada vez que pensaba en él, lo que le venía a la cabeza era la primera vez que lo vio sentado en el carruaje o bien provocándola en el saloncito de Robert.

La casa de Devlen era de ladrillo rojo y de tres pisos, con dos alas que se extendían a lo largo de un camino. Una docena de ventanas de marco blanco estaban dispuestas a lo largo de cada piso. La entrada consistía en una doble puerta blanca a ras de suelo con un serio pomo de hierro como único adorno.

Era lo más diferente a Castle Crannoch que ella pudiese imaginar.

Mientras salía del carruaje y se arreglaba la falda, Beatrice tenía la rara sensación de que su casita podía haber cabido en aquella casa por lo menos unas treinta veces. Devlen le ofreció su mano y ella la aceptó, como si estuviese acostumbrada a visitar aquel magnífico lugar de la mano de su propietario.

Robert, no satisfecho con caminar formalmente, brincaba delante de ellos. No se molestó en afearle la conducta. Las horas transcurridas en el vehículo le habían dado más energía si cabe. Era mejor que se desfogara en aquel momento y no después, cuando fuese necesario comportarse.

Devlen y ella permanecieron en silencio mientras la puerta se abría. Todavía no habían hablado de la noche anterior. Si pensaba que aquello no había sucedido, los dolores y pinchazos que sentían la convencían de lo contrario. Devlen se le antojaba un extraño, correcto y hospitalario. Parecía que nunca hubiesen compartido mesa ni conversación ni intimidad.

No sabía nada sobre él. Y ¿cómo podía él saber todo lo que le había sucedido aquel año a ella? Le venían a la mente las conversaciones y las recreaba a medida que avanzaba por el camino de la mano del hombre que le había robado la virginidad. El extraño que había sido casi un amigo hasta aquel momento, cuando ella tomó conciencia de la gran distancia que les separaba.

Un hombre se acercó a la puerta e hizo una señal con la cabeza a dos más del servicio. Le hicieron una reverencia a Devlen como si fueran marionetas antes de abrir la puerta. Robert les precedía en silencio, para variar.

Cuando ya estuvieron en el recibidor, ella se detuvo para mirar alrededor, boquiabierta. No podía tragar y estaba segura de que tampoco podía hablar. Robert y Devlen actuaban como si no pasara nada.

El recibidor tenía tres pisos de altura y la luz del sol se filtraba hasta llegar al suelo embaldosado. En el techo había una bóveda que contenía como mínimo una docena de vitrales hechos de cristal brillante. Una docena de pájaros de todas formas y colores hechos de escayola y muy realistas rodeaban la trabajada cúpula.

Los azulejos del suelo eran negros y blancos y se alternaban. En un espacio reducido hubiesen resultado demasiado recargados, pero en el recibidor del hogar de Devlen se alargaban hasta el infinito.

Delante de ellos había una enorme mesa redonda de caoba que descansaba sobre un pedestal y en cuyo centro había un recipiente de plata con flores.

—Tienes flores —dijo, contenta por haber podido articular una frase coherente—. Todo está cubierto de nieve y sin embargo tú tienes flores.

—Hay invernaderos detrás de la casa. Tenemos flores todo el año.

—Claro, por supuesto —dijo con un tono que sonaba más cosmopolita—. ¿Celebráis muchas fiestas aquí, no? Bailes y cosas así.

—Alguno hemos celebrado, sí. —Devlen parecía divertido.

A pesar de que ya había estado antes en Edimburgo y había visitado los lugares de interés se sentía como una chica de campo que nunca había estado lejos de Kilbridden Village. Nunca imaginó que iba a hospedarse en una de las maravillas de la ciudad, una mansión majestuosa. La casa de Devlen era mucho más espléndida de lo que pudiera haber imaginado.

—Si hubiera una orquesta entera en un rincón del recibidor seguro que nadie se daría apenas cuenta.

—Lo cierto es que tocan en la segunda planta, en la sala de baile.

No pudo preguntarle nada más. Por las escaleras bajaba una mujer con gesto de sorpresa primero y después, de bienvenida.

—Señor, no le esperábamos tan pronto.

—En Castle Crannoch no hemos recibido demasiada hospitalidad, señora Anderson. Espero que no le importe que traiga a unos invitados sin avisar.

—Por supuesto que no, señor. Ya sabe que las habitaciones de invitados están siempre preparadas para cualquiera de sus amigos.

¿Cuántos amigos tenía Devlen exactamente? ¿Y cuán a menudo se quedaban en su casa? Pensar en tales asuntos era síntoma de lo desorientada que estaba. Qué hacía Devlen con su vida no era asunto suyo.

La señora Anderson la miró un instante y de inmediato la olvidó para sonreír a Robert.

—Su Excelencia —dijo mientras hacía una reverencia muy lograda considerando que la mujer ya no era joven—, qué alegría que esté de nuevo aquí con nosotros.

—Muchas gracias, señora Anderson —dijo Robert sin que nadie le forzase a hacerlo, aunque sus siguientes palabras no fuesen tan educadas—. ¿Quedan galletas de chocolate?

—Me parece que podremos encontrar algunas para usted, Excelencia. ¿Quiere que se las suban a la habitación?

Robert miró a Beatrice.

—¿Puedo, señorita Sinclair?

—Como ha pasado ya mucho tiempo desde el desayuno, sí puedes.

—¿Quizá a usted también le apetezcan algunas, señora Anderson? —dijo Devlen con una sonrisa.

Otra vez la mujer miró a Beatrice y después apartó la vista.

—Puedo comer dentro de un rato en el comedor familiar, señor.

—Creo que estamos más cansados que hambrientos, señora Anderson. Hemos tenido un viaje plagado de incidentes. Con las galletas de momento nos basta, pero sugiero que cenemos temprano hoy.

—Por supuesto, señor.

—La señorita Sinclair es la institutriz de Robert y se quedará con nosotros también.

—Señorita Sinclair. —La señora Anderson inclinó con rigidez la cabeza mientras sus labios se curvaban en una sonrisa apenas más cálida que el tiempo glacial que reinaba en el exterior. Intentaba ser educada sólo por Devlen, cosa que ambas sabían—. Le mostraré su habitación.

—No hace falta, señora Anderson —dijo Devlen, cordialmente hospitalario—. Ya le enseñaré yo cuál es su habitación. Creo que en la azul estará bien.

—Está bastante lejos de los aposentos del duque, señor.

Criada y señor se miraron un instante.

—Es verdad, señora Anderson —dijo finalmente Devlen—. Sin embargo, la señorita Sinclair es la institutriz de Su Excelencia; no su niñera. Creo que la habitación azul es perfecta para ella.

La sonrisa que le dedicó a Devlen en aquella ocasión fue tan invernal como la que le había dispensado a Beatrice minutos antes. Estaba claro que la señora Anderson no estaba de acuerdo.

Beatrice notó que sus mejillas enrojecían, pero no dijo una palabra mientras seguía a Devlen y a Robert escaleras arriba. La arquitectura de Castle Crannoch le había parecido impresionante; pero aquella magnífica casa en el centro de Edimburgo no tenía igual.

—¿Cuánta gente trabaja aquí? —preguntó, interesada por la respuesta y no por entablar conversación.

—Diecisiete. Bastantes más que en Castle Crannoch, como puedes ver.

—No te olvides de las cuadras, Devlen. Allí trabajan cuatro mozos de cuadra y un encargado también, señorita Sinclair.

—¿De verdad?

—Para mí, el cuidado de mis caballos es tan importante como barrer las motas de polvo que puedan aparecer en mi casa —dijo, suavizando el final del comentario con una sonrisa—. Tendré que enseñarle mis caballos, señorita Sinclair.

—Me temo que no entiendo nada de caballos —confesó—, nunca he tenido ninguno y siempre me han parecido demasiado grandes.

—Intentaremos enseñarle algunas cosas sobre ellos. Y a Robert también. Podríamos considerarlo como una lección.

Estaban ya en el segundo piso, bajando la vista hacia el vestíbulo y alzándola hacia la cúpula iluminada por el sol, la parte más alta de la casa. Ahora podía observar con mayor detenimiento aquellos pájaros moldeados en un estilo florido. Parecía que iban a desplegar las alas en cualquier momento y salir volando.

—¿Qué clase de pájaro es éste? —preguntó, alargando el brazo y señalando un raro espécimen.

—Es un pelícano blanco natural de Norteamérica.

Devlen la miraba de modo extraño, supuso que era porque ella estaba actuando sin pensar. No podía quitarse de la cabeza lo mal que había juzgado a Devlen. No porque ahora viese lo rico que era y los negocios que tenía; sino porque verdaderamente le entusiasmaba hablar de cómo fabricaba jabón y de muchas otras cosas.

Beatrice siempre había admirado a aquellas personas que tenían una pasión en la vida y sabían exactamente qué hacer para alcanzar su objetivo, luchando con todas sus fuerzas en esa dirección.

Se suponía que, por su condición de mujer, ella debía querer casarse primero y después, ser madre. Esos dos roles suplanta-rían cualquier otro propósito que ella quisiera lograr. Claro que ella no tenía pretendientes y el único talento que poseía era sa-ber sobrevivir. La verdad era que se le daba muy bien. Había lo-grado sobrevivir en aquel duro año y ése seguía siendo su objeti-vo principal.

Devlen dirigía la marcha a través del pasillo y ella le seguía mientras se preguntaba si sus habitaciones estarían muy lejos la una de la otra. ¿Había escandalizado al ama de llaves? ¿Debía que-jarse?

Ojalá Devlen no la mirase de aquella manera, con el rabillo del ojo, como midiendo la distancia entre ellos. Siempre miraba a Robert después de una de aquellas miradas.

Tenía que aclarar lo que sentía. Habían pasado demasiadas cosas el día anterior y todavía necesitaba razonarlo y asumirlo. Primero, los pájaros muertos; después, la presurosa huida a Edimburgo y, finalmente, lo más importante: lo que había pasado la noche anterior.

Qué tonta había sido. Qué necia e inconsciente. Aunque sa-bía que repetiría exactamente lo que había hecho la noche ante-rior si las circunstancias fuesen las mismas. Hacer el amor era do-loroso y también algo que se sobreestimaba, pero por lo menos lo había probado.

Ya no era Beatrice Sinclair, la de Kilbridden Village. Ahora era Beatrice Sinclair, institutriz del duque de Brechin. Una mujer cuya virginidad le había sido arrebatada por Devlen Gordon, em-presario extraordinario.

Cuando tuviera que regresar a su pueblecito ya no sería nun-ca más aquella persona gris e indefinida que había sido antes. La gente sabría quién era aunque sólo se la conociese por su mirada nostálgica.

Pero todo a su tiempo. Todavía no podía predecir cuántas se-manas o meses o días pasarían hasta que la echara, hasta que Ro-bert fuese a la escuela o hasta que Cameron Gordon, colérico, la echase por haberse ido de Castle Crannoch.

No podía predecir qué iba a pasar en el futuro, de igual manera que tampoco podía juzgar el comportamiento ni las acciones de otra persona. De ahí que tuviese que sentirse feliz por vivir cada día al máximo y saborear todo aquello que se le presentaba ante los ojos. De estar en un banquete, sería una tontería que negara su apetito.

Por lo menos en los siguientes días iba a vivir en una casa preciosa situada en el centro de una ciudad fascinante y con un hombre tan hermoso como Devlen Gordon.

Devlen se había detenido frente a la puerta de una habitación. Robert, sin perder tiempo, había abierto la puerta e inspeccionaba ya el lugar.

—No has cambiado nada —dijo el niño.

—¿Y por qué tendría que cambiar nada? —dijo Devlen—. Es tu habitación, te lo prometí la última vez que viniste.

Robert asintió con la cabeza, aunque fue del armario a la cajonera abriendo y cerrando puertas y cajones para comprobar que todo seguía en su lugar.

—Tu habitación está en la siguiente ala —dijo Devlen—. Robert, ven tú también por si necesitaras a tu institutriz.

—Pero ya no tendremos que estudiar —dijo a medida que caminaban por el vestíbulo—. Estamos de vacaciones, ¿no, señorita Sinclair? Lo digo por lo de los pájaros.

Beatrice miró a Devlen pero apartó enseguida la mirada, sobresaltada al ver que él la estaba mirando.

—Encontraremos otra aula aquí para seguir con tus lecciones. De ningún modo deben verse interrumpidas.

Robert hizo un mohín testarudo, pero después de mirar a Devlen se lo pensó dos veces y no protestó.

Devlen se detuvo ante otra puerta, giró el pomo y la abrió de par en par para que ella viera bien la habitación.

La estancia que le había correspondido no se parecía a nada que hubiera visto antes. Predominaba el color azul. Las cortinas que estaban frente a los altos ventanales eran azules, así como el dosel de la cama. El tamaño del colchón era el doble del que le había correspondido en Castle Crannoch y estaba cubierto por una gruesa colcha bordada, también azul, con un medallón dorado en el centro. En mitad del techo había un segundo medallón, esta vez de marfil, que se alineaba con una alfombra de flores azules y doradas colocada inmediatamente debajo.

La proporción de los muebles era ideal para el tamaño de la habitación. Un tocador de patas delicadamente dobladas reposaba contra una pared y joyas de azul damasco a juego con los colgantes de la cama pendían del espejo que estaba colocado en mitad de la pared hasta el suelo, donde se unían formando grandes pliegues. El lavamanos situado en la esquina quedaba parcialmente cubierto por un biombo, y había también un pequeño secreter junto a la ventana. La superficie donde se escribía estaba abierta y se veía una pluma, un tintero y papel listo para su uso.

—Si necesita cualquier cosa, señorita Sinclair, todo lo que tiene que hacer es pedírselo a una doncella. —Devlen se dirigió hacia la cuerda que colgaba de la campanilla y tocó el pompón que pendía de ella con el dedo.

—Gracias —le dijo—. Todo es verdaderamente maravilloso.

—Como tú.

Le miró, incrédula. ¿Qué podía responder a aquello?

Tenía algo especial que la habría hecho sentirse atraída por él incluso si se hubieran conocido en la calle de una populosa ciudad. Le habría mirado si sus carruajes se hubieran encontrado, si hubiera caminado cerca de ella o incluso si un amigo común les hubiese presentado.

Hubiera sido algo escandaloso en cualquier circunstancia y lugar.

—Devlen —dijo ella, advirtiéndole.

Se volvió y miró a Robert, quien estaba investigando el balcón que se ocultaba tras la puerta interior.

—Mi habitación está al otro lado del vestíbulo.

La disposición era muy semejante a la de la posada. ¿Acaso creía que iba a ir a visitarle?

—No me extraña que la señora Anderson se escandalizara.

—La señora Anderson es una empleada.

—Como yo.

—Ya, pero yo no te pago. Es mi padre quien lo hace. Así que, técnicamente no lo eres.

—Veo que no te andas con tonterías.

—Me han educado para actuar así.

A ella también, aun así no pensaba como él. La habían educado para poder analizar cuestiones, conversar varias lenguas y valorar los acontecimientos del pasado. No tenía experiencia enmascarando la verdad o diciendo medias verdades.

Cuando la puerta se cerró y se quedó con Robert, respiró aliviada. No se había dado cuenta de que había estado conteniendo la respiración.

¿Pero qué demonios había hecho?

Una cosa era equivocarse, como decía siempre su padre, y otra muy diferente era no querer admitirlo.

Mi querida Beatrice, somos una especie extraña y asombrosa. Vamos por la vida sin pensar, equivocándonos una y otra vez, para ver sólo al final, cuando miramos atrás, lo que podríamos haber hecho para corregir nuestros errores con alguna sencilla acción.

Era obvio que necesitaba saber qué era lo que debía hacer en aquel momento para corregir su error, necesitaba una habitación en las dependencias de los criados y no que la tratasen como si fuese una respetable invitada. Tampoco debería estar tan cerca de las dependencias de Devlen.

Las mejillas se le enrojecieron otra vez al pensar en la mirada de desaprobación y en la mueca de disgusto de la señora Anderson. Sin duda la mujer sabía lo que pasaba como si hubiera estado frente a su habitación la noche anterior.

Cualquiera que pudiese interpretar sus miradas furtivas podría darse cuenta. Incluso Robert les miraba alternativamente a uno y a otro, como si fuera consciente de la atracción que había entre ellos.

De acuerdo, había sido una inconsciente, pero por lo menos

habían tomado precauciones. Así que no había por qué preocuparse de nada más que de una reputación levemente mancillada. Y ese asunto quedaba entre ellos. Nadie de su pueblo lo sabría nunca. Tampoco en Castle Crannoch. Así que, si quería, podía regresar a Castle Crannoch fingiendo ser igual de limpia, pura y casta como lo era dos noches atrás.

Además, no entendía por qué había tanto revuelo en torno a aquella cuestión. Hacer el amor podía resultar muy agradable para un hombre, pero una mujer lo único que podía hacer era apretar los dientes y rezar mientras aquella experiencia tenía lugar.

Lo cierto era que tenía más asuntos de los que preocuparse. La seguridad de Robert y descubrir quién quería hacerles daño o matarles, la preocupación por el futuro del niño y el de ella también. No podía ni imaginarse regresar a Castle Crannoch.

A pesar de que la tarde acababa de empezar, estaba muy cansada. La noche anterior había dormido muy mal. No estaba acostumbrada a dormir junto a otra persona y se había pasado la noche desvelándose continuamente y mirando cómo dormía Devlen.

¿Sería de mala educación que se echara una siesta? ¿Resultaría grosero?

La respuesta llegó segundos después cuando alguien golpeó la puerta. Deseó que no fuese Devlen queriendo hablar con ella. La besaría, lo sabía, lo había visto en aquellas miradas ansiosas. Estaba claro. Quería repetir lo que había pasado entre ellos la noche anterior.

¿Cómo podía negarse?

Resultó al final que no era Devlen, cosa que la tranquilizó. Era un hombre del servicio que le traía sus cosas. Tras él estaba la señora Anderson portando una bandeja.

—El señor Gordon me pidió que le trajese algo de comer, señorita. Pensó que tal vez estaría cansada y querría recuperarse.

Asintió con la cabeza, sin saber qué decir ante aquella mujer mayor.

—Gracias —dijo después de que la mujer colocase la bandeja sobre la mesa—. Tiene un aspecto delicioso.

—Es sólo un poco de verdura y de sopa. Y hay una tarta de la cocinera. Al señor Gordon le encantan las tartas de manzana de la cocinera.

—Le agradezco mucho las molestias que se toma por mí.

—Lo haría por cualquiera de los invitados del señor Gordon.

—¿Recibe muchas visitas?

—No me corresponde a mí decirle eso.

Una vez la mujer se hubo marchado, se sentó a la mesa y se comió lo que había en la bandeja, mucho más sabroso que cualquier cosa que había comido en Castle Crannoch.

Cuando acabó se quitó el vestido y el corsé. Los colocó en el armario antes de sacar el batín de su maleta. Se arrastró hacia la enorme y amplia cama y se deslizó bajo las sábanas, pensando que el mismo paraíso no podía ser más suntuoso.

Siempre le habían dicho que la riqueza no traía la felicidad, cosa que puso en duda al hundirse sobre la almohada de plumas. No, probablemente no podía comprar la felicidad; pero la verdad era que garantizaba un cierto bienestar.

Devlen tenía muchas cosas por hacer y asuntos de los que ocuparse. Seguro que había gente esperándole en su despacho para tomar decisiones. Tenía que ir a los astilleros y también supervisar la entrega de la nueva maquinaria que iba a llegar al almacén que estaba reconvirtiendo en fábrica textil.

Sin embargo estaba sentado en la habitación de Beatrice, mirándola mientras dormía.

Por lo menos podía estar preguntándole a Robert por los detalles del envenenamiento de los pájaros y del incidente de los disparos.

Apartó de su mente aquel pensamiento. No era muy difícil saber por qué. Su padre siempre había querido ser duque. ¿Era aquello excusa para matar a un niño?

Tendría que proteger a Robert, por lo menos hasta que se descubriera quién estaba detrás de aquellos incidentes que se sucedían a su alrededor. ¿Quién le había disparado? ¿Quién había puesto veneno en su comida? ¿Por qué querría alguien matar al niño? Las preguntas regresaron al punto de partida y volvía a pensar en su padre.

Al día siguiente visitaría a su procurador y haría que éste le enviara algo a su padre. Lo que fuese con tal de mantenerle alejado de Robert; por lo menos hasta que pudiese garantizar la seguridad del niño. Castle Crannoch no era un lugar apropiado para Robert. De momento, se quedaría con él. Por lo menos en Edimburgo estaría a salvo.

Podía adaptar sus costumbres de soltero a las necesidades del niño. Al fin y al cabo ya estaba cansado de fiestas interminables y entretenimientos varios. Cada vez le gustaba más la idea de quedarse en casa.

¿Cuánto tenía que ver Beatrice Sinclair con aquel razonamiento? Probablemente demasiado como para ponerse a investigarlo. Él no le había mentido, pensaba que las vírgenes acarreaban demasiados problemas. Especialmente ella, tan directa y con aquella manera de azuzarle la conciencia.

Había renunciado a tomar sustancias adictivas. No se evadía con el opio ni tampoco con la bebida. Lo que sí hacía era criar caballos y tratarlos bien; pero no creía que aquella afición pudiese calificarse de vicio. Había sido muy aficionado al juego, porque le había hecho sentir que él estaba hecho de una pasta especial. Cada vez que ganaba, sentía que su suerte era especial y que su destino era también único. Era como si se sintiera bendecido por una luz divina que brillase sobre él y le hiciese ver al resto del mundo quién era el elegido.

Había estado a punto de dilapidar toda su fortuna. Afortunadamente, se dio cuenta a tiempo.

¿Era Beatrice tan peligrosa como el juego?

Lo que sí estaba demostrando ser era una distracción de grandes proporciones. Imaginaba su sonrisa y deseaba oírla reír.

Desflorarla había sido una de las experiencias más inolvidables de su vida. No había querido que sufriera, por eso sintió un gran arrepentimiento después de haberle causado dolor. Tanto fue así que acalló su propio placer. Aquella mañana ella le había evitado sutilmente, y el habría querido rodearla con sus brazos, besarla con ternura y decirle que la próxima vez todo saldría mejor. Sin embargo, estaba bastante claro que ella no quería saber nada de futuras incursiones en el terreno de la pasión.

¿Estaba él allí por aquella razón?

Pudiera ser que lo que realmente le importara fuese su reputación como amante. No podía permitir que ella pensase que hacer el amor era un acto doloroso. No con él. Eso era. Estaba preocupado simplemente porque ella tenía una opinión errada de sus habilidades amatorias.

Sonrió en la oscuridad, divertido por los intentos de engañarse a sí mismo.

No había nadie más ciego que el que no quería ver. ¿Quién había dicho aquello? ¿Acaso era él quien estaba allí sentado, en una habitación a oscuras, observando a la persona que le causaba tanta inquietud y le hacía sentirse indefenso y deseoso?

Ella lo hechizaba, no le dejaba dormir. Desde el momento en que la conoció, sólo unas semanas atrás, le había cautivado.

Conocía a mucha gente, pero tenía pocos amigos. Era reacio a la confidencia y estaba tan centrado en su trabajo que no tenía tiempo para dedicárselo a las vicisitudes de la amistad. No le apetecía pasar tiempo con conocidos para que pudiesen convertirse en amistades. No quería escuchar sus desventuras ni saber lo que pensaban. No tenía ganas de que le contaran sus experiencias pasadas. El día tenía muy pocas horas y él las empleaba en hacer cosas productivas.

Por primera vez acusó la falta de amistades. Se sintió tan solo que le sorprendió profundamente. ¿Tenía también algo que ver en el asunto Beatrice Sinclair?

Estaba resultando ser bastante molesta.

Mientras estaba sentado a oscuras se le ocurrió que quizá ella fuera lo que más se pareciese a un amigo. Nadie había ocupado antes aquel lugar. Siempre quería saber qué pensaba ella de las cosas y solicitaba su opinión a menudo. Le asustaba aquella fascinación que sentía por el funcionamiento de la mente de Beatrice.

Sí, aquello debía ser. Era sólo una amiga y de ahí que él actuase en calidad de amigo. Y nada más.

En aquella ocasión sus razonamientos disuasorios no le hicieron sonreír.

Capítulo 24

Cuando Beatrice se despertó, vio que alguien había corrido las cortinas. Estirada y desorientada, tardó unos instantes en ubicarse. Estaba en Edimburgo, aquella ciudad que siempre había querido visitar. Sus padres y amigos habían fallecido y su vida había cambiado de la noche a la mañana. Su amante era, técnicamente, la persona para la que trabajaba y además, la que la había agasajado con aquella preciosa habitación.

¿A cambio de su virginidad?

Qué tontería, de ser cierta. Devlen no le debía nada. Aunque el experimento no hubiese acabado bien, no cambiaría por nada la experiencia.

No debían cerrarse los ojos ante el conocimiento.

Se incorporó y pensó que quien fuera que hubiese corrido las cortinas podía haber encendido un candil o una lámpara. Pero justo cuando se estaba preguntando si habría una caja de cerillas en la habitación, oyó algo. El frufrú de un tejido, el movimiento de un zapato sobre la alfombra de flores, sólo eso bastó para que se quedara petrificada.

Agarró la sábana y se cubrió con ella hasta la barbilla.

—¿Quién anda ahí?

—Perdóname. —Devlen encendió una cerilla e instantáneamente cobró vida un candil. Su sombra cubrió la esquina en la que estaba sentado, cerniéndose sobre el techo.

Se puso de pie y su sombra recobró el tamaño normal. Esta vez quien crecía era él.

—¿Cuánto hace que estás aquí? ¿Has estado observándome mientras dormía?

—No demasiado. Quería llevarte a dar una vuelta con el carruaje, pero se nos ha echado el tiempo encima.

—Lo siento, no quería dormir tanto.

—Estabas cansada. No dormimos demasiado bien ayer.

—No. —Se sentía orgullosa de poder hablar con calma de la noche anterior. Qué civilizados eran. Normalmente una situación así acabaría en un drama, aunque no podía imaginarse a Devlen Gordon alterado por nada; ni siquiera por seducir a una inocente dama.

—¿Podríamos ir mañana?

—Podemos hacer lo que tú quieras. —Había alcanzado ya un extremo de la cama y se inclinaba para acariciarle el pelo detrás de las orejas. Había olvidado hacerse una trenza y ahora sería difícil librarse de los enredos.

Deseó que no la hubiese visto en aquel estado.

La lámpara iluminaba apenas la estancia. Eran dos sombras que se acercaban.

—Debería ir a ver cómo está Robert.

—Está bien, molestando a la cocinera para que le dé más galletas y contento porque no estás cerca para verlo.

—Soy una mala institutriz.

—Cualquier niño necesita una oportunidad para escapar de la autoridad. Incluso si la autoridad es tan encantadora como tú.

—No digas eso.

—¿El qué?

—Tus cumplidos son demasiado efusivos, Devlen.

—Y no sabes cómo reaccionar ante ellos. O ante mí.

—¿Ésa es tu intención?

—¿Hacerte dudar? Puede ser. Me gusta verla desconcertada, señorita Sinclair. Resulta encantadora cuando está usted turbada.

—Es usted demasiado agradable.

—Veo que usted aprende rápido. Debo advertirle, sin embargo, que no me sobresaltan tanto los cumplidos como a usted. Me he acostumbrado a los halagos.

Mientras se preguntaba qué podía decir se hizo un silencio. Siempre luchaba dialécticamente con él para sobrevivir.

—Cosa que me recuerda que hay una cuestión de la que debemos hablar.

Ella sabía perfectamente a qué se refería y prefería evitar el tema.

—Ya te dije que no iba a resultarte agradable.

—Sí, ya lo sé. Me alegro de que no seas un mentiroso, Devlen.

Su carcajada la sobresaltó.

—Pero soy una mala influencia para la gente inocente.

—En absoluto. No hice nada que no quisiera hacer.

—Ya que eres tan sincera, dime una cosa. ¿Lo habrías hecho de haber sabido cómo iba a ser?

Recapacitó unos instantes.

—Seguramente, no —dijo al fin.

Como él seguía callado, continuó:

—Preferiría no hacerlo otra vez, por favor.

—Vaya con la honestidad. Empiezo a pensar que no es una virtud, como siempre había pensado.

Ella se deslizó desde el otro lado de la cama.

—Pareces enfadado.

—No estoy enfadado, Beatrice —se acercó hacia ella—. Bueno, vale. Sí que lo estoy. Esperaba que dijeras otra cosa. Quería que disfrutaras de nuestra proximidad, tal vez. Que tuvieras ganas de repetir la experiencia. Sólo así podría mostrarte que es mucho más placentera que la primera vez.

—Para ti tal vez, Devlen. Eso te lo aseguro.

—Nunca me he creído un amante egoísta, Beatrice. Perdóname si me irrita tu comentario.

—¿No deberíamos estar hablando de otras cosas más importantes?

Se quedó callado unos instantes.

—No quería ofenderte, Devlen —le tocó el brazo y el músculo se puso rígido—. Perdóname.

251

Seguía callado y ella se le acercó.

—Dijiste que las vírgenes acarreaban muchos problemas.

—He venido para mostrarte algo —dijo.

—Tengo que ir a ver cómo está Robert.

De repente él alargó su mano y le tocó la mejilla con los dedos, marcando un recorrido en su rostro que iba desde la comisura del labio hasta la oreja y a la inversa.

Volvió un poco el rostro, incómoda por sus atenciones. La sensación de no poder respirar y de sentir el corazón latiendo con demasiada fuerza había vuelto. Su cabeza sabía lo que iba a pasar a continuación, pero obviamente su cuerpo no había aprendido la lección.

—Robert está bien, Beatrice. Cuando deje de molestar a la cocinera verá los soldados nuevos que le he comprado.

Apretó la mano con fuerza contra su pecho, sintiendo el suave tacto de lino de su camisa. Era ropa de hombre rico, con unos puntos tan delicados que parecían invisibles y con un tejido tan bien trabado que parecía seda.

Déjame sola. Te lo pido por favor.

Qué raro que no pudiese decir aquellas palabras. Tenía una mano sobre su pecho y allí colocó la otra también, pulgar sobre pulgar. Aun así no podía abarcar su amplio pecho.

—Beatrice.

Sólo dijo su nombre, suavemente. Dejó que sus ojos se cerrasen e inclinó la cabeza hasta que la frente se posó sobre su pecho. No le sorprendió notar cómo sus brazos la rodeaban. Su cuerpo traicionero se dejaba llevar. Se acercó a él un poco más.

Quería que la besara y cuando ella inclinó la cabeza, lo hizo. El anfitrión perfecto, dándole al huésped lo que quería.

Abrió la boca bajo la de Devlen, invitando a su lengua a que la invadiera y sintiendo un amago de excitación en sus adentros cuando él tocó su lengua con la suya y el beso se hizo más profundo. Las manos de Beatrice se abrieron y se agarraron a sus hombros. Estaba de puntillas y tenía las manos alrededor del cuello de Devlen. Apretaba su cuerpo casi desnudo con tanta fuerza que ni siquiera un suspiro podría haberles separado.

Devlen estiró sus manos y las puso sobre sus nalgas. La arrastró hacia él, subiéndola de modo que su erección se posara sobre la *uve* que formaban sus ingles. La elevaba poco a poco y después la dejaba caer, imitando el movimiento amatorio en posición vertical.

Ella estaba cada vez más excitada. Su cuerpo se calentaba más y los besos se volvían más carnales.

Todo sucedía muy rápido. Transcurrido un instante ya estaba en llamas.

Sus razonamientos, deseos o decisiones podían haber salido volando por la ventana. Si le hubiese pedido que fuese a su cama, se habría lanzado ella misma sobre el colchón. Afortunadamente no hizo tal cosa.

Él se retiró despacio, le dio un último beso, inclinó de nuevo la cabeza y apretó sus labios contra su mejilla. Respiraba a trompicones y sus palabras eran apenas audibles.

—Todavía no, Beatrice. Tengo que enseñarte algo antes.

No quería ninguna sorpresa. Ni cenar. Tampoco ser correcta. Quería recuperar el aliento y que su corazón dejara de latir como un loco. Lo que deseaba sobre todo lo demás era que aquella sensación se apaciguase. Su cuerpo esperaba algo, deseaba que pasara algo aunque su mente supiera con precisión lo que iba a pasar. Sus manos sobre ella. Sus dedos dentro de ella, apretando y después liberándola. Pero si aquello era lo que iba a pasar, después llegaría la parte dolorosa, y ella no tenía ganas de repetir aquella experiencia.

—Ven conmigo. —Su mano trazó un recorrido sobre el cuerpo de Beatrice hasta que se entrelazó con la de ella. Se dirigía hacia la puerta y ella le seguía.

—No estoy vestida —protestó ella.

—No tienes por qué estarlo. De hecho —dijo, enigmático— es mejor que no lo estés.

Abrió la puerta y miró en ambas direcciones. Ella deseó que ninguna de las doncellas o de los sirvientes estuviese en el vestíbulo.

253

La llevó fuera de la habitación, cerró la puerta tras de sí y se dirigió hacia su propia habitación. Ella tiraba de su mano, pero la insistencia de Devlen no tenía rival.

Estaba claro que no quería seducirla. Una vez llegaron a su habitación él se apartó de la cama que reposaba sobre una tarima y la condujo hasta una puerta. Giró el pestillo y empujó la puerta para mostrarle otra habitación.

Nunca había visto nada parecido.

El suelo no estaba enmoquetado y las paredes de piedra estaban desnudas. La estancia podría haber resultado tan fría como un mausoleo de no ser por una chimenea que cubría una de las paredes desde el suelo hasta el techo. Una gran vasija de cobre hervía sobre el fuego bien dispuesto. La habitación tenía como único mobiliario una gran bañera de cobre colocada en medio de la estancia y unas cañerías que salían de ella en dirección hacia la chimenea y después hacia un desagüe.

—Es un baño —dijo Devlen orgulloso—. Si quieres agua caliente, sólo tienes que girar aquella espita —dijo señalando una manivela colocada en el otro extremo de la bañera—. La otra llega hasta la cisterna del tejado y suministra agua fría.

—Por todos los santos.

Pero las maravillas no habían acabado todavía.

—Cuando acabes, sólo tienes que quitar el tapón y el agua desaparecerá e irá a parar a una zona de desagüe en el jardín.

Nunca había visto cosa igual. Cuando se lo dijo a Devlen, éste sonrió como si fuera un niño chico.

Buscó algo en su bolsillo y cuando lo hubo encontrado se lo dio a Beatrice. Ella miró la llave que tenía en la palma de la mano.

—La de la habitación —le dijo—. Supuse que te gustaría disfrutar de la experiencia sola y sin interrupciones.

Vaya que si iba a disfrutar.

En su casita habían tenido una bañera, pero el calentar tanta agua era un fastidio. Era más fácil lavarse por partes en una palangana.

Asintió con la cabeza, agradecida por sus atenciones y sintiéndose absurdamente feliz de que él fuera rico.

Se fue de la habitación antes de que pudiera darle las gracias.

Corrió el pestillo, se quitó el batín y lo colgó de un gancho que estaba cerca de la puerta. Antes de quitarse el camisón se acercó a la bañera a echar una ojeada. Incluso Devlen cabría allí dentro. En realidad era lo suficientemente espacioso para que cupiesen dos personas y no estuviesen incómodas.

Colocó el tapón sin dificultad en el agujero que había al fondo de la bañera. Recelaba del mecanismo del agua caliente, pero sólo con girarlo hasta la mitad vio que una corriente de agua humeante comenzaba a llenar la bañera. Después de añadirle agua fría, se quitó el camisón y subió el menudo peldaño de madera que estaba al lado de la bañera. Introdujo primero un pie y después el otro, sumergiéndose en el agua caliente con un suspiro de dicha. Minutos más tarde se reclinó y se sumergió hasta el cuello. No se sentía tan feliz y relajada desde hacía meses.

—Ya sabía que iba a gustarte.

Beatrice abrió los ojos y se incorporó, escondiendo los pechos bajo sus brazos.

—Olvidé decirte que tengo una segunda llave —dijo mientras entraba en la habitación y cerraba la puerta.

—Sí —dijo ella—, olvidaste decírmelo.

—¿Estás enfadada?

—Tendría que enfadarme. Eres muy atrevido.

—Vaya. En cambio tú, no. He venido a traerte algo.

Ese *algo* resultó ser una bandeja con una docena de jarras de cerámica perfectamente ordenadas y con una etiqueta en cada una de ellas.

—Es mi proyecto más novedoso —dijo, colocando la bandeja al lado de la bañera.

Leyó alguna de aquellas etiquetas: sándalo, bergamota, lavanda.

—¿Es jabón?

Asintió con la cabeza.

—¿Quieres probar alguno?

255

Antes de que ella pudiese decirle que sí, pero que prefería hacerlo en privado o pedirle que se marchase o cualquier otra cosa que sonara más correcta y menos sugerente, Devlen movió el taburete que estaba detrás de la bañera y se sentó no sin antes haber cogido una de aquellas jarras.

—Sándalo —dijo, mientras le cogía un hombro con la mano. Tiró suavemente de ella hasta que volvió a poner la cabeza sobre el extremo de la bañera, mirando al techo.

Sabía que si se lo pedía, él se iría. Sin embargo se quedó callada.

La masajeó con las dos manos, distribuyendo el cremoso jabón por los hombros y el cuello. La esencia, al mezclarse con el agua humeante, se acentuó.

—Es muy exótico. —Beatrice se sorprendió por el tono que había adquirido su propia voz. Las manos de Devlen eran delicadas y no bajaban más allá de sus hombros ni tampoco iban más allá de su cuello. De vez en cuando, sin embargo, recorría su cuello con los pulgares para posarlos finalmente detrás de las orejas. Aquel gesto le hacía sentir escalofríos.

—Me hace pensar en los bazares de Oriente y en mujeres con velos.

—¿Tú lo usas, verdad?

—De vez en cuando.

—Ya lo había olido en ti antes.

Devlen buscó otra jarra y ella dejó escapar un suspiro. Sí que iba a seducirla, finalmente. Con sus manos le daría placer. A cambio ella debía soportar dolor e incomodidad durante unos instantes.

Ella iba a concentrarse en el placer. Y lo demás que se ocupase de sí mismo.

Devlen se impregnó las manos con una esencia floral. Comenzó a ponérsela en los hombros. En aquella ocasión recorrió los brazos de Beatrice con sus manos y se inclinó hasta que su mejilla descansó sobre la de ella. Su respiración era regular y tranquila, todo lo contrario a la de ella.

La dominaba. En otro momento se hubiera sentido irritada. Sin embargo, estaba demasiado ocupada pensando en cómo iba a tocarla a continuación.

Sus dedos se entrelazaron. Ella echó la cabeza hacia atrás y cerró los ojos, haciendo ver que no era consciente de que sus pechos quedaban mitad al descubierto. Sus pezones estaban duros e impacientes por ser tocados.

Devlen retiró las manos y fue a buscar otra jarra. Esencia de lavanda, estaba segura. Sus manos fueron directamente a los pechos de Beatrice.

Se le escapó un suave quejido cuando notó el tacto del jabón y de sus firmes manos en los sensibles pezones.

La besó en el oído. Un beso tierno, casi tranquilizador; como para calmarla. Sus manos trazaban círculos alrededor de sus pechos.

Se movía intranquila, haciendo que el agua casi se desbordara.

Quieto, le lavó los pechos con minucioso detalle, queriéndose asegurar de que los pezones recibían la atención que les correspondía.

Le puso más jabón. Sus dedos le dedicaron más tiempo a la tarea.

Beatrice se humedeció los labios y ladeó la cabeza. Devlen tenía una barba incipiente, cosa que le pareció sumamente excitante. Le lamió la piel y después le besó en el mismo lugar.

Devlen emitió un sonido grave en su garganta y le apretó los pechos con suavidad.

Sintió cómo una flecha atravesaba su cuerpo.

Él retiró las manos, pero ella no se quejó. Sabía que iba en busca de otra jarrita y que regresaría de inmediato. Esta vez la esencia era verde y herbal. Olía como la hierba mojada después de la lluvia. Se apoyó en su espalda y sus brazos la rodearon casi por completo. Posó de nuevo la mejilla junto a la de ella.

—Bésame —le dijo ella con los ojos todavía cerrados.

—Vuelve la cabeza.

Así lo hizo, abriendo a la vez los ojos, despacio. Sus labios estaban tan cerca. Quería sentirlos sobre su piel.

Devlen se apartó y ella alzó una mano para colocarla sobre su mejilla.

—Ahora —dijo ella, requiriendo su atención. Con sus provocaciones, Devlen había logrado que ella se convirtiese en aquella criatura. Y no sentía vergüenza por ello.

La besó y ella se aferró a sus labios. Se separó de ellos con la lengua para provocarle como él había hecho con ella.

De inmediato querría estar dentro de ella. Sin embargo, había algo que debía ofrecerle antes. Debía hacerle sentir placer, despacio y con mucha habilidad.

Ella se apartó y le miró.

Sus manos se hundieron en el agua y la encontraron. Deslizó un dedo por sus pliegues íntimos. No estaba lo suficientemente cerca, pero justo cuando ella iba a pedirle más, él se levantó y la arrastró consigo con tanta fuerza que no tuvo otra opción que agarrarse a él con fuerza.

—Al diablo, Beatrice.

Estaba enfadado, las mejillas le ardían y sus ojos brillaban casi coléricos.

La sujetaba con tanta fuerza que sus pantalones y su camisa acabaron empapados. Hicieron las funciones de toalla porque ella no se cubría con ninguna.

Atravesó la sala de baño con Beatrice en sus brazos. Abrió la puerta e irrumpió en su dormitorio. De repente, estaba suspendida en el aire. Aterrizó en el colchón de Devlen, sobre el que rebotó.

Se suponía que aquello no debía estar pasando.

—Maldita sea —dijo él mientras se desnudaba.

Estaba desnudo sobre ella. Antes de que Beatrice pudiese decir nada, ya estaba dentro de ella, con tanta fuerza y tan adentro que ella esperó sentir un dolor insoportable.

Abrió más los ojos. Dejó escapar un grito; pero de asombro.

—Ya te lo dije, maldita sea. Te dije que no iba a dolerte.

—¿Por qué estás tan enfadado?

—Porque esta vez iba a ir despacio. Lo había planeado todo. Pero has hecho que pierda totalmente el control.

Devlen no había ido para nada despacio. Sin embargo sí que todo parecía premeditado.

—¿Estás bien?

Ella asintió con la cabeza.

—¿Seguro?

Se movió y, de repente, ya no estaba segura de lo que había dicho antes. Lo que sentía no se parecía en absoluto a lo que había sentido la noche anterior, y aunque su tamaño seguía siendo igual de grande, ella lo recibía con facilidad.

Beatrice colocó las manos con las palmas hacia abajo en la cama y apretó un poco hacia arriba. La sensación resultante era curiosa. Más que eso; se sentía exultante.

—Creo que esto te está gustando.

Devlen sonrió.

—¿Acaso no era lo que tu querías?

—Tendríamos que hacerlo con suavidad y ser más comedidos. Eres casi como una virgen.

—Unicornio —dijo ella, sonriendo.

—Maldita sea, Beatrice.

La sonrisa de Devlen se hizo más visible y, parecía absurdo, pero ella tenía ganas de reír.

—¿Siempre se siente esto? Cuando se deja de ser unicornio, quiero decir.

—¿Qué es lo que sientes?

—Un peso —dijo ella, reflexionando—. No, es más agradable. Como si algo me calmara y a la vez no. ¿Tiene algún sentido lo que digo?

—¿Quieres que te diga lo que yo siento?

Dijo que sí, curiosa.

—Siento una odiosa picazón que me hace querer entrar y salir de ti hasta que se calme. Está tan dura que me duele, aunque

259

cada vez que te mueves o suspiras, se pone todavía más dura. Quiero perderme en tus adentros para que nunca puedas olvidar cómo me he sentido.

—Oh.

—Sí. Oh.

Se movió y salió de ella sólo un milímetro. Beatrice jadeó. Arqueó las caderas instintivamente para incitarle a que volviese a ella; y así lo hizo, mientras inclinaba la cabeza para besarla.

Ella se alzó y le besó, suspirando aliviada tras ver que había vuelto a ella. Él se apartó un instante con la respiración entrecortada y se recostó sobre la cama.

—Tienes unos pechos muy hermosos.

A ella no le apetecía demasiado hablar en aquel momento. Tiró de su cabeza hacia ella para que la besara, pero él se detuvo antes de tocar sus labios, dubitativo.

—¿Estás impaciente?

—Bésame.

—Mi querida Beatrice, siempre tan autoritaria.

No le importaba cómo la llamase mientras la besara. Flexionó sus músculos interiores y él gimió. Se inclinó hacia ella para besarla con una sonrisa.

Sus dedos recorrieron sus pliegues, bailando allí donde se unían. Casi se cayó de la cama cuando su dedo pulgar empezó a moverse en círculos, guiándola hacia el placer.

Amar ya nunca más sería otra palabra más. La sola mención de la palabra le traería imágenes a su mente: su sonrisa, cómo la miraba cada vez que la penetraba, los músculos de sus brazos, su cuello tirante. Sus cuerpos se apretaban uno contra el otro para no escatimar ni un milímetro de aquella sensación. Una y otra vez él arqueaba las caderas y sus nalgas se flexionaban bajo los dedos abiertos de Beatrice.

Inclinó la cabeza y puso los labios cerca de su oído, alabando su reacción.

—Estás tan firme dentro, Beatrice. Y tan caliente.

Cada palabra, cada suave caricia en su cuerpo la incitaba.

Cuando levantó las caderas para que la invadiera una vez más, él suspiró unas palabras.

—Elévate Beatrice, vuela para mí.

Así lo hizo, sintiéndose como si estuviera tocando el sol.

Cuando él la siguió un instante después, lo abrazó con fuerza. Rodeó con sus brazos a Devlen y lloró contra su cuello.

—¿Cómo que se ha ido?

—Tengo entendido —dijo Mary— que se fueron ayer. Los dos. El señor Devlen y esa institutriz. Y el niño, claro está.

—Ese niño del demonio. La de problemas que está ocasionando. Como si fuese tan importante.

—El señor Gordon está furioso, señora. Está en la biblioteca tirándolo todo al suelo y amenazando con ir a buscarles.

—¿De verdad?

Mary, bulliciosa, le dio una taza de té, colocó adecuadamente los cojines que había en el sofá y alisó la manta que tenía Rowena en su regazo.

La mujer trabajaba como una hormiga y, a veces, podía ser tan molesta como una de ellas.

—Tranquilízate ya, Mary —dijo Rowena.

La mujer mayor cogió un taburete y se sentó.

—¿Así que Cameron va a ir a buscarles? —No había hablado con él desde aquella desastrosa noche en que la repudió. No tenía ganas, lo único que le quedaba era el orgullo.

—No me ha dicho nada, señora.

—Gaston lo sabrá.

—Gaston no le dirá nada, señora.

—Es verdad. Me sorprende que Cameron pueda inspirar tanta lealtad en alguien.

Mary apartó la vista.

—No es que tú no seas leal, Mary, entiéndeme. Es que lo de Gaston va mucho más allá.

—No la entiendo, señora.

Rowena suspiró.

—Da igual. Entra corriente por la ventana —dijo, señalándola.

Mary se apresuró a correr las cortinas. La habitación quedó sumida en la oscuridad. Encendió una vela que, junto al resplandor de la chimenea, iluminó un poco la estancia.

—Hace frío por todo el castillo, señora.

Rowena no se molestó en contestarle.

Quería regresar a Londres, donde por lo menos podía fingir que llevaba una vida normal. Si Cameron no quisiera hablarle, se iría a ver una obra de teatro o algún entretenimiento. Si no la dejara acercarse a su habitación, podría coquetear con otros.

Qué tonterías estaba pensando. Como si alguien pudiera igualarse a Cameron.

—Odio a ese niño.

Mary parecía conmocionada.

—Señora, está usted llorando.

Rowena se secó la cara con la mano.

—¿Ah, sí? Qué cosa tan extraña.

Se puso de pie y regresó al tocador. Dejó que Mary revoloteara a su alrededor, como de costumbre.

—Creo que me apetece ponerme hoy el vestido verde, Mary. —Era un vestido nuevo, comprado en Londres con la intención de agradarle a Cameron. Necesitaba llevar un corsé especial porque había sido confeccionado de modo que le quedara muy ajustado. Por lo menos parecería la dueña de Castle Crannoch hasta que Robert se hiciese mayor y se casara.

Niño del demonio.

No quería saber nada de él. No quería preocuparse por él y ni siquiera pensar en él hasta que fuese absolutamente necesario. Cada vez que veía al niño se acordaba del terrible accidente.

Dejó caer la cabeza en sus manos y rezó, esperando que Dios pudiera perdonarla porque ya sabía que Cameron nunca lo haría.

Capítulo 25

—¡Devlen! —dos golpes en la puerta, seguidos de otro grito de Robert—. ¡Devlen!

Se miraron.

—¡Dios mío! —Se levantó, sin prestarle atención a su desnudez. Los ojos de Devlen recorrieron su torso desnudo. Beatrice le dio una palmada en el pecho antes de taparse con la sábana.

—Ve a la sala de baño. Yo me libraré de él.

—Conozco bien a Robert y no va a ser fácil persuadirle.

—Me lo llevaré al comedor. Podrás ir a tu habitación y cuando te hayas vestido haz que una de las doncellas te acompañe hasta allí.

No podía sentarse a la mesa con él. No después de lo que había pasado.

—¿No sería mejor que me trajeran la cena a la habitación?

—No.

Arqueó las cejas.

—¿No?

—Quiero que cenes con nosotros.

Se puso de pie y se dirigió al lavamanos sin mostrar ninguna preocupación por estar desnudo.

—Me gusta tu compañía, Beatrice. —La miró pero después se detuvo—. Y deja de mirarme así.

—Eres muy atractivo y me gusta mirarte.

—¡Devlen! ¡Abre la puerta!

Beatrice tiró de la sábana y se cubrió con ella. Entró en la sala de baño y cerró la puerta.

263

Devlen dijo algo para contestar a las súplicas de Robert. El niño se había calmado porque ya no le oyó gritar más.

Se apoyó en la puerta y miró a su alrededor. Vaya estropicio. Las toallas estaban en el suelo y la caja que contenía los jabones estaba torcida. Había agua cerca del desagüe y de la puerta. La bañera todavía estaba llena.

Vaya momento más inoportuno para querer reírse.

Media hora más tarde, Beatrice estaba vestida y bajaba por las escaleras. Sólo podía pensar en Devlen. Una doncella la saludó en el rellano de la escalera. Su rostro no es que fuera hosco, es que no tenía expresión. ¿Acaso la señora Anderson había obligado a sus subordinados a que adoptaran aquella extraña expresión?

La condujo a la sala de dibujo, una estancia tan bella en la que, en otras circunstancias, se hubiera visto obligada a detenerse para admirar las paredes de color amarillo pálido y el arte que sobre ellas se exponía.

Aquellas consideraciones se esfumaron de repente cuando vio a Cameron Gordon.

No había perdido el tiempo y les había seguido.

—Tiene usted muy buen aspecto, señorita Sinclair —dijo.

Robert estaba sentado en un sofá, no muy lejos. Estaba pálido, encogido y parecía más pequeño.

Cómo se atrevía a asustar a un niño.

Devlen estaba detrás de él. Sin embargo, cuando ella entró, se colocó a su lado.

—No me habías dicho que tenías planeado tomarte unas vacaciones en la ciudad, Devlen. Habría permitido que te las tomaras, de haberlo sabido.

—No había motivo para decirle nada porque usted es la causa de que nos hayamos ido.

Cameron arqueó una ceja y miró a su hijo con detenimiento.

—¿Vas a explicarme lo que quieres decir con eso o me voy a ver obligado a usar mis dotes adivinatorias?

Devlen rodeó la espalda de Beatrice con su brazo y colocó la otra mano alrededor de su cintura en un gesto de apoyo que no esperaba.

—Demasiados intentos de acabar con la vida de Robert han tenido lugar en Castle Crannoch como para que me sintiera tranquilo dejándole allí.

—Por supuesto.

—Y usted, padre, no parecía demasiado preocupado por su bienestar.

—Soy su guardián. Por supuesto que me preocupa su bienestar.

—¿Sabía que alguien le disparó? ¿Y envenenó su comida? —A Beatrice le llamó la atención algo y miró hacia donde estaba Gaston, silencioso e inactivo hasta el momento.

—Robert es un niño fácilmente influenciable y con una gran imaginación. Ve monstruos donde no hay nada, señorita Sinclair.

Robert se miraba los zapatos con gesto muy triste.

—No se inventó nada —dijo ella—, yo estaba con él cuando ocurrieron.

—Entonces quizá si usted desaparece también desaparecerán esos incidentes. Voy a prescindir de sus servicios, señorita Sinclair. La facilidad con la que usted atrae el peligro no puede ser nada bueno para Robert.

—¿Es así como piensa proteger a Robert? ¿Despidiéndome?

—No, señorita Sinclair. Voy a proteger a Robert llevándomelo a Castle Crannoch y prescindiendo de sus servicios. Robert —dijo, volviéndose hacia el niño—, nos iremos por la mañana. Edimburgo no es lugar para ti.

—No pienso irme. —Se puso de pie y se enfrentó a su tío. Tenía los puños fuertemente apretados a los lados del cuerpo. Beatrice se preguntaba si estaba temblando porque era la primera vez que le plantaba cara a su tío.

—Por supuesto que vas a ir, niño.

—Yo no estaría tan seguro, padre. —Devlen se acercó a Robert, se situó detrás de él y le colocó las manos sobre los hombros—. Robert no se va a ningún lugar. Ya he hablado con mi consultor. Voy a reclamar su custodia.

La cara de Cameron cambió. Ya no era aquel inválido agradable y cortés. Estaba muy enfadado. Se agarraba con tanta fuerza a los brazos de su silla que sus nudillos se pusieron de color blanco.

—Robert se queda conmigo, padre, hasta que el tribunal emita su veredicto —dijo Devlen—. Sin embargo, sugiero que usted regrese a Castle Crannoch.

—Como yo no estaré allí, tú puedes fingir ser el duque.

La mirada que Cameron le dedicó al niño no presagiaba nada bueno. Le hizo una seña a Gaston, quien rápidamente se dirigió a la parte trasera de la silla de Cameron y le condujo hacia la puerta. Una vez se hubo ido, Beatrice se volvió para mirar a Devlen.

Robert se quedó mirando el umbral vacío.

—Quiere que yo muera.

Beatrice no tenía respuesta para aquella afirmación. Lo peor de todo era que Robert había hablado con voz tranquila, como si acusar a su tío de tener impulsos asesinos fuese una ocurrencia habitual.

—No tengo que ir, ¿verdad, Devlen?

—Por supuesto que no, Robert —dijo con tono sombrío—. Te lo prometo.

Quiso ponerse a llorar cuando vio la mirada de Robert. Estaba segura de que era la misma que ella tenía cuando sus padres murieron: pena, pérdida y un dolor tan profundo que casi se podía tocar.

—Ve a ver si la cocinera tiene algún regalo para ti —dijo Devlen.

Robert asintió con la cabeza y abandonó la habitación sin mirar atrás.

—Mi padre siempre ha sido muy infeliz —dijo Devlen—. Recuerdo el enfado que sentía hacia su hermano por ser el duque. Siempre me decía que su hermano hubiese preferido ser un intelectual antes que el cabeza de familia.

—Mientras que él hubiese preferido ser el cabeza de familia.

Devlen asintió.

—Él estaba destinado a ser el duque. Por lo menos en su imaginación.

—¿Crees que podría hacerle daño a Robert?

Devlen no contestó. En vez de eso, se dirigió a la chimenea y azuzó las brasas con el atizador. Transcurrieron unos instantes hasta que se volvió hacia ella.

—Me he estado formulando la misma pregunta durante semanas, desde que supe la propensión que tenía Robert a sufrir accidentes.

—De no ser tu padre, ¿quién podría estar detrás de los accidentes?

—¿Gaston?

Debía parecer sorprendida, porque Devlen la miró y sonrió.

—Gaston es el leal sirviente de mi padre. Sería el candidato idóneo. Es, por decirlo de algún modo, las piernas de mi padre.

—Acudí a él —dijo ella—. Cuando alguien disparó a Robert en el bosque. Acudí a Gaston. —Recordó que estaba en la cocina, no demasiado lejos del patio. Podía haberles visto bajando por la ladera.

Devlen se acercó a ella.

—Es fácil que uno se culpe a sí mismo. Yo lo hago también. ¿Por qué no saqué antes a Robert de Castle Crannoch?

—Si lo hubieras hecho no te habría conocido.

—Cosa que habría sucedido de algún modo u otro, estoy seguro.

—¿El destino?

—Parece que crees en él —dijo Devlen con una sonrisa.

Hizo un gesto con la cabeza.

—No me digas que tú sí crees en él.

—Pues no, no creo en él.

—El destino, sin embargo, podría hacer que tú fueses duque algún día.

—Me contento con ser un señor y nada más.

Ladeó la cabeza y miró a Devlen, cuya comisura se movió

como consecuencia de aquel estudio continuado. Ambos sostuvieron la mirada y la situación se hizo tensa.

—¿Estás decepcionada porque no soy duque?

Se rió, divertida.

—Por todos los santos, ¿por qué debería estarlo? Tú mismo has sacado adelante tus negocios y te has hecho rico. Si prácticamente pareces un príncipe. El título sería algo redundante.

—He construido mi propia fortuna porque no quería que mi vida dependiese de nadie. Lo de mi aspecto escapa a mi control.

—Acabas de demostrar que lo que digo es verdad. Tienes la arrogancia propia de un duque.

Sonrió.

—¿Por qué será que me importa tanto lo que piensas?

—No debería ser así. Sólo soy una institutriz. Bueno, ya no.

—Eres mi ángel de bondad.

Divertida, le puso los dedos sobre el abrigo, de modo que la palma de la mano descansara sobre su corazón.

—Y tú eres mi ángel del placer.

—Me asustas —dijo él.

Ella se dio cuenta de que aquella confesión le hizo sentirse alterado. Su mirada se volvió sombría y la expresión de su rostro era la de un hombre que se veía forzado a decir la verdad.

Le puso la mano en la mejilla. Él también la asustaba a ella; mejor dicho, lo que sentía por él era lo que la asustaba.

—Devlen.

Él se inclinó y la besó. No era un beso apasionado pero sí dulce y delicado.

—Tengo asuntos que atender —dijo—, trabajo que hacer.

—Sí.

—Todavía no hemos cenado.

—No —dijo ella con la cabeza.

—Cada vez que te beso acabamos haciendo algo más.

—Lo siento —dijo ella sonriendo.

—Creo que eres tú quien lo planea.

—La verdad es que no.

—En una ocasión pensé que ibas a cambiarme la vida.

—¿Y lo he hecho?

—Mucho más de lo que te imaginas.

—Tal vez todo iría mejor si me marchara —dijo ella.

—Tal vez. Pero, en lo que a ti concierne, nunca he tomado la decisión más apropiada, Beatrice.

—Tampoco yo.

—Vaya par, ¿verdad?

Beatrice se alejó, dejando caer la mano.

—Por ahora.

La cara de Devlen se ensombreció. Parecía que no le gustaba lo que le acababa de decir. La verdad era que tenían vidas muy diferentes y que sólo habían tomado prestado un poco de tiempo el uno del otro.

—Iré a ver cómo va la cena. Seguramente Robert estará molestando a la cocinera para que le dé todo tipo de dulces.

—Por lo menos así estará feliz.

—Sí, Devlen, pero la vida no es siempre dulce.

—Beatrice.

Le miró, pero lo único que él hizo fue mover la cabeza en un esfuerzo por acallar lo que estaba pensando.

Beatrice se fue antes de decir algo más.

Capítulo 26

Dos semanas más tarde Devlen estaba en una sala de baile observando al grupo más reciente de muchachas vírgenes. Era plenamente consciente de que las damas de alta sociedad estaban vigilándole para asegurarse de que no quebrantaba alguna ley no escrita; esto es, demostrando que era un buen candidato para sus hijas, quienes, a su vez, no tenían en cuenta tantas consideraciones.

Una joven señorita le recordó a Beatrice. No por su apariencia —era bajita, rubia, pequeña y delgada. Llevaba un corpiño con tantos bordados que parecía hecho de pañuelos— sino por su atrevimiento. Pestañeaba y se abanicaba mirándole a él.

—Te ha echado el ojo, Gordon.

Se volvió y vio que alguien a quien conocía por negocios estaba mirando a la misma joven dama. Ella parecía encantada por toda la atención que estaba recibiendo.

—Creo que no me interesa. Tienes vía libre.

—No tengo dinero suficiente. Se rumorea que su madre se muere por un título. O en su defecto, por una fortuna. Es una lástima porque la chica es realmente una preciosidad.

Devlen no dijo nada, cosa que hizo que el hombre le mirase con curiosidad.

—Me sorprende verte aquí esta noche. Este tipo de acontecimientos no son habitualmente de tu agrado.

—Tenía ganas de exhibirme.

—¿Acaso quieres casarte?

270

—No, de ninguna manera.

—Yo no pensaría así si estuviera con una criatura tan fascinante como la tuya.

—¿Cómo demonios has oído hablar de ella?

—Pero bueno, Devlen. Todo el mundo ha oído hablar de Felicia.

—Ah, te refieres a ella.

—¿Y a quién creías que me estaba refiriendo?

Devlen agitó la cabeza, pero el hombre no se quedó satisfecho. ¿Cómo narices se llamaba aquel hombre? ¿Richards? Algo así.

Ojalá la anfitriona les ofreciera de refresco algo un poco más fuerte que aquel ponche rosa tan azucarado. Whisky, por ejemplo.

—Así que vas a romper con la bella Felicia, ¿no? —Se le acercó más—. ¿Vas a decirme quién es tu nueva amante?

—No.

—Entonces, ¿tienes una nueva?

—No sé qué demonios hago aquí —dijo Devlen. Se volvió hacia otro hombre que estaba detrás de él.

—¿Por qué está usted aquí?

—Tengo que casarme a toda costa —retomó la conversación su conocido—. Debo encontrar a alguien a quien le atraigan los hombres pobres que prometen vivir postrados a sus pies.

—¿Es eso lo que quieren las mujeres?

—Si yo lo supiera —dijo el otro hombre, sonriendo con tristeza—. Tengo cinco hermanas y todas son muy diferentes. Son diferentes unas de otras y también lo son según su humor.

Beatrice siempre se había comportado de modo coherente. Se había mostrado siempre tal como era. Era cierto que su ánimo variaba, pero cada uno de aquellos estados era más fascinante que el anterior. Incluso le gustaba cuando se irritaba. A veces argumentaba a favor de algo con lo que ni siquiera estaba de acuerdo sólo para ver cómo se exaltaba.

¡Qué cosa más estúpida!

Hablaban de literatura, de idiomas, de historia. Incluso en una ocasión se sorprendió a sí mismo hablando de sus planes para construir un nuevo establo. Hablaban de política, religión, de los derechos de las mujeres e incluso de temas de los que nunca había hablado con conocidos de su mismo sexo.

—Nunca te había visto tan triste, Gordon. ¿Se te ha torcido algún proyecto? Tengo entendido que Martin se está comportando con mucha testarudez.

—Que se quede con sus municiones, si quiere. Le he ofrecido un precio más que justo.

—Entonces es que no las quieres.

—No sabía que se me descifraba tan rápido.

—Si no quieres algo, para qué comprarlo. No me digas que no te has dado cuenta de que el mercado te sigue como un rebaño y de que eres el líder. Los demás se conforman con los desechos.

En cualquier otro momento la analogía le habría hecho gracia.

La orquesta empezaba a tocar otra vez y la chica se abanicaba con más ímpetu.

—Yo que tú le daría una oportunidad.

—No me gusta bailar.

El hombre le miró con detenimiento otra vez.

—No es tan difícil como parece, Gordon. Sólo tienes que ir y concienciarte de que vas a hacer el tonto. Todos hacemos lo mismo.

—Yo no.

—Entonces es una suerte que no estés buscando mujer. Porque es un paso que hay que dar.

Tamborileó con los dedos sobre la caja que llevaba en el bolsillo. Había llegado el momento de irse. Había asistido a aquella estúpida velada sólo para probarse a sí mismo que su vida no había cambiado un ápice en las últimas semanas. Podía ir y venir a su antojo y no sentía culpa ni mala conciencia. Se lo pasaba bien y, llegado el momento, regresaba a casa.

El problema que tenía aquel plan era que no funcionaba. No se lo pasaba bien y antes deseaba regresar a casa que estar acompañado. Las mujeres que conocía le parecían aburridas o bien demasiado descaradas; ninguna había sido agraciada con ingenio, inteligencia u honestidad para decir lo que verdaderamente pensaba.

Ninguna de ellas era Beatrice.

Se despidió del hombre que estaba a su lado y se pasó el siguiente cuarto de hora buscando y despidiéndose de los anfitriones. Una vez lo consiguió, se dirigió a la entrada y pasó unos instantes en animada conversación con otro conocido mientras esperaba que le trajeran su carruaje.

Cuando llegó, le dio a Peter la dirección. Era un destino que el cochero conocía muy bien.

El candil estaba encendido dentro del carruaje e iluminó el collar mientras lo sacaba de la caja. Era una magnífica colección de diamantes amarillos. «Un collar para una reina» había dicho el joyero.

Ojalá Felicia pensara lo mismo.

* * *

Beatrice estaba sentada en el medio de la cama de Robert, en la habitación que Devlen había dispuesto para él y que sí parecía pertenecer a un niño. No tenía nada que ver con la habitación que el duque tenía en Castle Crannoch. Las paredes eran de color azul cielo y había cortinas de seda azul en las ventanas. Los armarios se alineaban en una pared y dos de ellos estaban abarrotados de aquellos juguetes que cualquier duque —o cualquier niño— pudiese desear.

Beatrice miraba cómo Robert colocaba a sus soldados alrededor de los cojines y de la colcha de su colchón de plumas. Ya le había narrado varias batallas y, como su conocimiento de lo militar era más bien pobre, lo único que ella podía hacer era asentir con gesto sabio y fingir un interés que no sentía.

273

De vez en cuando le echaba una ojeada rápida al reloj de la repisa, fingiendo que no le importaba lo tarde que era cuando, en realidad, era consciente de cada minuto que pasaba. En cualquier caso Robert, que ya estaba listo para meterse en la cama, manifestaba que no podría dormir.

—Creo que voy a tener pesadillas esta noche, señorita Sinclair.

Ella no le creía, por supuesto. ¿Cómo era posible predecir si uno iba a tener pesadillas o no? Además, Robert no había tenido ni una sola desde que abandonaron Castle Crannoch.

No era preocupación por el niño lo que hacía posible que Robert siguiera despierto y jugando. Beatrice se sentía sola, malhumorada y triste, y aquellos tres sentimientos hacían que estuviera intranquila. Desde que se fueron del castillo no se había comportado como una institutriz demasiado atenta.

Las últimas semanas habían sido testigo de su idilio. Habían sido semanas de placer hedonista y si para lograrlo era necesario jugar a soldaditos hasta medianoche, era un pequeño precio que debía pagar.

Sin embargo bostezaba cada cinco minutos.

A Robert y a ella les habían traído la cena a la habitación. Devlen tenía un compromiso social al que asistir y la casa parecía extrañamente vacía sin él.

A medida que los minutos transcurrían, Beatrice tuvo la certeza de que, por primera vez desde que estaba en Edimburgo, iba a pasar la noche sola.

¿Dónde estaba? ¿Qué estaba haciendo?

El reloj dio las doce y, a pesar de las protestas de Robert, empezó a recoger los soldaditos.

—Si no te duermes ahora o por lo menos lo intentas, mañana no estarás listo para las clases.

La miró con grosería y ella le devolvió una mirada estricta.

—Estarás demasiado somnoliento como para ir de excursión.

—¿De excursión? ¿Me está usted sobornando, señorita Sinclair?

274

—Pues sí, Robert. Pero es que deberíamos explorar un poco Edimburgo, ¿no crees? Tal vez debamos ir a ver si encontramos alguna tienda de dulces.

—¿De verdad?

Ella asintió.

Robert dejó que Beatrice le arropara y encendiese un candil. No era necesario porque la casa de Devlen estaba tan iluminada que parecía que hubiese luna llena.

Era el hombre más insólito y más fascinante que había conocido nunca.

—No has tenido pesadillas desde que nos fuimos de Castle Crannoch, ¿verdad?

Agitó la cabeza.

—En Castle Crannoch no me siento en casa desde que mis padres murieron —dijo mientras se metía en la cama y se tapaba con la sábana.

Ella sonrió porque le había pasado lo mismo con su pequeña casita.

Había cosas que incluso un niño de siete años podía entender. Lamentablemente, la muerte era una de esas cosas. La pérdida de los padres hace que todo cambie y el mundo se convierta en un lugar oscuro e inhóspito.

Beatrice adelantó la mano para acariciarle el pelo hacia atrás. Como respuesta, Robert bostezó.

—Cuénteme una historia. Pero no una fábula.

—Pues son las únicas historias que me sé.

—Cuénteme algo de cuando era pequeña.

—¿Pequeña? ¿Cómo de pequeña?

—Como yo.

—No me pareces pequeño en absoluto. A veces tienes siete años y otras veces parece que tengas veintisiete.

—No se desvíe del tema, señorita Sinclair.

Sonrió.

—Bueno, al menos lo he intentado. No he tenido una vida demasiado emocionante. Mi abuela vivió con nosotros hasta que

275

murió y gracias a ella hablo francés. Cuando ella murió nos fuimos a vivir a Kilbridden Village. Yo tenía casi doce años. Me acuerdo porque los cumplí dos días después de que llegáramos.

—¿Celebró el cumpleaños? ¿Le hicieron algún regalo?

Negó con la cabeza.

—La situación era caótica así que nadie se acordó. Un mes después mi madre se dio cuenta.

—Yo me enfadaría muchísimo, señorita Sinclair. Nadie debe olvidar mi cumpleaños. Es el 26 de junio —añadió.

—Tomaré nota.

—¿Dónde vivía antes?

—En una casita de la frontera entre Inglaterra y Escocia. Era una granja muy pequeña pero preciosa. No lo recuerdo demasiado bien, pero sé que era feliz.

Cubrió los hombros de Robert con la sábana.

—Hasta aquí llegan mis aventuras. ¿Lo ves? Ya te dije que mi vida no era demasiado emocionante.

—¿Tenía usted amigos?

—Mi mejor amiga vivía en Kilbridden Village. La conocí el día de mi cumpleaños, de hecho. Se llamaba Sally.

—¿Todavía son amigas?

Sally estaba entre aquellas personas que murieron por la epidemia de cólera. El día en que murió una fuerte tormenta se había desencadenado, turbulenta y salvaje. Había dejado desnudas las ramas de los árboles. Parecía que, en vez de agua, lloviese hojas. El canto de los pájaros había cesado e incluso las gotas de lluvia, que caían con fuerza del cielo, parecían lágrimas.

Pero por el bien de Robert, asintió.

—¿A qué vienen todas estas preguntas sobre los amigos?

—Yo no tengo ninguno. Soy el duque de Brechin. ¿No debería tener alguno?

Ella se inclinó y, antes de que él pudiese apartarse, le besó en la frente.

—Pues claro que los tendrás. Cuando vayas a la escuela, tal vez.

—¿Y por qué no aquí, en Edimburgo?

276

—Haré que todos mis conocidos del mundo de los negocios sepan de nosotros. Anunciaré que el duque de Brechin acepta visitas, pero sólo de aquellos que tengan más o menos siete años. —Devlen irrumpió en la habitación.

Robert sonrió.

—¿Podrías hacer eso?

Beatrice se volvió hacia Devlen y le sonrió. Era tan bello que se le detenía el corazón en el pecho cada vez que le veía.

Beatrice se puso de pie y caminó hasta el borde de la cama.

Devlen se unió a ella y le tomó la mano. La atrajo hasta sus labios y le besó los nudillos.

—¿Cómo ha ido todo?

—¿En las cuatro horas que han transcurrido desde que te fuiste? Bien.

Inclinó la cabeza pero justo antes de que sus labios se fundieran con los de ella en un beso, miró a un lado.

—Vuelve la cabeza, Robert. Estoy a punto de besar a tu institutriz.

—Soy un duque —dijo Robert—. Tengo que aprender sobre estas cosas.

—No en este preciso momento. Y mucho menos, de mí.

La giró de modo que le daba la espalda a la cama de Robert y la besó hasta que se le entumecieron los labios.

—¿Puedo acompañarla a su habitación, señorita? —dijo cuando la liberó.

—Me gustaría mucho.

Se detuvo en la puerta y miró a Robert un instante.

—Que duermas bien.

Se hizo el dormido hasta que abrió los ojos.

—Tengo hambre.

—Mañana comerás.

—Tengo sed.

—Mañana beberás.

Suspiró de modo teatral.

—Buenas noches, señorita Sinclair.

—Buenas noches, Robert.

—Buenas noches, Devlen.

—Duérmete.

Devlen la llevaba de la mano y parecían niños caminando rápidamente por el vestíbulo que les llevaba a la otra parte de la casa. Por vez primera se alegró de que Devlen hubiese planeado instalarla en una habitación que estuviera lejos de la de Robert.

En vez de despedirse de ella en la puerta, Devlen la abrió y entró. Cuando ella lo hizo, él la siguió y cerró la puerta tras de sí. Estaban a oscuras. La oscuridad la hizo sentirse más libre de lo que nunca se había sentido. Unió sus manos detrás del cuello de Devlen y se puso de puntillas para darle un beso en los labios.

—Gracias —dijo ella con voz dulce.

—¿Por qué me das las gracias?

—Por lo bueno que eres con Robert.

—Cualquiera se comportaría así con un niño —dijo.

—Hay alguien que no.

—¿Tenemos que hablar de eso ahora?

—¿Es que tenemos que hablar?

—Beatrice, me sorprendes.

—¿De verdad? —Se acercó otra vez para besarle en los labios que sonreían.

—Este vestido parece complicado.

—No, todo lo contrario. Es muy sencillo.

Devlen le puso las manos en la cintura, de modo que sus pulgares se encontraron. Despacio, fue subiendo las manos hasta que rodearon los pechos de Beatrice.

—¿Cuántos vestidos tienes? Lo digo porque voy a hacer trizas éste.

—Sólo tengo tres y, antes de que sugieras nada, te digo que no; no voy a aceptar que me compres ropa.

—¿Cómo sabías que pensaba ofrecerte ropa?

—Eres muy generoso y me parecía el tipo de cosas que podrías hacer.

Se inclinó y colocó su mejilla junto a la de ella.

278

—No soy especialmente generoso con otras personas, Beatrice. Pero sucede que me apetece darte cosas a ti.

—Entonces contente porque ahora sabes que no las voy a aceptar.

—¿Bailas?

—¿Que si bailo? —Ella se apartó para mirarle mejor, pero la habitación estaba demasiado oscura. —Por supuesto que sí. Sobre todo bailes regionales. ¿Por qué lo preguntas?

—Me gustaría bailar contigo. Me he dado cuenta esta misma noche.

—¿De verdad? Qué dulce eres.

—No, no soy dulce. Detesto este mundo en que vivimos.

—De acuerdo. Eres amable y cortés.

—Lo soy porque tú sacas a relucir lo mejor de mí.

Despacio y con gran habilidad le desató el corsé. Desenlazaba los corchetes con tanta destreza que parecía que sus dedos veían en la oscuridad.

En unos instantes se había quedado sólo con la combinación y su vestido yacía en la silla más cercana junto a su corsé.

Sus dedos encontraron el abrigo de Devlen y lo apartaron hasta los hombros, sin importar que cayese al suelo. Después venía el chaleco. Lo desabotonó con idéntica habilidad a la que él había mostrado antes. En aquellas últimas semanas habían aprendido qué llevaba cada uno. Lo siguiente era la camisa. Le desabrochó sólo un botón y se inclinó para besarle el torso desnudo. Otro botón, otro beso.

Mientras ella le quitaba la ropa, él intentaba adivinar sus formas bajo la combinación. Sus manos iban de los hombros de Beatrice a los codos, después a sus caderas, a sus nalgas y otra vez arriba. Aquellas caricias la hacían temblar.

La sensualidad era lo único que les igualaba en la vida. Él era inmensamente rico, tenía una posición social envidiable y unas posesiones que muchos codiciaban. En cambio, ella no tenía un estatus similar y no poseía nada más que una casita y lo que había dentro de una maleta desgastada. Nadie requería su presencia a la hora de la cena ni tampoco decenas de invitaciones esperaban ser leídas por ella como sí sucedía en el caso de Devlen.

De repente, estaba en sus brazos y la llevaba a la cama. Aquella vez todo iría más despacio y sería menos febril aunque quizá más demoledora. Sentía una ternura que le hacía sólo querer abrazarle. Él tomó la cara de Beatrice entre las manos y la besó con dulzura.

No me olvides nunca.

No hablaron ni se provocaron con palabras.

Cuando él entró en ella, una eternidad después, Beatrice se arqueó y emitió un gemido de asombro.

—Por favor —dijo ella, sabiendo que sólo él podía acabar con aquel deseo sin fin.

Cuando acabó y ella había saciado su deseo, se volvió hacia él y le escuchó susurrar su nombre, justo antes de que ella cayera en un profundo sueño, sintiéndose segura y protegida por primera vez en mucho tiempo.

Devlen salió de la habitación, ataviado con ropa suficiente como para no llamar la atención de ningún sirviente si era descubierto. Abandonó la habitación de Beatrice y cerró la puerta tras de sí sin ruido.

Hacer el amor le gustaba, pero siempre acababa sumiéndole en una profunda reflexión y estaba ya bastante cansado de sentirse culpable por lo que pasaba con Beatrice Sinclair.

Estaba volviéndose loco.

Quería estar constantemente con ella y era bastante obvio que a ella le sucedía lo mismo. Pero estaba claro que a ella no le atormentaba tanto la conciencia como a él. Se había girado y se había quedado dormida. En cambio él estaba vagando por la casa como si fuera una criatura de la noche.

Tendría que dejarla marchar. Pero ¿por qué no podía?

Debería enviarla de nuevo a su aldea, con dinero suficiente para que viviera tranquila el resto de su vida. Una dote, si se quiere ver así. Podría casarse con un granjero, un cervecero o tal vez un tendero y así aportar a la unión algunos bienes.

¿Por qué debía apartarla de él?

Porque vivir al abrigo de la oscuridad no era vida para una mujer como Beatrice. Porque tampoco él estaba acostumbrado a esconderse como si estuviera trastornado por una mujer y nunca tuviera suficiente.

Porque no quería que fuera su amante.

Tenía una educación más sólida que la suya y había sido criada de modo tradicional. Sus modales eran impecables; su discurso, propio de la alta sociedad y además tenía la molesta costumbre de tener la razón en la mayoría de sus discusiones.

¿Por qué tratarla entonces como si fuera una fulana que iba al muelle de Londres a ofrecer sus servicios?

Diablos.

Capítulo 27

Cuando Beatrice se despertó Devlen ya se había ido. Lo primero que pensó fue que lo echaba de menos y, lo segundo, que se estaba comportando como una tonta. No había pasado suficiente tiempo con él como para echarlo de menos. Devlen no se había asentado en ningún lugar y no podía presentarle con orgullo ante los demás como a alguien que estaba comprometido con ella.

Devlen Gordon tenía una personalidad tan marcada que la sola idea de que pudiera comprometerse con alguien le parecía curiosa.

El suelo estaba cubierto de nieve y todavía faltaban muchos meses para que llegara la primavera. Las ardillas se escondían en sus madrigueras y un fiero viento soplaba fuerte contra el edificio. Sin embargo el día prometía. Se sentía la mujer más feliz sobre la tierra. ¿Podía eso tentar a la suerte?

Eligió un vestido azul marino con vivos de color rojo en las muñecas y en el cuello. Se ceñía en la cintura y se ajustaba en la parte delantera. Era una elección muy adecuada. Quizá no lo suficientemente suntuoso para un huésped de Devlen en aquella magnífica casa; sin embargo era el mejor de sus tres vestidos y no tenía otra elección.

Durante las tres últimas semanas, Devlen había intentado convencerla para que aceptara los servicios de una modista, cosa a la que ella se había negado en cada ocasión. Una cosa era tener un idilio y compartir semanas de placer; otra muy distinta era que se la tratase abiertamente como a la amante de Devlen.

La amante de Devlen. Aquella etiqueta debería turbarla. El hecho de que no lo hiciera mostraba el grado de depravación al que había llegado.

Salió de su habitación y se dirigió a la de Robert. No le sorprendió encontrarla vacía. El niño debía estar otra vez en la cocina. Siempre lo encontraban allí, charlando con la cocinera y sus ayudantes y, por supuesto, atiborrándose de dulces.

El servicio seguía sin recibirla con agrado, cosa que no le sorprendía. Devlen y ella evitaban encontrarse cuando estaban cerca de los criados. ¿Habrían conseguido despistarles o acaso todos se preguntaban a puerta cerrada lo que sucedía entre el señor y la institutriz?

Se dirigió hacia la cocina y allí encontró a Robert, balanceándose sobre una silla, con una mano sobre la mesa y la otra en un gran cuenco de cerámica.

Sonrió cuando vio a Beatrice.

El duque de Brechin estaba a punto de coger otra galleta, era obvio. Una o una docena, no estaba segura. Delante de él, bien dispuestas, tenía una variada selección de galletas.

Llegó hasta él y le quitó las migas que tenía sobre la camisa.

—¿Tomando galletas para desayunar?

—Galletas de Annie —la corrigió—. Son las mejores.

—No hables con la boca llena.

Asintió con la cabeza y sonrió.

—Buenos días, señorita —dijo la cocinera, volviéndose hacia ella desde el horno. Le dedicó una inusual reverencia porque llevaba una cuchara en una mano y una olla en la otra. La estancia olía a chocolate y de repente comprendió por qué Robert no dejaba de sonreír.

—Vamos a beber chocolate, señorita Sinclair. Hoy es un día especial —dijo Robert cuando se acabó la galleta.

—¿Pero qué día es hoy?

—Miércoles. ¿No cree usted que cada día debe ser especial?

Sonrió y se acercó para coger una galleta. Ya le reprendería en otro momento y le hablaría de lo importante que era comer bien.

—Seguro que a Annie no le importa que usted tome un poco de chocolate también.

—Gracias, Su Excelencia, es usted más que amable.

Robert sonrió y mordisqueó otra galleta de nueva adquisición. Tuvo la tentación de preguntarle si pensaba quedarse con todas, pero se mordió la lengua.

Beatrice se despidió de la cocinera con una sonrisa y se dirigió hacia el comedor familiar, donde la mesa del desayuno ya estaba preparada. Parecía que aquella estancia fuera el único lugar donde podía estar. Risas y conversaciones provenían de la cocina. Devlen debía estar en otro lugar ocupándose de gran cantidad de asuntos. Ella estaba sola en la habitación y separada de los demás. De repente se sintió muy sola.

Había aprendido a aceptar una vida silenciosa en aquel año que había transcurrido desde la muerte de sus padres. Era el silencio de la soledad, de la pérdida y de la pena. Aquella costumbre parecía que se había esfumado. Ya no era capaz de aguantar y, de repente, supo que ya no podría volver a llevar el mismo tipo de vida que antes.

Se desplazó hacia la hilera de platos para servirse y levantó las tapaderas una a una para examinar los contenidos.

En su casita, seguía la misma rutina diaria. Lavar, regar las plantas del jardincito, llevarles agua a las plantas que luchaban por sobrevivir, limpiar, remendar sus vestidos y aquellos de su madre que ella podía aprovechar. No había sido una vida demasiado emocionante pero por lo menos se había mantenido ocupada. Su nueva vida era fascinante y sin embargo, a veces aburrida.

Se sentó a la mesa y juntó las manos. Observó detenidamente sus uñas. Habían perdido aquel toque azul desde que comía bien. Las manos tampoco parecían ya tan frágiles ni esqueléticas. Su cuerpo se había recuperado y la ropa casi le apretaba. Ya no sufría las consecuencias del hambre que había pasado en aquel terrible mes anterior a la llegada a Castle Crannoch.

Se puso de pie otra vez y caminó alrededor de la mesa. Se sentó en otra silla, desde la que podía ver a través de la ventana.

El día estaba gris y parecía frío. ¿Haría demasiado frío para dar un paseo? Necesitaba estirar las piernas y hacer algo más que esperar a que el desayuno acabara para comenzar con las clases, obligación que tenía como institutriz.

Ni siquiera aquella tarea era pesada. Robert era buen estudiante cuando quería, y cuando no, una mirada de Devlen bastaba para que volviera a portarse bien.

Aquella mañana que le había parecido prometedora se estaba convirtiendo en interminable.

Se puso de pie otra vez y salió de la habitación.

Que fueran amantes no le daba autorización para invadir la privacidad de Devlen. De lo contrario, le hubiese dedicado un poco de tiempo a explorar aquella magnífica casa que Devlen había construido para sí. Debería retirarse a la biblioteca y coger algún libro. Pero entonces no llegaría a tiempo para darle la clase a Robert. Necesitaba hacer algo para no pensar en Devlen, buscar alguna ocupación que la sacara de su embeleso.

¿Y qué era ella sino una esclava de Devlen Gordon? Una esclava del placer, una esclava que le había pedido que la atara con cadenas.

No sabiendo a dónde ir se retiró a su habitación; pero antes de entrar, se giró y miró a la doble puerta que conducía a la habitación de Devlen.

Se deslizó por el pasillo y golpeó en la puerta con suavidad. No obtuvo respuesta. ¿Se habría ido a pasar el día fuera? Con tantos asuntos que atender, seguro que debía tener ocupado cada minuto del día. Ella sentía envidia porque también quería hacer otras cosas además de pensar en él.

Oyó algo y empujó la puerta. Le sorprendió ver que estaba abierta.

Devlen había corrido las cortinas y la débil luz del sol se colaba en la habitación, iluminando la alfombra azul y el dosel de la cama.

De nuevo escuchó el mismo ruido. Había descubierto de dónde provenía.

Abrió despacio la puerta de la sala de baño y se apoyó en ella mientras le miraba.

Tenía la cabeza hacia atrás y apoyada en la bañera. Las manos le colgaban a los lados. El vapor humeaba a su alrededor mientras él canturreaba una canción, estaba segura de que era una cancioncilla con una letra subidita de tono.

Tras esperar un instante, penetró en la habitación y cerró la puerta tras de sí. Había tomado la precaución de cerrarla con llave antes de enfrentarse a él.

Devlen miró detrás de él y se sentó de cara a ella, sin mudar de expresión pero con una chispa brillándole en los ojos.

—¿Vas a decirme que lo que es bueno para uno es bueno para el otro?

—Sí que podría decir eso, ¿no? Debo confesar, sin embargo, que se me ocurrió de repente.

—¿Al verme a mí?

—Por supuesto.

Beatrice tomó el taburete de tres patas y lo colocó detrás de la bañera. Se sentó y hundió la mano en el agua caliente, salpicándole, juguetona, en el pecho.

—¿Puedo albergar la esperanza de que vas a bañarme?

—¿Quieres que te bañe?

—Bueno, sería un necio si dijera que no, ¿no crees?

—Los dos lo somos, a nuestra manera.

Era peligroso, adictivo, fascinante y dañino para ella porque era virtuosa, bien educada y, más allá de aquellas paredes, estaba dotada de buen sentido y decoro. Delante de ella se le abría un futuro como institutriz del duque de Brechin.

Devlen la molestaba y a la vez se sentía fascinada por él. De aquella relación no podía surgir nada bueno.

Él sonrió como si adivinara su irritación.

—No usaste ayer los preservativos.

—Ya lo sé. Me acordé después.

—¿Quiere eso decir que voy a tener un niño?

—No necesariamente. Pero lo que sí quiere decir es que no

se puede confiar en mí si tú estas cerca. Nunca antes me había olvidado.

Vaya momento más ridículo para sentir una oleada de auténtico y puro placer femenino.

Como si se tratara de una criatura que emergiera de las profundidades, su erección salió a la superficie.

—¿Siempre se pone así? ¿Es por el agua caliente?

Su carcajada rebotó con un eco contra las paredes de piedra.

—No es el agua caliente, Beatrice. Me temo que eres tú la causante. Me pasa sólo con pensar que estás cerca.

—Vaya.

—Sí, ya lo ves. Estaba aquí sentado pensando en que me estabas tocando y justo has entrado y has cerrado la puerta tras de ti.

—¿De verdad?

—Ahora tienes una expresión que me fascina, ¿por qué?

—Si de verdad quieres saberlo, estoy intentando imaginarte.

Se puso de pie de repente. Cortinas de agua descendieron por su cuerpo.

—Aquí estoy. ¿Qué te parezco?

Estaba maravillosamente formado. Un hombre perfecto, musculoso y espléndido. Sus nalgas eran redondas y bien definidas como si fueran dos panecillos. Puso la mano sobre una de ellas y miró cómo se flexionaba bajo sus dedos. Pero lo que llamó su atención y la retuvo fueron sus impresionantes atributos masculinos.

Su erección crecía a medida que ella miraba y señalaba a su estómago. Su miembro era largo y estaba duro. Él lo tomó en sus manos y empujó hacia abajo, como si se estuviera preparando para usarlo como lanza. Si todavía fuera virgen se habría sentido aterrorizada.

Sin embargo sabía ya de las maravillas que podía hacer con tal arma, y la fascinación que sentía se limitaba a su tamaño y a su contorno. Despacio, Beatrice dibujó con su dedo un camino desde la cabeza bulbosa hasta el nido de asombrosamente suave vello que había en la base.

—Está muy dura —dijo—. Y caliente. ¿Te duele?

—Sí.

Miró hacia arriba y vio que la miraba intensamente. Su dedo iba de la base a la punta y después dibujaba círculos en la cabeza.

—¿Y ahora?

—Estoy sufriendo mucho en este preciso instante.

—Creo que deberías tomar un baño ahora y empaparte bien para que se te baje la inflamación.

—¿Eso es lo que me recomiendas?

—Un poco de nieve, quizá.

—Seguramente enfriaría cualquier ardor.

Beatrice le acarició otra vez el miembro. Sus atenciones estaban haciendo que temblara.

—Creo que deberías seguir algún tratamiento.

—Bésalo.

Lo miró, sorprendida. Los ojos le brillaban y tenía la cara roja.

—Bésalo, Beatrice.

Poco a poco se levantó y, poniendo una mano en la bañera para sostenerse, llegó al lugar indicado y apretó contra él sus labios. La erección aumentó, caliente y ansiosa. Estaba tan suave que sintió la tentación de besarla otra vez. Cogió el miembro con una mano, de modo que sus dedos abarcaban toda su longitud y lo acariciaban. Puso la otra mano en una de las nalgas a la vez que sus labios se posaban otra vez sobre su miembro y se abrían un poco.

La cabeza bulbosa era suave. Abrió la boca un poco más, lo suficiente para que la lengua pudiese salir. Le estaba provocando y Devlen respondía con un gemido.

Sonrió y sus labios se curvaron contra el miembro de Devlen.

El vapor le humedecía la cara y también la tela del vestido contra el pecho. Le hubiera gustado estar desnuda como él. Sus manos recorrían sus ingles y peinaban juguetonas el vello de sus piernas. Sus nalgas eran suaves y tan hermosas que no podía evitar acariciarlas con la mano.

Él seguía de pie sin moverse, con las manos detrás de la cabeza de Beatrice y los dedos extendidos sobre su pelo. Ella no movía los labios, pero de vez en cuando soplaba aire caliente contra su miembro para ver cómo se movía como respuesta.

Le encantaba tenerle bajo su poder.

Olía al jabón que había usado. La esencia estaba hecha de sándalo. Con la mano derecha alcanzó una jarrita, puso un poco de jabón sobre la rodilla de Devlen y la frotó dibujando círculos sobre ella.

—Beatrice.

Ella se sentó y le miró.

—Quiero bañarte, Devlen.

Él la cogió del pelo y tiró con suavidad.

—Quiero que empieces por aquí.

Ella sonrió.

Le lavó despacio una pierna, empezando por la rodilla y acabando en el pie, que estaba sumergido en el agua caliente. Después siguió con la otra, empleando las mismas caricias y siguiendo el mismo ritmo.

La erección crecía, como queriendo llamar la atención. En cualquier caso, Beatrice no se habría olvidado de ella.

Cuando hubo acabado con las piernas, enjabonó el vello que había entre sus piernas y los testículos con un movimiento suave y circular. Se cubrió las manos de jabón de sándalo antes de colocarlas sobre su miembro.

El sonido que emitió Devlen era mitad gemido mitad risa.

Beatrice sonrió.

Le acarició empleando las dos manos, desde la base hasta la punta. Lo agarraba con firmeza y no se detenía. Él dijo algo sobre tener precaución pero ella lo ignoró completamente. Quería que explotara en sus manos y que perdiera el control como ella hacía cada vez que él la tocaba.

Se estaba quedando sin respiración y cada vez tenía más calor. Quería que él le diera lo mismo. Su corazón latía con tanta fuerza que su pecho vibraba. Le estaba ofreciendo su cuerpo y su alma. Quería que él se sintiera tan desesperado y ansioso como ella.

Tenía las dos manos sobre él, agarrándole. Se inclinó y abrió la boca para rodear la punta con sus labios. Devlen arqueó sus caderas hacia delante y ella sintió que, en su interior, su cuerpo se preparaba para recibirle.

Algunas gotas de agua caían del grifo hacia la bañera y un leño se movió en la chimenea, pero sólo eran sonidos que acompañaban el ruido de los besos de Beatrice cuando se ponía el miembro de Devlen en la boca y lo sacaba otra vez. Él susurraba algo, como advirtiéndola. Beatrice se movió un poco para poder poner sus manos sobre las nalgas de Devlen.

Se apartó y se dirigió a su trasero. Estaba dispuesta a hacer algo que sorprendiera a Devlen. Le mordió con dulzura una de las nalgas y después la besó. Le puso la mejilla allí y se frotó contra ella. Devlen emitió un sonido que parecía una palabrota pero también una risotada.

Aquel momento era tan decadente, tan sensual y seguramente inapropiado que los pechos se le pusieron duros y el cuerpo se le calentó.

Beatrice trazó un recorrido de besos que se dirigía a su miembro.

Devlen arqueaba las caderas hacia delante y hacia atrás para pedirle más. Pero a pesar de que tenía la cabeza de Beatrice entre sus manos, ella no hacía lo que él le pedía. Él iba a disfrutar, pero ella iba a decidir cómo.

Ella se retiró otra vez y cogió el miembro entre sus manos mientras alzaba la mirada hacia Devlen.

Él siempre le decía cosas, ¿podría ella hacer lo mismo?

—Quiero que explotes en mis manos, Devlen. —Lo cogió con firmeza, utilizando lo que le quedaba de jabón como lubricante sobre el que deslizaba las manos con firmeza de la punta a la base.

—Sería un desperdicio, Beatrice.

Parecía enfadado, feroz y orgulloso. En aquel momento deseó tenerle dentro, encima y a la vez creciendo en ella. Pero tendría que esperar un poco más.

Una caricia más y él cerró los ojos.

—Abre los ojos, Devlen. Mírame.

Le lamió la punta del miembro sin dejar de mirarle.

Sus ojos se volvieron más fieros y el rubor de sus mejillas se acentuó.

—Sabes a algo dulce. ¿Es el jabón? ¿O eres tú?

Le lamió otra vez.

—¿Creaste este jabón para utilizarlo de este modo? ¡Qué gran invento!

Le lamió de nuevo, con el miembro en sus manos y moviéndolas de la punta a la base otra vez. Estaba más duro y más caliente que antes.

—Qué maravilloso instrumento —dijo ella, dirigiéndose a su miembro. Chupó la punta otra vez—. Sabes a sal.

La agarró del pelo con más fuerza.

Otra caricia y entre ellos se creó un ritmo parecido a cuando hacían el amor. Él se arqueaba y ella le acariciaba, acompañando los movimientos con palabras provocadoras.

—Ya falta poco, ¿verdad, Devlen?

—¿Eso es lo que quieres?

—Oh, sí.

—Si no dejas de provocarme, no voy a poder contenerme.

—Por favor, no te contengas. Quiero saber a qué sabes.

—Diablos, Beatrice.

Entonces ella supo que ya era suyo. Ahí estaba, entre sus manos, al final de su lengua provocadora. Sonrió y se inclinó para saborearle una vez más y él blasfemó de nuevo. Sus caderas se movieron hacia delante antes de que su erección temblara, se arqueara y palpitara. Sus testículos se levantaron y ella le sujetó mientras explotaba en sus manos.

La arrastró hacia él. Los ojos le brillaban y el rubor de sus mejillas se había oscurecido. Su beso era estimulante y agotador a la vez. Se cogió con fuerza a sus hombros para mantener la estabilidad mientras él la atraía más y más hacia él. Tenía el vestido empapado.

Por una vez, Devlen estaba indefenso y ella en cambio se sentía salvaje y estimulante.

Era un momento extraño y maravilloso para darse cuenta de que se había enamorado.

Capítulo 28

Beatrice se sentó en el sofá de cuero de la biblioteca de Devlen y Robert en el suelo frente a la mesa circular. Aquella estancia era palaciega en comparación con la biblioteca que había en Castle Crannoch; tanto por el volumen de libros sobre los estantes como por los muebles. Dos sofás de cuero, magníficos y creados para ofrecer comodidad, descansaban uno junto a otro frente a una candente chimenea. Entre ellos había una mesilla baja y redonda adornada con un cuenco de cristal que estaba lleno de flores.

Cuando estudiaban, Beatrice tomaba la precaución de poner el cuenco de cristal en el suelo.

Los estantes de caoba que cercaban la habitación estaban tallados con un intrincado molde dentado y llenos de volúmenes que tenían tapas de cuero y títulos con letras doradas. Ya había examinado la mayoría de ellos y se había sentido fascinada por el alcance y la amplitud de la curiosidad de Devlen.

La estancia tenía forma de ele, en la otra punta Devlen tenía su escritorio. En aquel momento estaba allí sentado revisando un montón de papeles. De vez en cuando alzaba la vista para mirarla y sonreía antes de volver a su tarea.

—Vamos a hablar de Plinio el Joven esta mañana —había dicho ella, forzándose a prestarle atención a la clase. Lo que en realidad le habría gustado hubiese sido sentarse a estudiar a Devlen. Era un personaje tan imponente, especialmente cuando llevaba ropa informal, como aquella mañana. Pero aquella idea era inapropiada y, además, conllevaría una pérdida colosal de tiempo.

Nunca iba a estar más cerca de comprenderle que en aquel momento. Tampoco nunca iba a saber con más certeza qué debía hacer a continuación.

Tiempo. El tiempo nunca había volado tan rápido como aquellas últimas semanas. Había que hacer planes con Robert y ella temía que no se la incluyera en ellos.

Sin embargo, Beatrice no quería que el niño regresara a Castle Crannoch. Aunque fuese lo único que ella pudiese hacer, convencería a Devlen para que no se lo llevaran a aquel oscuro y siniestro lugar

En cuanto a ella, necesitaba encontrar otro puesto. Cameron Gordon la había echado y no tenía perspectiva alguna. No quería pasar hambre otra vez.

También podría seguir siendo la amante de Devlen. Si eso era lo que él quería, claro. ¿Qué tipo de vida la aguardaba si se quedaba? Seguro que una llena de placer y de lujos. Pero los demás no la tendrían en cuenta y dudaba que pudiera entablar alguna amistad. ¿Y qué seguridad tendría? La que le proporcionase el dinero que Devlen le prometiera, tal vez. Sería la amante de un hombre rico.

Sería la amante de Devlen.

Sería la querida de Devlen.

Cualquier cosa que se planificase podía irse al traste con gran rapidez. Ella había aprendido aquella lección el año anterior e incluso Robert, tan niño todavía, había visto cuán contingente podía ser la vida. ¿Debía regresar a su casita y pasar allí el resto de sus días como una mujer virtuosa y penitente por aquellos días de lujuria? ¿O debía vivir del mejor modo posible y aprovechar la vida al máximo?

Regresó a sus lecciones, apartando la vista de Devlen con dificultad.

En vez de buscar otra habitación para sus lecciones, Devlen había insistido en que utilizaran la biblioteca, cosa que era de agradecer; lo malo era que él también la ocupaba.

En un primer momento sintió vergüenza dándole clase a Robert enfrente de su primo. Pero rara vez parecía que Devlen les

escuchase. Sin embargo, le había pillado en varias ocasiones sonriéndole, como en aquella ocasión.

—¿Le parecen divertidos mis métodos?

—Es usted tan honesta. Parece que verdaderamente le preocupa lo que Robert aprenda de usted.

—Pues claro que me preocupa. ¿Qué clase de institutriz sería yo si no me preocupara?

—A mis antiguos tutores no les preocupaba —dijo Robert.

—Eso es porque les ponías ranas en sus camas.

—A usted le puse una serpiente.

—¿Cómo? —dijo Devlen.

—Sí, me puso una.

—¿Y qué hizo la señorita Sinclair?

—Preparó un funeral para la serpiente —dijo Robert.

—La señorita Sinclair tiene un corazón muy grande.

Ella miró a Devlen y apartó la vista después.

—Es usted muy buena profesora —dijo Devlen.

No debería haberse sentido tan contenta por el comentario,
pero lo cierto era que lo estaba.

—Tengo un recado que hacer esta tarde —dijo Devlen—.
¿Os gustaría acompañarme?

Lo primero que sintió fue la misma excitación que mostró
Robert de inmediato. Sin embargo, decidió ser cautelosa y por
eso negó con la cabeza. Durante el día era la institutriz de Robert
y por la noche la amante de Devlen. Los dos roles no podían so-
laparse. En la biblioteca era la señorita Sinclair y en la cama, su
querida Beatrice.

—Creo que lo mejor es que Robert y yo demos un paseo.
Por culpa de la nieve nos hemos quedado sin salir demasiados
días. Necesito estirar las piernas.

—Hay tiendas que serán de vuestro agrado no muy lejos
de aquí. —Miró a Robert—. Tenéis que deteneros en la tienda de
McElwee's. Hacen unos caramelos deliciosos.

Robert parecía emocionado otra vez. Beatrice le sonrió y
asintió con la cabeza.

—Has trabajado mucho últimamente y creo que te mereces una recompensa.

Las clases acabaron. Devlen se había ido antes que ellos, no sin antes señalar hacia una bolsita que había dejado sobre su escritorio.

—Un poco de dinero para la salida.

No quiso discutir con él. Le dio las gracias y le miró mientras salía de la habitación. Ya comenzaba a echarle de menos.

Hacía frío pero brillaba el sol. Beatrice se abrigó bien y se aseguró de que Robert hacía lo mismo. El niño necesitaba guantes nuevos aunque, de momento, para aquella salida llevaba un par de Devlen. Le quedaban muy grandes, pero insistió en llevarlos. La saludaba con la mano, cómico.

Le puso una bufanda alrededor del cuello y deseó que la nieve no fuera demasiado abundante. En cualquier caso, buscarían un camino sobre el que ya hubiera pasado alguien para evitar problemas.

—¿Cogemos el carruaje, señorita Sinclair?

—La verdad es que estoy cansada de ir en él. ¿Tú no, Robert?

Dijo que sí pero Beatrice sabía que no pensaba lo mismo.

—Ya verás, caminar nos va a ir muy bien. Así, cuando regresemos, estaremos hambrientos.

—Yo ya tengo hambre.

—Tú —dijo ella, despeinándole— tienes hambre siempre.

No se volvió a quejar por la caminata y, veinte minutos más tarde, Beatrice se alegró de haber decidido que iban a caminar.

Las calles de Edimburgo eran estrechas y estaban adoquinadas en su mayoría. Londres era la ciudad que más visitas recibía; sin embargo parecía que Edimburgo gozaba del mismo privilegio aquella mañana. Beatrice oyó hablar francés y tres lenguas más, una de las cuales era el alemán. No pudo reconocer las otras dos a pesar de que escuchó con mucho interés a los hablantes.

La ciudad pendía de varias colinas, así que caminar era un ejercicio que requería vigor. La casa de Devlen estaba en la parte nueva de la ciudad, donde las calles estaban dispuestas ordenadamente en claro contraste con la parte vieja.

—Los habitantes de Edimburgo son muy cultos —dijo ella cuando pasaron frente a otra tienda de libros.

—Sí, sí, pero, ¿comen caramelos o no? —Robert frunció el ceño en un intento no demasiado sutil de recordarle que su misión era encontrar la tienda de caramelos.

Consultó las direcciones y finalmente llegaron a la tienda que Devlen les había recomendado. Allí gastaron parte del dinero que éste les había dado. Compraron dulce de azúcar de varios sabores, entre ellos, chocolate con pasas, avellana y algo delicioso que se llamaba Hihgland Cream. Como Robert insistía mucho, tuvo que probar un caramelo que le hizo sentir que la cabeza se le iba a salir del cuerpo.

—¿A que pica, señorita Sinclair?

Ella movía la mano delante de la boca. Había probado la canela y el clavo, pero aquel caramelo masticable llevaba algo más, ¿quizá pimienta y jengibre?

—Me has puesto otra serpiente en la cama, ¿verdad?

El niño ser rió de tal gana que dio su sufrimiento por bueno. Hacía mucho tiempo que no se reía así.

Vio un carruaje mientras salían de la tienda, pero no le prestó más atención que la de advertir lo mucho que se parecía al de Devlen. Cuando salieron de una librería, el carruaje seguía allí, y entonces sí que llamó su atención.

Los caballos parecían iguales. Ella no era una experta en animales, pero el color era similar y estaban perfectamente combinados.

¿Acaso Devlen les había enviado un carruaje?

Caminó unos pasos hasta que se dio cuenta de que Robert no estaba a su lado. Se volvió para ver que permanecía en la esquina mirando una rata muerta.

—Sal de ahí, Robert.

—Está muerta.

—Robert.

El niño la miró y por unos instantes pensó que iba a desobedecerla; sin embargo, le dio una patada al animal y se apartó al ver que las moscas volaban alrededor de la rata.

El carruaje se acercaba a ellos, amenazador. Algo le hizo recordar la primera vez que vio el carruaje de Devlen en la tortuosa carretera que llevaba a Castle Crannoch.

Antes de que Robert llegase hasta donde estaba ella, el carruaje viró bruscamente y se dirigió directamente hacia el niño. Beatrice se quedó paralizada un instante, horrorizada. De inmediato corrió hacia el niño, lo agarró de los brazos y tiró de él. Los dos se golpearon contra un muro de contención que había a un lado de la calle.

Beatrice cogió al niño por debajo de los brazos y lo empujó para que alcanzara la parte más alta del muro. Sus zapatos le arañaban la frente a medida que intentaba llegar arriba.

Por favor, por favor, por favor. No había manera de que ella pudiera escapar. Enterró la cabeza bajo las manos y se apretó lo más que pudo contra la pared,

No podía pensar. Lo único que podía sentir era el tiempo, medido en fracciones de segundo. Quería correr tan rápido como le fuera posible, pero estaba atrapada y no podía. Apretaba los brazos con fuerza para ocupar el menor espacio posible. Los caballos estaban tan cerca que casi podía sentir su aliento caliente en la cara.

Gritos de terror equino resonaron en su oído.

Que alguien me ayude.

—Eso es todo —le dijo Devlen a su secretario.

—¿Señor?

—No puedo trabajar.

—¿Está usted bien, señor?

—Sí, maldita sea.

—¿Puedo traerle algo para beber? ¿O llamar a la señora Anderson? Ella podría traerle un poco de té. O de chocolate.

—No tengo hambre, Lawrence. Sencillamente, no puedo trabajar.

—Señor, debe decidir qué hacemos con la fábrica de algodón.

—Más tarde.

—¿Y qué hacemos con el nuevo diseño de los cascos para los barcos?

Devlen se acomodó en la silla.

—Mañana lo decidiré.

—Las negociaciones sobre la mina de Gales no pueden esperar, señor. ¿Señor?

—¿Alguna vez se ha enamorado, Lawrence?

—¿Señor?

El joven se ruborizó. Devlen le había dado el puesto de secretario porque le había sorprendido su perspicacia para los negocios. Sin embargo, era todavía muy joven.

—Olvídelo. —Echó una ojeada a los papeles que tenía sobre la mesa—. ¿Cree usted que si no trabajo hoy mi imperio va a tambalearse?

—Con todos mis respetos, señor, no ha trabajado usted demasiado en las tres últimas semanas. Desde que... —Se ruborizó aún más.

—Devlen no se molestó en contestarle porque tenía razón.

Incluso si solucionaba sus propios asuntos, todavía quedaba pendiente el informe de su consultor. Quería obtener la custodia de Robert y, debido a la insistencia de su padre, no tenía demasiadas garantías de obtenerla. No quería enfrentarse a Cameron, especialmente ante los tribunales. Tampoco quería que saliera a la luz y que todo el mundo supiera lo que le había pasado. Pero era más importante el bienestar de Robert que la reputación de Cameron y si, para proteger al niño, era necesario mancharla, no iba a dudar en hacerlo.

Si por lo menos pudiera quitarse a Beatrice de la cabeza. Había ido a la oficina del embarcadero para solucionar algunos asuntos, aprobar el inventario de descargas y reunirse con dos de sus capitanes. No había acudido para quedarse sentado allí como si fuese un muchacho inseguro y pensando en Beatrice, cuando hacía tan poco que se habían separado.

Su recuerdo favorito era aquella ocasión en la que estaban estudiando *Las vidas de Plutarco* y, al preguntarle a Beatrice si no resultaba demasiado avanzado para Robert, ella le había sonreído.

—No le gustan las *Fábulas* de Esopo. Plutarco narra historias de hombres mortales que sí vivieron y del estudio de sus vidas también se extrae una enseñanza.

—¿Es así como la han educado, con historias que ofrecen una enseñanza?

Recapacitó unos instantes.

—Mi padre me dijo en una ocasión que los animales enseñan a sus crías sin que lo parezca. Un gatito obedecerá a su madre o tal vez a la naturaleza misma; mientras que un bebé no tendrá ni idea de lo que el padre ha aprendido. Por eso es necesaria la educación, para rellenar ese vacío. Tenemos que aprender de los errores y de los éxitos de los demás. No basta con saber cuánto suma una hilera de datos ni con conocer la obra de un poeta. La enseñanza debe estar relacionada con la vida del hombre y sobre cómo mejorarla.

—¿Tener una educación le ha ayudado a vivir mejor?

Lo miró y después sonrió.

—Hay quien dice que es una pérdida de tiempo en el caso de las mujeres. He escuchado ese argumento en varias ocasiones. Plutarco me enseñó que en la vida es mejor resignarse y no enfadarse.

—Creo que un poco de temperamento tampoco viene mal. Menos lógica y más sentimiento, ¿no?

—¿Acaso cree que no tengo sentimientos?

—Lo que creo es que los esconde en su interior para que no le traigan problemas. Incluso Plutarco habló de los puntos débiles del hombre. Dijo que los hombres podrían haber sido ángeles de no ser por sus pasiones.

—Y también dijo que el hombre muere y vuelve a nacer. ¿También está de acuerdo en eso?

—Un modo muy inteligente de evitar el tema, señorita Sinclair.

Se había puesto de pie y, acto seguido, se había marchado. De haberse quedado, la habría besado, enfrente de Robert y de la doncella que acababa de entrar con una bandeja llena de galletas y chocolate.

Su voz era la más cautivadora que jamás había escuchado. Era grave pero estaba impregnada de un tono equilibrado, como si la risa se escondiera detrás de sus palabras. Parecía que una sonrisa se ocultara tras sus labios; curvaba los labios como para invitarle a que se levantara del escritorio y fuera hacia ella para darle un beso.

Beatrice. Aquel nombre, paradójicamente, a veces le hacía justicia y otras, no. Era un nombre demasiado modesto para una criatura tan extraordinaria. Sólo él sabía lo maravillosa que podía llegar a ser. Se echó hacia atrás en la silla y recordó otros momentos. Eligió uno al azar. Hasta el día de su muerte recordaría a Beatrice como la había visto aquella mañana, cuando descorrió las cortinas para verla dormir. El sol se había filtrado por la ventana y subía por la alfombra hasta llegar a sus pies, primero; después a una mano y finalmente a su mejilla. Ella había parpadeado antes de abrir los ojos, escudándose del sol con la misma mano que se había calentado antes. Le había sonreído y estaba tan bella y era tan deliciosa que se había quedado profundamente prendado. Y había sentido algo más; un miedo tan repentino y creciente que le había hecho contener la respiración.

¿Qué iba a hacer si ella le dejaba?

No podía dejarle.

¿Dónde estarían en aquel preciso instante? ¿Habrían visitado ya la tienda de caramelos? ¿Estaría cansada de caminar cuesta arriba por las empinadas calles de Edimburgo? ¿Debía enviarles un carruaje para que los fuese a buscar?

¿Qué podía hacer para que se quedara con él?

Demasiadas preguntas para las que no tenía respuesta.

El carruaje no la aplastó por un milímetro. Beatrice sintió el calor que desprendían los caballos y, después, la bofetada del correaje contra su espalda. El eje de la rueda le rozó las piernas por detrás y le rasgó la falda.

Las ruedas golpeaban los adoquines, los caballos relinchaban asustados y Robert gritaba.

Cuando todo hubo acabado, se agarró a la pared, sentía que se caía. Se agarraba a los ladrillos con las manos llenas de rasguños.

—¡Señorita! ¿Se encuentra usted bien? —De repente se encontró rodeada de extraños, de gente a la que no conocía, cuyas caras debían estar tan pálidas como la suya propia.

—¡Es intolerable cómo conducen algunos!

—Señorita, está usted sangrando. —Una mujer apretó su pañuelo perfumado de lavanda contra la palma de su mano. Beatrice se tocó el corte que tenía en el labio.

—¡Señorita Sinclair! ¡Señorita Sinclair! —Se acurrucó y apretó la mejilla contra el muro. El carruaje se deslizaba colina abajo entre la multitud. Los paseantes se giraban para verlo marchar, bastante gente rodeaba a Beatrice y le preguntaba sobre su estado. Tenía que levantarse, allí sentada estaba llamando demasiado la atención.

Se puso de pie con dificultad. Le temblaban las piernas.

—¿Señorita Sinclair?

Se giró y vio a Robert. ¿Cómo se había bajado del muro?

—Señorita Sinclair, ¿está usted bien?

No lo estaba, pero forzó una sonrisa.

—¿Y tú estás bien, Robert?

—Ha vuelto a pasar, ¿verdad?

No había motivo para llevarle la contraria. Alguien había intentado atropellarle utilizando un carruaje que, de modo inquietante, se parecía demasiado al de Devlen.

—Ha sido Thomas, señorita Sinclair.

—¿Thomas?

—El cochero, trabaja para mi tío.

Beatrice se puso las manos en la cintura y rogó por recuperar la compostura.

Cogió a Robert de la mano y emprendieron el camino de vuelta hacia la casa de Devlen. Tenían que ir cuesta arriba y caminar un largo trecho. Mientras andaba intentaba no pensar, pero lo que no podía evitar era sentir miedo. Era tan palpable que parecía que iba junto a ellos.

Robert estaba callado. Quería consolar al niño y sin embargo no podía mentirle. Edimburgo se estaba volviendo tan peligroso como Castle Crannoch.

Cuando pasaron a través de la puerta de acero y entraron en la propiedad de Devlen, Beatrice se sintió un poco más tranquila. Devlen sabría qué hacer. Aquel pensamiento la hizo detenerse en seco. ¿Desde cuándo había empezado a depositar toda su confianza en Devlen?

—Señorita Sinclair.

Miró a Robert. El niño se había parado y estaba mirando el carruaje aparcado enfrente de la casa.

—Ése no es el carruaje de tu tío.

Le cogió con fuerza de la mano y se dirigió a la parte trasera del carruaje. Abrió la portezuela. Allí, en animada conversación con la señora Anderson, estaba una de las mujeres más hermosas que había visto nunca.

La negra capa que llevaba estaba hecha de una lana suave. Beatrice lo sabía por la caída que tenía la prenda, que se sujetaba a la altura del cuello gracias a unos botones de perlas. La estola de piel blanca que llevaba la mujer hacía que sus ojos azules, su pálida y delicada complexión o el brillo cobrizo de su cabello, dispuesto de modo que con sólo retirar unas orquillas quedase suelto, llamaran aún más la atención.

Era un poco más baja que Beatrice, pero lo suficiente para que se sintiera como un gigante al lado de ella. Todo en ella era pequeño, desde el zapato que apuntaba bajo su enagua hasta la mano que sostenía la blanca estola.

—Y usted, ¿quién es?

303

Incluso su voz era pequeña. Pequeña y entrecortada, como si fuera demasiado delicada para respirar hondo. Si respiraba, ponía a prueba la resistencia de su pecho, y ya parecía que le costaba mantenerse erguida por lo abultado que era.

—Señora Anderson, ¿quién es esta mujer? —preguntó, con un toque escocés en su acento. Seguro que los hombres que la conocían lo encontraban cautivador.

La señora Anderson ni siquiera miró a Beatrice.

—Su Excelencia, el duque de Brechin y su institutriz, la señorita Sinclair.

—El primo de Devlen— dijo para restarle categoría a Robert. ¿Por qué no? Al fin y al cabo sólo era un niño de siete años y, por lo tanto, demasiado joven para resultarle atractivo—. Esperaré a Devlen en la biblioteca.

Beatrice miró a la señora Anderson.

—¿Es eso prudente? A Devlen no le gusta que haya gente en la biblioteca cuando él no está presente.

La otra mujer se volvió hacia Beatrice y la examinó otra vez.

—Para ser sólo la institutriz pareces demasiado decidida, ¿no? —Dudó un instante pero después empezó a sonreír—. Quieres llevártelo a la cama, ¿no? —sus ojos se entrecerraron—. ¿O tal vez ya lo has hecho? ¡Qué práctico para Devlen que seas la institutriz! —dijo ella, sonriendo—. Así estás disponible a cualquier hora del día y de la noche y cubre dos puestos pagando sólo por uno. Realmente Devlen tiene una mente ideada para los negocios.

Se desabotonó la capa con tranquilidad. Llevaba un vestido verde de seda que se ceñía a sus formas, demasiado maduras, y caía hasta sus tobillos formando una cascada de tejido.

—¿A ti también te hace regalos? —dijo, señalando con el dedo el collar de diamantes que llevaba—. Es lo último que me ha regalado.

Era la amante de Devlen.

—Es demasiado pomposo para ser de mi agrado —dijo Beatrice, tranquila—. Me gustan más las perlas. Son mucho más discretas.

Felicia sonrió, a pesar de que su mirada podía haber hecho que el hielo se derritiera.

—Quizá te apetece darle las gracias en la sala de baño. Siente debilidad por esa habitación.

Antes de que Felicia pudiera contestar o de que la señora Anderson hiciera algún comentario, Beatrice cogió a Robert de la mano, se giró y se fue.

—¿Adónde vamos, señorita Sinclair?

—A un lugar donde estaremos a salvo.

—¿Nos encontrarán?

—No.

—Señorita Sinclair, está usted temblando.

—No te preocupes. Es que tengo frío.

Estaba temblando, pero no era de frío ni tampoco de miedo. La rabia le recorría el cuerpo y picaba tanto como el chocolate que había probado horas antes. ¡Cómo se atrevía a hospedarla a ella en su casa y, a la vez, a seguir viéndose con su amante!

¿De quién era la culpa? ¿De Devlen o de ella? Ella había querido aventura y emoción. No se había guiado por el sentido común. Había acallado cada pensamiento de condena, cada débil susurro de su conciencia acerca del placer.

Tendría que haber sido más lista, más inteligente, menos inocente o inconsciente. Pero ella había hecho todo lo contrario y se lo había dado todo: su afecto, su cuerpo y su confianza. Su amor.

—¿Señorita Sinclair?

—No pasa nada, Robert. No te preocupes.

Buscó en el bolsillo la bolsa que le había dado Devlen con el dinero que había insistido en que cogiera para su salida. Había sido muy generoso y habían comprado tantos caramelos como para que Robert tuviese dolor de barriga durante una semana. Lo que les quedaba sería suficiente para salir de Edimburgo.

Beatrice se detuvo en la esquina y se preguntó dónde podría alquilar un carruaje. Resultó tener fácil solución, tal y como se sucedieron las cosas. Se lo preguntó a un peatón, quien le señaló una taberna. El tabernero la dirigió a un establo donde alquiló un

305

carruaje por el doble de su precio porque al dueño no le parecía bien que el viaje sólo fuese de ida.

—Tengo que ir a Kilbridden Village —dijo ella, indicándole cómo llegar.

—Conozco el lugar, pero me queda fuera del recorrido habitual. Quizá Inverness le guste más.

Robert estaba sentado a su lado, con los ojos muy abiertos. No ponía en duda nada de lo que ella hacía, cosa que evidenciaba lo desesperado de la situación.

—Vuelvan en una hora y partiremos.

—Nos vamos ahora.

La miró y después escupió en el suelo.

—Todavía no he comido.

—Sus caballos han descansado, ¿no? ¿Les ha dado de comer y de beber? ¿Qué más necesita?

—Señorita, ¿por qué motivo huye usted? ¿No será una delincuente?

—No he hecho nada malo, pero mi hijo y yo necesitamos viajar esta misma tarde.

— Las carreteras están en mal estado, tal vez debamos pasar la noche por el camino.

—Tengo dinero suficiente para pagar el alojamiento.

—Así que éste es su hijo. Pues no se parece en nada a usted.

—Mamá —dijo Robert—, quiero un caramelo.

—Ahora no, después. —Le peinó el pelo hacia atrás mientras se preguntaba en qué momento se habían convertido en cómplices.

—De acuerdo. Entren. Partiremos de inmediato. —Gruñó unos instantes más antes de empezar a conducir a los caballos hacia la parte frontal del coche.

Robert y ella entraron. Le hizo la pregunta que ella temía.

—¿Devlen quiere matarme?

—No lo sé.

No quería que Devlen estuviera involucrado en el asunto. No podía estarlo. No podía haberse equivocado tanto con él. Devlen quería a Robert, saltaba a la vista.

¿Y a ella? ¿La quería?

—Si pudiera, me rendiría. —Miró a Robert y vio que estaba llorando. Le caían unos lagrimones que la conmovían más aún porque eran silenciosos—. No quiero ser duque.

Envolvió a Robert en los pliegues de su capa. También ella quería llorar. Estaba asustada y no sabía qué hacer.

Robert puso sus manos sobre las de Beatrice y ella se sintió más tranquila. Sentados, esperaron a que el cochero estuviese listo. Daba las gracias por el silencio que reinaba. No podía decir nada que tranquilizase a Robert.

Casi le había fallado.

Capítulo 29

El viaje de regreso duró cinco horas, más de lo que hubiese durado si el cochero hubiese intentado apresurarse. Tal vez las carreteras estuvieran en tan mal estado como decía. Había algo de hielo, pero no nieve y de ningún modo estaban impracticables. Si le hubiera pagado por la distancia y no por horas, Beatrice estaba segura de que habrían llegado en la mitad de tiempo.

La casita estaba más que vacía. Parecía desierta y extrañamente triste. Bajo el cielo de la noche, el techo de paja se estaba cayendo. La piedra de las paredes provenía de una cantera que estaba más allá de la aldea y era del color del barro cuando llovía. En primavera, las enredaderas alegraban la apariencia de aquellas paredes. Pero, en aquel momento, parecían humildes y abandonadas; un lugar poco apropiado para el duque de Brechin.

Se bajó del carruaje y le dio el dinero que le quedaba al cochero antes de coger de la mano a Robert y llegar a la puerta principal siguiendo el camino.

Giró el cerrojo y entró. Tuvo la sensación de que hacía años, y no semanas, que se había ido de allí. Se detuvo en el umbral. Los recuerdos la asaltaban.

—Papá, ¿por qué construyeron esos edificios tan raros?

—Son pirámides, Beatrice. Están hechas para poder adorar a los dioses.

—Beatrice Anne Sinclair, ¿qué estás haciendo? ¡Ven aquí ahora mismo! —Pero, de inmediato, su madre ya estaba riéndose porque había visto a su marido y a su hija sentados en las altas ramas de un árbol.

—Es un nido, mamá. Papá cree que son águilas. Nunca me iré de aquí, papá, te lo prometo.

—Ay, hija, sí que lo harás. Y será para bien. Los hijos se toman prestados, cariño. Son regalos que hay que devolver cuando llega el momento.

Robert entró en la casita detrás de ella. Se preguntaba qué le debía parecer. La casa tenía una estructura sencilla de tres ventanas y una puerta. El suelo era de madera y estaba hendido en varios puntos. Cerca de la chimenea el suelo crujía.

La mesa de la cocina era cuadrada y vieja. Dos de las sillas hacían juego, pero la tercera, no. Su madre había hecho las cortinas que colgaban sobre las ventanas algunos años atrás; sentada ante el fuego cosía el dobladillo de la bordada tela con cuidadosos puntos. Una alfombra situada delante de la chimenea había sido su lugar de descanso muchas tardes en las que se sentaba a escuchar cómo hablaban sus padres o cómo leía en voz alta el cabeza de familia. Dos sillas con el cojín abultado estaban colocadas enfrente de la chimenea. Entre ellas había una mesilla y, sobre ella, un candil y un juego de velas. Una puerta conducía a la habitación de sus padres y una escalera llegaba hasta su cama, en el altillo.

Pese a todo, era un lugar acogedor. No era tan fastuoso como Castle Crannoch, pero había amor, se podía palpar todavía en el aire. En Castle Crannoch lo único que había eran sombras y sospechas.

¿Y en Edimburgo? No podía pensar en Edimburgo en aquel momento.

Después de encender los candiles que había sobre la repisa, se arrodilló y encendió el fuego de la chimenea. Hacía frío y la casita tardaría todavía unas horas en calentarse.

Abrió la puerta que había al lado de la chimenea, descubriendo la habitación pequeña pero agradable de sus padres; estancia que nunca había ocupado.

—Dormirás aquí —le dijo a Robert, quien todavía miraba a su alrededor con los ojos muy abiertos. Desde que habían salido de Edimburgo estaba muy callado.

No había nada para comer en la despensa ni en la alacena, así que Beatrice y Robert se sentaron en la cama de sus padres y se comieron los caramelos que les quedaban. Cuando le arropó, la voz de Robert parecía más aniñada y sumisa que nunca.

—Señorita Sinclair, ¿podría dejar una vela encendida?

—Por supuesto. —Se inclinó para acariciarle el pelo y apartárselo de la frente. Antes de que pudiera decir nada, le besó en la mejilla y se sintió curiosamente maternal y protectora hacia el duque de Brechin.

—Que duermas bien, Robert.

—¿Estarás cerca?

—Arriba —dijo, señalando al techo—. Si me llamas, bajaré a toda prisa.

Asintió con la cabeza, satisfecho.

Beatrice se sentó en la estancia principal de la casita y miró al fuego. Tenía frío, pero no era un tipo de frío que pudiera remediarse.

¿Había cometido un error al abandonar Edimburgo sin ver antes a Devlen? La seguridad de Robert era lo primero; sus deseos y necesidades ocupaban un segundo plano. ¿Sospechaba de él? Aquélla era la pregunta que debía formularse.

Se puso de pie y caminó por la habitación. Tocó la mesa donde sus padres y ella habían comido tantas veces, la repisa donde una vez descansaron las posesiones más preciadas de su madre: un par de estatuas de un pastorcillo y una pastorcilla. Las tuvo que vender tras la muerte de sus padres para poder pagar las losas de sus tumbas.

Se agarró a la repisa y se inclinó hacia delante, poniendo la cabeza sobre las manos. El calor de la chimenea le calentaba la cara.

¿Qué habría pensado su padre de Devlen? Seguramente le habría aconsejado que tuviese cuidado con los hombres de sonrisa encantadora y que tuviesen mucho éxito con las mujeres. Un peligro para los inocentes. Un cazador de unicornios. A su madre le habría encantado.

Se puso de pie y se dirigió a la silla que su padre había ocupado tan a menudo. La tapicería todavía olía a su pipa.

Dios, ¿cómo iba a aguantar aquella situación?

Sentía el mismo dolor que si le estuvieran retirando el vendaje de una herida. Hasta aquel momento había pensado que todo se podía sobrellevar. Descubrir que existía el sufrimiento más allá de la superficie la perturbó y le rompió el corazón.

Se acurrucó y se inclinó para intentar acallar el agudo e intenso llanto. Quería gritar pero el sonido se le metía dentro. Salía con fuerza de su mente y de su corazón y la forzaba a arrodillarse. Beatrice se deslizó hacia el suelo, agarrándose a los brazos de la silla para no caerse. El dolor no la dejaba respirar.

Devlen.

Las lágrimas llegaron sin quererlo. Lloró por sus padres, por la pérdida que había sufrido Robert, por la niña que había sido y ya no era. Lloró no porque su cuerpo hubiese perdido la inocencia, sino porque era su mente la que la había perdido. Lloró porque la habían traicionado, porque estaba enamorada y porque la magnitud de aquellas dos emociones era un peso difícil de soportar.

Devlen no recordaba haber estado nunca tan enfadado como en aquel preciso momento.

Había regresado a casa y había visto que Beatrice y Robert no habían regresado de su paseo. Había caminado intranquilo por la librería durante horas, intentando calmarse pensando que sin duda estarían pasándoselo bien. Pero al atardecer llamó a todos los criados para intentar descubrir qué recorrido habían seguido por las calles de Edimburgo.

Se decía a sí mismo que había emprendido la búsqueda porque estaba irritado, pero lo cierto era que aquel argumento no se sostenía por ningún lado, especialmente después de haber hablado con un comerciante que estaba en la ruta descrita.

—Ay, señor, estuvo muy cerca. Los vi a los dos, al niño y a la mujer. Casi arrollan a la mujer por querer salvar al crío. Los caballos eran magníficos, todo sea dicho. Eran cuatro, emparejados de dos en dos. No se ven caballos así a menudo.

—¿Pero los ha vuelto a ver?

—¿A los caballos? Ah, a la mujer y al crío, quiere decir. Después de un incidente así, yo me habría ido a la taberna más cercana a tomarme un whisky —dijo, encogiéndose de hombros—. No, no los he vuelto a ver.

El carruaje iba demasiado despacio. Dio un par de golpes en el techo como señal para que el cochero fuese más rápido.

Cada vez que pensaba que casi resultaba herida su dolor se volvía interminable. Se le revolvía el estómago.

¿Dónde demonios se había metido?

Había enviado a Saunders a Castle Crannoch para asegurarse de que no estaba allí. No creía que hubiese regresado al castillo, pero no podía permitirse desestimar cualquier posibilidad por improbable que fuera. Había visitado a Felicia por la mañana y el encuentro había resultado interesante pero a la vez perturbador. No supo que las dos mujeres se habían encontrado ni que Beatrice había regresado antes a casa hasta que la señora Anderson se lo dijo. Por lo menos había logrado responder a una de las preguntas: ¿Por qué no había acudido a él? Sí que lo había hecho, pero se había encontrado con Felicia.

—¿Qué le dijiste? —preguntó.

—Nada que tenga importancia. ¿Se ha ido, Devlen?

Felicia empezó a sonreír y colocó las manos sobre el pecho de Devlen. Tuvo la extraña sensación de que Felicia se parecía a un gato, y a él no le gustaban los gatos.

—¿Por qué quieres saberlo, Devlen, cariño? ¿Te sientes solo?

—¿Qué le dijiste?

Ella se echó hacia atrás y después se alejó.

—¿Siempre muestras tanto interés por tus mujeres, Devlen? Si es así, deberías haberme halagado de ese modo a mí también durante todo el tiempo que hemos estado juntos.

Felicia empezó a reírse y su batín se abrió, desvelando su voluptuoso pecho. Debía saberlo. Había sido su amante dos años.

—Estás enamorado de ella. Ay, Devlen, eso sí que es para reírse.

No había nada que él pudiera decir. Discutir aquel punto era inútil, especialmente porque en aquel preciso instante, en el recibidor de Felicia, acababa de darse cuenta de que ella podía tener razón.

Beatrice no podía haberse ido así como así. No lo habría hecho después de lo que había pasado la última noche o aquella misma mañana. Beatrice le había mirado antes de salir de la habitación y podía jurar que había visto en sus ojos calidez, afecto, agrado.

Pero no había nada que la atase a él. No tenía ningún motivo para quedarse junto a él. Tal vez lo que debía hacer era reunir una cantidad obscena de dinero y sobornarla para que se quedara junto a él. Buscarle un empleo sin importar de qué, encerrarla en su casa durante un año o dos. Hacer que se sintiera amada y saciada en su cama; tan exhausta que no pudiera escapar. Pensar en que Beatrice necesitara dormir para recuperarse y después seducirla otra vez era suficiente para desviar su ira durante unos instantes.

Había venido de Kilbridden Village. ¿Era posible que hubiese regresado allí? ¿A qué otro lugar podía haberse ido? Estaba sola y no tenía demasiadas posibilidades. No tenía dinero. Lo único que tenía era el cuidado de un duque de siete años de edad que podía ser en ocasiones realmente desagradable.

Pensar que podían estar en peligro le abrumaba. Aquella idea hacía que se quedara prácticamente paralizado.

Beatrice acabó durmiéndose en la silla de su padre, completamente vestida. Tenía los pies inflamados y los zapatos le apretaban, así que se los quitó y deseó que el fuego no se hubiese reducido a cenizas. Se levantó despacio. Le dolía todo el cuerpo, precio que debía pagar por haberse quedado dormida en la silla con la cabeza apoyada en el brazo de la misma. Había visto a su padre en aquella misma posición en demasiadas ocasiones.

La noche anterior habían comido caramelos, pero a partir de aquel día debía apañárselas para comprar algo de comida. Se había acostumbrado a comer tres veces al día en Edimburgo. Su estómago rugía como queriendo recordarle que había llegado el momento de comer.

Más tarde iría a ver a Jeremy. Él sabría a qué juez o autoridad debía dirigirse para contarle lo que había pasado. Seguro que había alguien imparcial que podía ofrecerle protección a Robert. Por lo menos su título haría que se interesaran más por su difícil situación.

Tenían suficiente dinero para sobrevivir una semana o dos, especialmente si tenían cuidado. Pero, ¿y después?

Aquella decisión tendría que esperar.

Se arregló las arrugas de la falda, se puso los zapatos y se dirigió al pozo que había en el jardín trasero. La oxidada polea chirriaba a medida que sacaba el cubo del fondo. Una vez que hubo llenado el cubo regresó a la casita, resuelta a cumplir con las tareas de la casa.

Mary estaba de pie en el centro de la estancia principal de la casita. La doncella de Rowena se había vestido teniendo en cuenta el mal tiempo y llevaba un abrigo con ribetes de piel. En las manos sostenía una cesta.

—Señorita Sinclair —dijo, inclinando la cabeza—. Qué mal aspecto tiene.

—¿Qué haces aquí? ¿Cómo sabías que estaba aquí?

—Devlen envió a uno de sus hombres a Castle Crannoch para que la buscara. Mi hermano y yo nos preguntamos si acaso estaría aquí. ¿Se acuerda de mi hermano Thomas? ¿El cochero? Tal vez no se acuerde. La gente tiende a ignorar a los criados, somos invisibles.

Se adelantó con firmeza y colocó la cesta sobre la mesa. Le he traído algunos pastelillos. Soy muy buena cocinera, ¿sabe?

—Eres muy amable.

—Parece usted recelosa, me pregunto por qué será.

—No te conozco bien, no sé por qué me traes pastelillos.

—¿Señorita Sinclair?

Robert salía de la habitación de los padres de Beatrice frotándose los ojos. Acababa de despertarse. Antes de que el niño pudiera llegar hasta ella o de que pudiera pedirle que regresara a la habitación, Mary se abalanzó sobre Beatrice.

El cuchillo que llevaba en la mano se le clavó profundamente en la garganta.

Emitió un gemido de dolor y de sorpresa.

—Coge una magdalena de la cesta, Robert. —Mary acercaba aún más el cuchillo. Beatrice podía sentir que la hoja se le clavaba en la piel y la sangre empezaba a brotarle del cuello.

Cuando Mary se adelantó y retiró el pañuelo que cubría la cesta, Beatrice lo comprendió todo. Había un surtido de rollizas magdalenas cubiertas de algo que parecía azúcar.

Los pájaros. El pan.

—No. —Era lo único que pudo decir antes de que Mary la agarrara con más fuerza.

—Si no quiere que su institutriz muera, Su Excelencia, hará lo que yo le diga. No pasará nada. Sentirá ganas de dormir y entonces podrá reencontrarse con su padre y con su madre. Los echas de menos, ¿verdad, niño?

Robert se acercó y cogió una magdalena. Tenía los ojos muy abiertos y estaba asustado. Sólo tenía siete años y confiaba en lo que los adultos le decían. Incluso si el adulto era una mujer que estaba loca. Beatrice sabía que, en cuanto Robert se hubiese comido la magdalena, Mary la mataría.

Beatrice emitió un sonido y el cuchillo se le clavó aún más.

Los vecinos estaban demasiado lejos y no podrían ayudarles. Además nadie sabía que estaban en Kilbridden Village.

—Soy el duque de Brechin —dijo Robert de repente—. Nadie puede darme órdenes de ningún tipo.

Mary gruñó.

—¿Es que quieres que la señorita Sinclair muera, niño del demonio?

Robert cogió la magdalena otra vez y miró hacia otra parte. Su atención se distrajo unos instantes. Beatrice quería gritarle y decirle que se fuera, que escapara; lo que fuera menos dejar que lo envenenaran.

Era un momento de lo más horrible para descubrir que Robert sentía algún tipo de afecto por ella.

Se oyó un ruido en la puerta y Mary se giró, sosteniendo todavía con fuerza el cuchillo. Beatrice sangraba abundantemente y no sabía si el mareo que sentía era porque había perdido mucha sangre o porque estaba aterrorizada

Oyó la explosión de muchos cañones. La diminuta casa absorbió el impacto atronador y el agudo campanilleo metálico. Beatrice se dio cuenta de que esos ruidos venían de su propia cabeza.

Mary se cayó al suelo. Tenía la boca en forma de *o*. De inmediato se formó una flor carmesí en el suelo, a su alrededor. No, no era una flor. Era sangre.

Beatrice miró hacia la puerta con los ojos muy abiertos. Allí estaba Devlen con una de las pistolas que llevaba ocultas en el carruaje. Miraba con tal ferocidad que casi la hizo estremecerse. Mientras Robert corría al encuentro de Devlen, Beatrice se caía sobre la silla de su padre con una mano en el cuello.

Capítulo 30

—¿Por qué?

Devlen la miró y Beatrice abrazó a Robert con más fuerza.

—¿Por qué Mary haría algo así?

—Desgraciadamente, la única persona que puede responder a esta pregunta ya no puede decir nada.

Las ruedas del carruaje rechinaban con fuerza en la carretera de gravilla. El viento, punzante y veloz, parecía un lamento fúnebre que llorase la muerte de Mary.

—Pero tienes sospechas.

—El amor nos vuelve a todos unos necios.

—¿Entonces el amor ha hecho que Mary sea una asesina?

—Creo que ella quería que mi padre fuese duque —dijo Devlen.

—¿Y tanto le amaba como para estar dispuesta a matar a un niño?

—No lo habría matado por él, sino por Rowena.

Cerró los ojos y apoyó la mejilla contra la cabeza de Robert. Suspiró.

—Para poder ser la duquesa de Brechin.

—Sí, podría ser, pero no lo creo. Rowena y mi padre no compartían las mismas opiniones desde el accidente. Mi padre quería el ducado. Si él era feliz, tal vez ella también podría serlo.

—Pero cuando dispararon a Robert ni siquiera estaban en Castle Crannoch.

—No, pero si te fijas en la familia de Mary, enseguida encontrarás a su cómplice.

—Thomas.

Miró a través de la ventana. Habían pasado el día con el juez, un hombre sombrío que era dueño de unas tierras al norte de Kilbridden Village. Ni el título que ostentaba Robert ni la riqueza de Devlen le había causado una impresión demasiado favorable.

—Señor, ¿cómo encontró a la señorita Sinclair?

—Pregunté en la aldea. Desperté a más de una persona hasta obtener respuesta, lo admito.

Thomas había acompañado a su hermana hasta la casa y había esperado fuera a que Mary ejecutara su plan. Devlen se había librado de él con facilidad y le había dado una de las dos pistolas a su cochero, con órdenes de disparar si Thomas se movía.

En aquel momento el juez debía estar decidiendo dónde tendría lugar el juicio contra Thomas.

—¿Testificará usted, señor? —preguntó a Devlen.

—Sí.

El juez dispuso también que el cuerpo de Mary fuese conducido a Castle Crannoch.

El hombre tenía cierta formación médica y había insistido en inspeccionar el vendaje temporal que Beatrice se había colocado sobre el cuello.

—Si hubiera clavado la hoja un poco más, señorita, no habría usted sobrevivido. —Le cubrió el cuello con cuidado, apretando un poco, y le dio algunas recomendaciones. Ella escuchaba y decía que sí con la cabeza, intentando olvidar que Devlen la estaba mirando con el ceño fruncido.

Robert estaba tan callado que de vez en cuando se inclinaba hacia él para mirarle. Estaba apenas despierto. Tenía el rostro pálido y parecía muy cansado. Momentos más tarde notó que el peso sobre sus brazos se hacía mayor y se acercó a él para ver que estaba dormido. No le extrañaba. El día había sido muy largo, plagado de entrevistas con el juez y de preguntas sobre los disparos.

—¿Empujó Thomas a Robert escaleras abajo? —preguntó ella con voz queda para no despertar al niño.

Devlen miró a su primo. —Me temo que lo de la escalera fue un accidente de verdad. Iba muy deprisa y con calcetines. Los suelos están siempre muy bien encerados.

—¿Te va a pasar algo a ti por lo que has hecho? ¿Van a arrestarte?

—¿Por matar a una mujer que iba a matarte a ti? No. No olvides que quería matar también a Robert.

Asintió con la cabeza.

—No me gustaría que te culparan de nada.

—No me culparán.

—Gracias por lo que hiciste.

—Hubiera protegido a cualquiera que estuviera bajo mi protección.

Beatrice le miró, pero apartó rápidamente la vista. Cualquier cosa menos interpretar el significado de aquella mirada pétrea.

—¿Y qué pasa con Felicia? —preguntó ella.

—¿Qué pasa con Felicia?

—Fue a verte.

—Y se encontró contigo. ¿Por eso te fuiste de Edimburgo?

Le miró. No parecía para nada avergonzado.

—Creía que ya no la veías.

No le contestó.

—¿Por eso te fuiste de Edimburgo?

Suspiró.

—Tal vez. —Se había sentido enfadada y asustada; emociones que no dejaban actuar con lógica—. Quería huir y que estuviéramos seguros.

—Y pensaste que conmigo no estabais a salvo.

—No podía quedarme.

—Porque pensabas que todavía estaba con Felicia.

Desvió la mirada y asintió, rompiendo el silencio.

—Sí.

319

—Desde que te conocí no he vuelto a estar con ella. Sólo la he visto en una ocasión para darle un collar de diamantes carísimo.

—Ya me lo dijo.

—Tendrías que haberte quedado en Edimburgo.

Se volvió hacia él y le miró fijamente.

—Ya no soy empleada tuya, Devlen. No intentes decirme lo que debía o no debía hacer. Hice lo que me pareció más adecuado en aquel momento.

—Perdone mi impertinencia, Lady Beatrice.

—¿Estás intentando ser gracioso?

—Créeme si te digo que este momento no me divierte en absoluto.

El silencio crecía entre ellos y se volvía incómodo.

—Podrías haberme preguntado sobre Felicia —dijo él, finalmente—. Pensaba que entre nosotros había suficiente confianza.

Beatrice no dijo nada.

Después de un rato, ella volvió a hablar.

—¿Es posible quedarse atrapado en el castillo por culpa del hielo? —Era una pregunta informal que no contenía emoción de ningún tipo.

—No. Siempre se puede bajar, aunque sea a pie.

Cada vez hacía más frío y una fina neblina empezaba a caer. La niebla se volvía más densa a medida que subían por la colina. El viaje se alargaba más de lo habitual.

Devlen no volvió a hablarle. Ella no sabía qué decir. Era muy obvio que estaba enfadado. No, quizá no estuviera enfadado, ni siquiera furioso. Parecía que estaba rabioso y enjaulado. Si decía algo inoportuno, quizá liberaría su rabia y, una cosa de la que Beatrice estaba segura era que no quería enfrentarse a un Devlen furioso.

Cuando llegaron a la entrada del castillo él bajó antes del carruaje y se acercó a ella para coger a Robert, sin dirigirse la palabra. Ella le siguió por la serpenteante escalera que conducía a la habitación del duque. No le sorprendió que Robert siguiera durmiendo.

Devlen salió de la habitación después de haber dejado a Robert sobre la cama. Le dejó a ella la tarea de quitarle los zapatos y de taparle con la colcha. Ya se ocuparía más tarde de quitarle la ropa. Lo que quería en aquel momento era dejarle dormir.

La habitación seguía igual. La camarera había hecho la cama y había cambiado las toallas. De no haberlo hecho, la habitación estaría exactamente igual que un mes atrás y parecería que acabaran de irse de allí.

Las almohadas olían a hierbas frescas y podía apreciarse que alguien había sacudido el polvo del dosel de la cama. Habían limpiado la mesa redonda que estaba cerca de la ventana con aceite de limón y el olor flotaba en la habitación. Todo estaba listo para recibir al duque de Brechin.

Por primera vez Robert podía sentirse a salvo y en casa.

—¿Querías verme?

Rowena había intentado en vano que se desvaneciese su esperanza. Era la primera vez que Cameron preguntaba por ella desde el accidente. Estaba de pie en el umbral de la biblioteca, luciendo una de sus últimas compras londinenses; un vestido de seda azul que le sentaba como un guante. Se había pintado un poco de rosa los labios y se había puesto gotas en los ojos para que le brillaran más a la luz de las velas.

Cuando se miró en el espejo vio a una mujer que iba al encuentro de su amado.

—Mary ha muerto.

—Sí, eso me han dicho.

—No pareces demasiado afectada por la noticia.

Se encogió de hombros.

—Era una buena doncella.

—¿Es eso todo lo que tienes que decir? ¿Cuánto tiempo ha estado a tu servicio? ¿Una década, tal vez?

—¿Quieres que llore por ella, Cameron? Creo que no contribuirá en absoluto a que me veas con mejores ojos, ¿verdad?

—No recuerdo que fueras así cuando te conocí, Rowena. Aunque quizá no me daba cuenta de cómo eras porque estaba loco por ti.

—¿Estabas loco por mí, Cameron?

Se acercó unos pasos hacia su escritorio y deseó que no estuviera sentado al otro lado. Lo utilizaba como si fuera una barrera, un baluarte tras el cual defender su posición. Estaba bien cuando se dirigía al servicio, pero totalmente innecesario cuando tenía que hablar con su mujer.

—He decidido que lo mejor es que vuelvas a Londres.

Le miró. El disgusto tapaba cualquier otra emoción. Finalmente habló.

—¿Por qué?

—Porque no puedo soportar verte, mi querida Rowena. Incluso tu perfume me da náuseas.

Ella se le acercó un poco más.

—No lo entiendo.

—Soy mucho más feliz cuando no te veo por ningún lado. Londres me parece lo suficientemente lejos.

—No estarás hablando en serio, Cameron.

—Todo lo contrario, Rowena. Creo que no se puede medir con precisión el grado de odio que siento por ti.

Dio un paso atrás, sintiendo un dolor casi físico por las palabras de Cameron. La mirada de odio en sus ojos la hizo recelar.

—¿Sabes que he hablado con el doctor? Largo y tendido, mientras tú estabas en Londres. Mantuvimos una conversación de lo más interesante.

Se le revolvió el estómago y tuvo que ponerse una mano en la cintura. Iba a devolver, lo sabía.

—Lo que no entiendo es por qué lo hiciste. ¿Tanto me odiabas?

—Te quiero.

Tenía la piel tan fría que podía sentir la temperatura de la sangre que circulaba debajo de ella.

—No vas a conseguir que me lo crea, Rowena. De ninguna manera. Nunca.

Cameron emergió de detrás del escritorio y se deslizó hacia donde estaba ella. Rowena se quedó quieta. No iba a salir corriendo ante la cara de odio de su marido.

—¿Y qué pasa con Robert? ¿Sabías lo que Mary y Thomas planeaban? Seamos sinceros, Rowena.

—No, no lo sabía. No siento ningún afecto por el niño, pero nunca le haría daño. ¿Y tú, Cameron? No me digas que te apena que Mary casi lograra su objetivo.

—No soy como tú, Rowena. Hay cosas que nunca haría para lograr mis propósitos. Matar a un niño es una de ellas.

La miró con tal desinterés y frialdad que Rowena comprendió que había llegado el final. Todo se había acabado. Se giró con decisión para abandonar la estancia, el castillo y a Cameron.

Antes de que saliera, Cameron habló otra vez.

—No vuelvas nunca jamás, Rowena.

Se detuvo ante la puerta, dubitativa. Irguió los hombros y forzó una sonrisa. Le miró por última vez.

—No volveré, te lo aseguro. Pero me echarás de menos, Cameron. Tal vez desearás que regrese.

No, señora mía. En eso te equivocas. Antes desearía que apareciera el mismo diablo.

Devlen estaba decidido a no comportarse como un idiota con Beatrice. Sin embargo, como estaba seguro de que aquello era exactamente lo que iba a hacer, decidió concentrarse en su misión.

Gaston conducía. Antes de subirse al carruaje le preguntó algo.

—Gaston, ¿te has enamorado alguna vez?

El hombre le miró, sorprendido por la pregunta. Justo cuando Devlen pensaba que no iba a contestarle, Gaston dijo que sí con la cabeza.

—Sí, señor. Y no es un sentimiento agradable, a pesar de lo que los libros le hayan hecho creer.

—En eso estoy de acuerdo. Es un sentimiento detestable, ¿verdad? Le ensarta a uno en un gancho del que resulta imposible escapar.

—Incluso cuando uno logra escapar, señor, el sentimiento perdura.

Devlen asintió.

—Como si uno fuera un salmón. Un salmón con una sonrisa dibujada en la cara.

Se subió al carruaje y cerró la portezuela mientras miraba hacia el castillo.

Tenía que seguir las recomendaciones del juez sobre la herida en la garganta. ¿Le haría caso? Le quedaría la cicatriz para siempre. Que mal se sentiría él si cada vez que Beatrice se mirara en el espejo recordara que estuvo a punto de morir por Robert.

Se había comportado como un necio. No iba a negarlo. Desde el primer momento en que la vio se había comportado como un idiota. Un idiota lujurioso.

La ventana. Si le tiraba una piedrecita al cristal, ¿se asomaría?

Nunca se había sentido tan confuso por una mujer y, a la vez, resuelto. Ella hacía que quisiera tirarse de los pelos, vagar desnudo por su casa y querer hacer voto de castidad; todo a la vez.

Ella no podía quedarse allí. A pesar de que Robert ya no estaba en peligro, el ambiente no era el adecuado para Beatrice. Ella necesitaba más risa y una pizca de diversión. Ir a la ópera, escuchar música. La llevaría a su fábrica de jabones para que viera las nuevas esencias que había creado. O a la fábrica de vidrio para que viera los nuevos patrones.

A cualquier lugar.

En cambio le había hecho una seña a Gaston y se había subido al carruaje.

Tal vez lo mejor que podía hacer era montarse en un caballo de paso seguro e ir montaña abajo. Cuanto más rápido se dirigiese a su objetivo, mejor.

—Devlen me dijo lo que pasó. Por favor acepte mis disculpas así como mi agradecimiento, señorita Sinclair. Le aseguro que no sabía nada.

Beatrice se volvió, sorprendida por no haber oído entrar a Cameron.

Echó una ojeada a la cama y se tranquilizó al ver que Robert seguía dormido. Para no despertarlo, salió de la habitación y se dirigió al vestíbulo.

Esperó a que Cameron hiciera lo mismo para contestar a su pregunta.

—Me da igual que me dé usted las gracias o que me presente sus disculpas, señor Gordon. Lo único que me importa es que Robert esté bien. ¿Puede usted garantizármelo?

—Ahora entiendo por qué mi hijo siente fascinación por usted, señorita Sinclair.

—No sé qué contestar a ese comentario. ¿Espera que me sienta halagada?

—Nunca duda en decir lo que piensa y a la vez es usted muy femenina. Sí, le aseguro que protegeré a Robert lo mejor que pueda, señorita Sinclair. No para beneficiarla a usted ni a mí, sino a Robert.

Beatrice empezó a caminar por el vestíbulo. Se preguntaba si Cameron la seguía y, efectivamente, así era. Manejaba la silla con gran habilidad.

—Mi hijo está enamorado de usted, señorita Sinclair, a pesar de que a la vez parezca cruel.

Como ella no dijo nada, continuó:

—¿Cómo cree acaso que creó su propio imperio? ¿Dando las gracias y diciendo por favor? Está acostumbrado a conseguir lo que quiere a su manera y a hacer exactamente lo que le parece oportuno.

—¿Por qué me está contando todo esto?

—Siento que, curiosamente, tengo una responsabilidad para con usted, señorita Sinclair. En gran parte porque veo lo que usted ha sufrido por nosotros.

—Podría parecer que está usted orgulloso de él.

—Lo estoy, pero no pretendo ocultar sus defectos. Mi hijo es testarudo, prejuicioso, molesto, generoso, leal, tiene talento y es el ser humano más irritante al que jamás he querido.

—Pone empeño en lo que hace, señor Gordon —dijo ella, volviéndose hacia él para mirarle—. Es, a su manera, tan resuelto como usted.

Alzó una ceja de manera tan similar a la de Devlen que tuvo que sonreír.

—¿Cómo yo?

—Usted podría haber perecido también en el accidente, tengo entendido. Sin embargo, sobrevivió.

—Se equivoca usted, señorita Sinclair. Apenas resulté herido.

Cameron sonrió con una mueca tan extraña que Beatrice sintió por un momento que por su columna se deslizaba un pedazo de hielo.

—¿Sabe usted lo que es amar, señorita Sinclair? ¿Amar con tanta desesperación como para ser capaz de entregar el alma? —La miró—. Veo que sí. Esa fuerza puede deformarse y convertirse en algo diferente; algo distorsionado y maligno.

Apartó despacio la manta que le cubría las piernas. Ella siempre había pensado que no podía mover las piernas; pero lo que vio fueron unos pantalones doblados en las rodillas. Y nada más.

—Me lo hizo mi mujer —dijo mirándose a sí mismo, con sonrisa burlona—. Le dijo al cirujano que me amputara las piernas, a pesar de que no era necesario. Podía haber perdido algunos dedos o haber utilizado un bastón, pero nada más.

Le miró, horrorizada.

—¿Por qué?

—¿Por qué encerramos a los pájaros en jaulas, señorita Sinclair? Porque queremos oírles cantar. No pensamos en los pájaros, sino en nuestro propio provecho.

Tuvo que sostenerse en la puerta.

—Mi mujer pensaba que me interesaban otras mujeres.

326

¿Quiere saber algo? Lo cierto es que no era un marido fiel. Pero creo que no merezco un castigo así.

Negó con la cabeza.

—Desde que los incidentes comenzaron pensé que ella tenía algo que ver. Era capaz. —Se dirigió al fondo del vestíbulo y miró a través de la ventana las lejanas montañas—. Creía que quería que Robert muriera para redimirse por sus horribles crímenes. Me ofrecería el ducado como si fuera algo que pudiera compensar la pérdida de mis piernas.

Todo aquello la superaba. Nunca había escuchado nada tan terrible. No se había equivocado al pensar que el ambiente en Castle Crannoch estaba viciado. Beatrice abrió la puerta; sintió la necesidad de alejarse de Cameron Gordon.

—Se ha marchado. —La miró—. Devlen se ha ido del castillo.

—¿Cómo? —Juntó las manos, decidida a no esconder más tiempo lo que sentía.

—Si lo intenta, todavía puede alcanzarle.

—No creo que quiera volverme a ver.

—Hay que darle una oportunidad al amor, señorita Sinclair. Al amor verdadero. —Emprendió de nuevo su marcha por el vestíbulo. Aquel hombre siempre había sido objeto de su lástima. Sin embargo en aquel momento se dio cuenta de que era un hombre a quien las circunstancias habían cambiado pero no vencido.

Beatrice se dirigió a la ventana y posó la vista en la entrada del castillo. El carruaje de Devlen acababa de rodear la esquina de Castle Crannoch y se perdía de vista. Desde la ventana no podía ver el serpenteante camino que llegaba al valle.

Qué raro era que alguien decidiera irse de viaje cuando la noche empezaba a caer. El sol se estaba poniendo y con sus agonizantes rayos tocaba los restos de nive. Un brillo dorado lo iluminaba todo.

Podía alcanzarle. Pero tenía que ser valiente.

La carretera se curvaba y volvía hacia atrás en tres lugares distintos. La zona que quedaba más cerca del castillo estaba demasiado elevada y era peligrosa, pero a medio camino sobresalía un terraplén al lado de la carretera. Si iba a través de los muros de contención seguro que acortaría la distancia. Si podía superar la curva antes de que lo hiciera el carruaje de Devlen, todavía tendría alguna posibilidad de alcanzarle antes de que llegara abajo.

Se quitó la capa porque lo único que haría sería estorbar. Corrió a las escaleras. El atardecer pintaba los escalones de Castle Crannoch de color naranja y rojo. Dio gracias porque la noche todavía no había llegado. Aunque lo habría intentado igual.

Respiró hondo y empezó a correr. Se cayó una vez porque resbaló sobre el camino helado. Enseguida se levantó y corrió hacia la curva. Podía ver el carruaje de Devlen a lo lejos.

Dios mío no dejes que se vaya. No dejes que me abandone.

Logró superar la última curva y estuvo a punto de caerse otra vez. Pudo recobrar el equilibrio deslizándose sobre el borde. Llegó a la segunda curva y, sin detenerse para pensar o sentir miedo, colocó una pierna en el borde y rezó por que el suelo no estuviese cubierto de hielo. Los arbustos la ayudaron en su descenso. A ellos se agarraba mientras descendía ya hasta dejar atrás la última curva. Ya casi estaba a la altura del carruaje. O Devlen viajaba especialmente despacio o bien ella había sido bendecida por la providencia.

O tal vez había ido más rápido de lo que pensaba que sería capaz.

En la base de la montaña sólo dispuso de unos segundos antes de que lleagara el vehículo. Se colocó en medio de la carretera, separó los brazos y cerró los ojos, pensando que quizá su destino era morir.

El cochero gritó. Estaba de pie e intentaba detener a los caballos tirando de las correas. La carretera resbalaba en aquel tramo final y el carruaje empezó a deslizarse.

En aquel segundo Beatrice se preguntó si lo que en realidad había logrado hacer era catapultar al carruaje. Finalmente los caballos perdieron el paso y el carruaje se deslizó de lado formando una neblina como un barco que llegara a su amarradero.

El cochero seguía lanzándole improperios en francés. Reconoció a Gaston, pero no se movió. Lo único que hizo fue bajar los brazos.

La portezuela se abrió y salió Devlen. Parecía un enviado del diablo. Intentó verle los ojos a pesar de la tenue luz del sol menguante. Miró al suelo y respiró hondo. Devlen se acercaba.

—¡Serás estúpida! ¡Podíamos haberte matado!

—No podía dejar que te marcharas. No podía dejarte ir sin que lo supieras.

Beatrice sollozaba. Las lágrimas rodaban por sus mejillas.

—¿Sin saber el qué?

—Yo no creía que tú fueras culpable —añadió con honestidad—. Quizá sólo un instante. Después de lo de Edimburgo. Pero sabía que alguien que se había llevado a un niño para protegerle no podía haber intentado matarle.

—Qué sensato por tu parte.

—No podías haber sido tú. —No podía dejar de llorar. No sabía si podría parar. Tenía la sensación de que iba a llorar eternamente.

—Sabía que me traerías problemas.

—Me odias, ¿verdad? —Le miró, sin preocuparle que las lágrimas le brillaran en el rostro.

—Pues claro que no te odio, Beatrice.

—¿Por qué estás tan enfadado?

—El enfado es uno de esos sentimientos que no tienen ningún valor.

—¿Uno de esos? ¿Cuáles son los demás?

Devlen sonrió con ganas.

—Estás esperando que diga que el amor es uno de ellos, ¿verdad? O que nombre otros bellos sentimientos. Mi querida Beatrice, qué dulces trampas me preparas.

Empezaba a nevar.

La mirada de Devlen era intensa y sombría. Se acordó de la primera vez que le vio, en la misma carretera y prácticamente en el mismo lugar. También en aquella ocasión se había quedado atónita.

Finalmente, volvió a hablar.

—Es mejor estar enfadado que tener miedo. Normalmente el miedo puede superarse gracias al conocimiento. La ignorancia y la incertidumbre son las causas que lo alimentan.

—No te tengo miedo. —Bueno, tal vez durante los cinco primeros minutos de su encuentro, sí lo había tenido. La fascinación ocupaba de inmediato el lugar del miedo.

—Mi queridísima Beatrice, no me refería a ti. Hablaba de mí. Desde que te conocí he sentido miedo.

—¿Ah, sí?

—He sentido miedo porque pensaba que ibas a abandonarme.

—Nunca quise hacerlo.

—Pero algún día me abandonarás.

Tal vez Devlen tenía razón.

—Quédate a mi lado.

—¿Me estás pidiendo que sea tu amante? Pensaba que ese puesto ya lo ocupaba Felicia. La hermosa y pequeña Felicia.

—Gracias a Dios que no estuve presente durante vuestro encuentro —dijo, sonriendo—. En cuanto a lo de ser mi amante, creo que sería divertido tener una esposa que encarnara ese papel.

Durante unos segundos no pudo articular palabra.

—¿A dónde te crees que iba?

—A Edimburgo.

Negó con la cabeza.

—Iba a buscar a un sacerdote, mi queridísima Beatrice Sinclair. No tengo la intención de dejarte escapar otra vez. Espero que los lazos del matrimonio sean lo suficientemente resistentes como para que te quedes a mi lado.

La nieve caía sobre sus hombros. Beatrice se acercó para quitársela.

—¿Me quieres?

Sonrió con tímido esfuerzo. La expresión sombría de su mirada permanecía inalterable.

—Con todo mi corazón, querida Beatrice. ¿Acaso te crees que me dedico a secuestrar institutrices sin importarme su reputación ni la mía? No es mi estilo.

—¿Me quieres?

—Sí, aunque pensaras que fuera un asesino. Tendremos que intentar confiar el uno en el otro, creo.

—Nunca pensé que fueras un asesino. Creía que el asesino era tu padre. No quería ponerte entre la espada y la pared.

—¿Entre tú y alguien más? Te hubiera escogido a ti. ¿Entre tú y el mundo? Seguro que sabes qué respondería.

—Tu padre dice que no tienes piedad.

—Desde luego.

—Creo que tiene razón, Devlen.

—Es verdad, Beatrice. Con ciertos asuntos no tengo piedad. ¿Contigo? Seguro que no la tendré. Creo que es justo que te advierta que voy a secuestrarte otra vez.

—¿De verdad?

—Y a Robert también. Creo que será mejor para él que pase un tiempo en Edimburgo. Sin embargo deberá ir a la escuela mientras estemos de luna de miel.

—¿Quieres casarte conmigo aunque sólo sea una institutriz?

Se rió con tanta fuerza que el eco rebotó en la montaña.

—Eres la institutriz más atípica que jamás he conocido.

Beatrice respiró hondo.

—Me preguntaste en una ocasión si la vida había sido cruel conmigo. Tal vez sí, no estoy segura. Sé que no quiero vivir temerosa. Sé que quiero tener un techo que me cobije y comida para alimentarme. No quiero pasar frío y quiero tener vestidos bonitos. Quiero tener buena salud y ser feliz. Pero lo que más anhelo es tenerte a ti. Te merezco.

Se secaba las lágrimas con la punta de los dedos, pero seguían brotándole de los ojos.

La cogió por la cintura y la atrajo hacia sí.

—Creo que te mereces mucho más, pero tendrás que conformarte conmigo porque no te voy a dejar escapar. Tendrás que decirme que sí.

Le miró y pensó que un año atrás nunca hubiera imaginado que existiera ninguna razón para sentir alegría o un placer como el que le recorría el cuerpo y lo inundaba de calidez.

—¿Has estado enamorado muchas veces? —Le había formulado aquella pregunta tiempo atrás y él no la había respondido.

—Nunca. Siento un dolor y una irritación insoportable aquí. —Le cogió la mano y la colocó sobre su corazón—. Eres la única que puede curarme.

—Es contagioso, Devlen.

—Eso espero.

—Te quiero.

—Ya lo sé, mi querida Beatrice.

—Y tú me quieres también.

—Con todo mi corazón y lo que me queda de cabeza. —Sonrió y la rodeó con sus brazos.

Y allí, a oscuras y justo debajo de Castle Crannoch se besaron. Cuando se separaron, sonrieron mirando al cielo y a los copos de nieve que caían sobre ellos como una bendición celestial.

—¿Entonces me dices que sí?

—Oh, claro que sí, Devlen

Riéndose y cogidos de la mano regresaron al carruaje.